U0672131

专案组①

邪恶动机

百花洲文艺出版社

图书在版编目（CIP）数据

专案组. 1, 邪恶动机 / 李林海著. -- 南昌 : 百花洲文艺出版社, 2021.7
ISBN 978-7-5500-4283-4

Ⅰ. ①专… Ⅱ. ①李… Ⅲ. ①长篇小说 - 中国 - 当代
Ⅳ. ①I247.5

中国版本图书馆CIP数据核字(2021)第103022号

专案组. 1，邪恶动机
李林海　著

出版人　章华荣
策　划　邹晓冬
责任编辑　余　茳　周　晓
设计制作　胡益民
出版发行　百花洲文艺出版社
社　址　南昌市红谷滩区世贸路898号博能中心一期A座20楼
邮　编　330038
经　销　全国新华书店
印　刷　江西千叶彩印有限公司
开　本　720mm×1000mm　1/16
印　张　18.25
版　次　2021年7月第1版第1次印刷
字　数　180千字
书　号　ISBN 978-7-5500-4283-4
定　价　38.00元

赣版权登字　05-2021-204
版权所有，盗版必究

邮购联系　0791-86895109
网　址　http：//www.bhzwy.com
图书若有印装错误，影响阅读，可向承印厂联系调换。

目 录

一 案发

接到食堂管理员张美娟打来的电话时，林业局局长王海峰正在家里午休。

“王局长，不好啦！出大事了！”电话里传来张美娟紧张而又急促的声音。

王海峰揉了揉睡眼惺忪的眼睛，懒洋洋地问：“出了什么大不了的事呀？一惊一乍的。”

“不得了，出大事啦！员工……有二十多名员工……在食堂吃了中饭后，全部生病了。现在……现在已经送到医院来了。炊事员张福顺病得比较严重，已经推进了抢救室，还不知道能不能活过来呢……局长，你快来看看吧！”因事发突然，张美娟紧张得语气有些颤抖。

“啊？！怎么会这样？真是活见鬼了。是有人搞破坏吗？”王海峰“倏”的一下从沙发上弹跳起来，睡意全消。

“不知道呀。看样子好像是吃了什么不干净的东西。”

“什么？吃了不干净的东西？这真是活见鬼了。我马上过去！”

挂断电话，王海峰心急火燎地往县人民医院赶。

王海峰刚刚赶到医院门口，就得知张福顺因抢救无效死亡了。他顿时天旋地转，三步并作两步地冲进医院。

在医院大厅和走廊上，摆满了临时搭建的简易病床。

所谓简易病床，实际上就是在地上铺一块一次性中单，再往上面铺一床被子，搁一个枕头，让病人躺在上面。

只有几个看上去昏迷的病人，被安排躺在带轮子的铁制病床上。

生病的员工共有二十多人。他们有的躺在病床上打点滴，有的爬在床头不停地呕吐，还有的一手提着裤子、一手高举着输液瓶，颤颤巍巍、踉踉跄跄地往厕所来回跑，样子狼狈不堪。

看到王海峰来了，医院院长刘国贤急忙跑过来打招呼。

“王局长，你总算来了，我都快招架不住了。”

“刘院长，麻烦你了！现在情况怎么样了？”

“唉！情况很糟糕呀！生病的人有二三十个，全是你们单位上的员工。”

“嗯。你说怎么会这样？”

“谁知道呢。据我分析，有可能是集体食物中毒吧。”

“真是活见鬼了。好端端的，怎么会食物中毒呢？”

“我猜测呀，有可能是大家在一起吃了有毒的食物，所以就一起中毒了。”

“有毒的食物？哪里来的有毒食物？真是活见鬼了。”王海峰嘟囔了一句，沉下了脸说：“呃！我说老兄呀，你怎么把病人都扔在大厅里和走廊上呢？为什么不把他们安排到病房里去？是怕林业局付不起钱吗？”王海峰指着地上横七竖八躺着的病人，有些生气地说。

“哎呀！你误会了。你又不是不知道，医院里的床位本来就不多，一下子突然来了这么多病人，哪里安排得过来呀？所以只好在走廊上和大厅里临时安置病床了。等新盖的医院启用后搬过去就好了。”刘院长解释道。

“原来是这样。看来我还得要谢谢你了！”王海峰嘴里说着感谢的话，心里面多少还是有些不痛快。

“哪里话，这是我应该做的。”刘国贤当然听得出王海峰的话外之音了，但他也就揣着明白装糊涂。

“刘院长，你是这方面的行家。看这些病人的症状，你觉得像是吃了什么东西中的毒呢？”

“病人的症状基本上是头痛、头晕、呕吐、腹泻，有的嘴唇、指尖变紫色。在我的印象中，能形成这种症状的中毒，因素有很多，既有毒物方面的中毒，也有药物方面的中毒。我琢磨着吧，要么是生吃了何首乌中毒，要么就是食用附片过量中毒，或者是生吃荷兰豆中毒，当然，也有可能是有机磷农药中毒，等等。不过我是学病理学的，不懂法医学，具体的我也说不清楚。”

“何首乌和附片不都是补药吗，怎么会中毒呢？”王海峰有些奇怪地问。

“对，何首乌和附片都是中草药，营养价值非常高。但是，如果何首乌生吃，便会中毒，会导致肝功能衰竭。附片中含有乌头碱，如果过量食用也会中毒，甚至会中毒身亡。”刘国贤解释道。

“哦，原来这么复杂呀？！看来这个问题只有等公安法医来解决了。刘院长，你还是陪我去看看病人吧？”王海峰摇了摇头说。

“好的。”

刘国贤领着王海峰先是到太平间，看了看张福顺的尸体。

张福顺的尸体上盖了一块白布。刘国贤走过去，一边掀开白布，一边说：“你看，死者全身都成了青紫色。这是典型的中毒症状呀。”

王海峰站在旁边，探着身子瞧了瞧，然后点点头说：“嗯，还真是这样。”

离开太平间，他们逐个床位探望了其他病人。

生了病的员工有的爬在床头呕吐，有的躺在床上呻吟。一些病情较轻的员工，则比比画画地向医生介绍他们中午所吃的饭菜和生病的经过。

据员工们介绍，中午食堂里一共烧了三个菜：一个清炒苦瓜，一个红烧草鱼，一个辣椒炒腊猪肉。汤是紫菜鸡蛋汤。

听了病人们的介绍，富有经验的刘国贤院长分析说：“王局长，从病人介绍的情况来看，我分析员工们可能是吃了腊猪肉中毒。”

“为什么？”王海峰不解地问。

“因为腊猪肉里含有过量的亚硝酸盐啦！”

“亚硝酸盐？亚硝酸盐不就是传说中的‘工业盐’吗？”王海峰惊讶地问。

“是的！由于它有毒，所以老百姓又称它为‘毒盐’。”

“这就奇怪了，腊肉里怎么会有这种鬼东西？真是活见鬼了。”

“这不奇怪，有些人在制作腊肉过程中，会使用亚硝酸盐来保鲜。如果用量太大，便会导致人食用后中毒，甚至会有生命危险。”

刘国贤院长的说法，立即遭到了食堂管理员张美娟的强烈反对。

“咦！不对吧！食堂里又不是第一次买腊猪肉吃，怎么以前就没有人中毒？再说了，腊猪肉是从超市里买来的，超市里的食品，肯定是符合食品卫生安全标准的，怎么会有毒呢！”张美娟因为激动而涨红了脸。

“你先别急，让我问你一个问题，这些菜是不是今天烧的？”刘院长盯着张美娟的眼睛问。

“当然喽！都是今天早上买来的新鲜菜，上午烧的。绝对没有隔夜菜。”张美娟理直气壮地回答。

“这就对了嘛！”刘国贤院长点着头说，“大凡食物中毒，如果排除了其他的可能性，通常就只有两种情形，一种是腐败变质的食物会产生亚硝酸盐，人吃后会中毒；另一种是生产厂家在制作加工腊肉制品过程中，为了防止新鲜猪肉腐败变质，一般都会限量地使用亚硝酸盐。如果使用不当、用量过高的话，人吃了后就会中毒，甚至会造成中毒死亡。你刚才说这些菜都是今天早上买的，上午烧的，中午吃的，因此，就可以排除隔夜食物腐败变质后导致人食用中毒。既然这种情形排除了，那么就只剩下一种可能性了，那就是亚硝酸盐来自腊猪肉。”

“你们不要争了，其实还有其他的可能性的。比如说，有些缺德的菜农，在种菜过程中，给蔬菜洒上了剧毒的农药，如果炊事员在烧炒前没有将农药残留物清洗干净的话，有时候也会导致人吃了中毒，甚至会造成中毒死亡。又比如，有一些有毒的植物混在蔬菜中，如果清洗时没有发现，而将其一锅炒的话，人吃了也会中毒。像这样的事情，我们在网络上经常能够看得到。现在情况还不明确，我们不要胡乱猜测、妄下结论。”

王海峰和刘国贤一边察看病人情况，一边给病人做着安抚工作。走走停停，就来到了走廊上。王海峰问：“刘院长，现在其他病人的病情都稳定了吧？”

“哦，都稳定了。不过还有一个病人还在昏迷中。”

“那赶快带我去看看。”

“好的，请这边走。”

走廊尽头有一张铁制病床，床上躺着一名身材瘦弱的女病人。

王海峰和刘国贤来到这名女病人的床边，发现她还处于昏迷状态。刘国贤一边用手背触摸着病人的额头，一边给王海峰介绍：“除了张福顺死亡以外，其他病人的病情都基本上得到了控制。有几个昏迷和半昏迷的病人都陆陆续续地苏醒过来了，只有这个病人，还一直处于昏迷之中。不过你放心，她的血压、体温和脉搏都还正常，应该很快就会苏醒过来。”

“她叫谢雨农，是我们局里的合同工。可能是她中午吃的东西多了一些，中的毒也就重一些，所以到现在还没有苏醒过来。”张美娟在旁边插进来介绍说，“不过不要紧，医生说了，她已经脱离了生命危险，很快就会醒过来的。”

望着昏迷中的谢雨农，王海峰心情感到无比的沉重。已经死掉一个了，千万不能再死了，要是再死人的话，那就真是无法收拾这个烂摊子了。

王海峰是军人出身，曾在某部炮兵团服役，任过副团长。转业后分配到宁溪县林业局工作。他一米八的个子，长得魁梧高大，说起话来瓮声瓮气的，就像打炮一样。走起路来风风火火，步幅忒大。与人交谈时，总喜欢带一句“真是活见鬼了”的口头禅。

王海峰一边叮嘱医生，要不惜一切代价全力抢救病人，一边掏出手机，分别给公安局、卫生局疾控中心和环境保护局打电话，通报中毒事件。

王海峰在心里寻思着："食堂里出了这么大的事情，作为一局之长，自己当然有不可推卸的责任，所以应当主动向有关部门报告，请求有关部门派人来协助处理。要不然的话，自己又如何来面对眼前这个局面呢。"

王海峰刚打完电话，便听到身后有一个虚弱的声音在说："医生……医生……你们哪位是医生？快……快去救救我娘呀！我娘也吃了食堂里的饭菜，怕是也生病了吧？！"

原来是谢雨农已经苏醒过来了，说是她中午从食堂里帮母亲买了饭菜回去吃，担心老人家也可能生病了。

"你娘现在在哪里？"刘院长问。

"在……在我家里。你们快……快去救救她吧！"谢雨农的声音显得有些颤抖，脸上挂满了担忧和不安的表情。

"你家在哪里？"王海峰问。

"永乐大桥，北桥头，翠湖小区，2 栋 1 单元 501 室。"谢雨农一边说，一边哆哆嗦嗦地从裤口袋里掏出家里的钥匙。

救命如救火。事不宜迟，王海峰接过钥匙，瓮声瓮气地说了一句口头语"真是活见鬼了"，便带领几名医生，以最快的速度赶往翠湖小区谢雨农的家里。

然而，一切都晚矣！

当王海峰一行匆匆忙忙地赶到时，看到的竟是一具已经开始僵硬的尸体。老人家早已命归黄泉了。

望着老太婆的尸体，王海峰终于控制不了自己的情绪，忍不住掩面哭泣起来，哽咽着说："我的天啦！两条人命啦！这怎么得了呀？真是活见鬼了啊！"

王海峰擤了一把鼻涕，然后掏出手机打"110"，再次向公安局通报新的案情。

二　刑警队长

宁溪县，一个偏僻的山区县，总人口不到四十万。一直以来，社会治安状况都比较平稳，从来没有发生过如此惊天动地的大事。

永乐街道派出所所长王强接到警情时，惊讶得几乎要窒息过去。在他的辖区里，竟然出了这么大的事情，怕是从新中国成立以来都没有发生过吧。

王强今年 54 岁。个子不高，身材消瘦，两鬓斑白。由于长期工作于基层，风霜雪雨，走村串户，焦心劳思，以至于过早地衰老了，脸上布满了饱经沧桑的皱纹，长相比实际年龄要苍老许多。

王强从部队转业回来后，就一直在永乐街道派出所工作。从一名普通的民警，干到副科级的所长，大约花了 25 年的时间。进步确实有些慢。但我们不能说他这个人不优秀、工作不敬业。事实上，他做事非常认真，认真到几乎有些古板。实在是因为基层干部级别低、职数少。在一个县级公安局，要想提拔为副科级以上干部，难啦！不仅竞争激烈，而且层级还非常多，就相当于是过独木桥吧。他参加工作后，先是做片警，几年后当片长，然后是当副股级的警长、正股级的副所长，最后才提拔为副科级的所长。

就在他即将退居二线之际，辖区里竟然发生了死伤二十多人的集体食物中毒事件，王强感到十分震惊，同时又感到无比沮丧。震惊的是：一个行政机关单位的食堂，管理如此之差，竟然出了这么大的事情；沮丧的是：现在动不动就搞责任倒查和问题追究，如果因为这件事情被追责，自己受到牵连被处分，那不是成了晚节不保了吗！

是福不是祸，是祸躲不过。该来的总是要来的，担心也没有用。先不管那么多，把事情查清楚了再说吧。

王强皱着眉，铁青着脸，带领民警严松等人，驱车直接赶往林业局食堂。虽然一言不发地紧绷着脸，但却无法拉平他额头上那一条条的“犁沟”。

林业局食堂的前后门都已经上了锁。

王强绕着食堂外围巡查了一遍，试图找到一些可疑的物品或痕迹，但什么都没有发现。无奈之下，他只好招呼严松按照现场保护的基本要求，用隔离带将食堂大范围隔离起来，等待刑警队的同志前来勘查。紧接着，王强又用手机从所里调了几名干警赶到医院去，指示他们对那些已经清醒过来的中毒人员展开初步询问，全力收集有关信息，尽可能多地掌握第一手情况。

把现场保护措施落实好后，王强继续对外围现场进行踏勘。这时又接到了指挥中心的电话，说翠湖住宅小区 2 栋 1 单元 501 室发现了一具女性尸体，死者叫李湘妹，是林业局的退休职工。

一波未平，一波又起。还真是应了那句老话“祸不单行”啦！

“严松，你带名辅警赶到翠湖小区去，那里又发现了一具尸体。”王强放下手机，一脸凝重地对严松说。

“啊！有这样的事？这不是东家刚起火，西家又冒烟吗！”严松一边发动车子，一边感叹道。

“你们赶过去后，不要乱动现场的东西，先把现场严密保护起来，等待刑事技术人员前来勘查。”王强叮嘱严松。

严松带了一名辅警应声而去。

见刑警队的同志还没有来，王强便给局指挥中心打电话，询问他们到了哪里。得知他们已在来的路上后，他又急忙去找林业局办公大楼的门卫，打听由谁保管食堂的钥匙。

接到指挥中心的指令时，刑警队长文斌正在召开“捕狼”专项行动工作动员会，部署有关追逃工作。因此，他不得不长话短说了：“简单来说，‘捕狼’专项行动的实质，就是要追捕历年来潜逃在外的命案逃犯。经过清理，我县还有 7 名命案犯罪嫌疑人在逃。这些逃犯中，有的是故意杀人犯，有的是故意伤害致人死亡犯。潜逃时间最长的已有二十多年了。这些人不仅长期逍遥法外，而且随时都有可能重新犯罪伤害他人。打个比方说吧，这 7 名逃犯，就相当于游弋在野外的 7 匹‘恶狼’，无拘无束，随时随地都有伤害他人的危险。因此，为了彻底消除隐患，还受害人及其家属一个公道，我们必须采取强有力的措施，开展专项追逃行动。要实行一人一档一专班，即一个逃犯建立一个档案，组建一个追逃专班，尽快地将他们缉捕归案，绳之以法。”

文斌简明扼要地布置完工作，然后手一挥，大声地说了一句“散会”，便匆匆忙忙地向楼下奔去。副队长吴良义紧随其后。

文斌一边匆忙行走，一边习惯性地扫了一眼手机上的日期和时间：2016 年 7 月 8 日 15 时 40 分，星期五。

干警早已把勘查车和备勤车停在大门口。法医钟天、痕检员郭弘、侦查员韩珂玉、辛丹青和新调来的刑警陈亮等人，都早已带好了现场勘查箱和调查取证工具，正站在车子边等。

文斌见钟法医也站在车子边等，便有些生气地说：“你站在这里干什么？还不赶紧到医院去！”

钟天转身正要离开，文斌又叫住他叮嘱了一番。

“医院那边的工作重点，是要做好 5 个方面的工作：一是要对死者的尸体进行检验；二是要对其他中毒人员的身体进行检查；三是要提取有关呕吐物、排泄物及血样等检材；四是要向医生了解中毒人员的中毒症状；五是要暗中收集有关的可疑信息。明白吗？”

“明白。你放心。”钟天回答。

文斌又指了一下辛丹青：“你和钟法医一起去吧。”

“是！”辛丹青紧追钟天，向车库方向奔去。

钟天和辛丹青走后，韩珂玉问：“队长，我们往哪里去？”

“这还用说吗，这么多人同时生病，肯定是集体食堂出了问题嘛！”吴良义一边上车一边说。文斌一言不发，脸上表情异常严肃。

“明白！”韩珂玉应了一声，便对司机发出指令：“目标：林业局食堂。出发！”

文斌带领侦技人员，一路狂奔地赶往林业局食堂。

宁溪河水东西走向，贯穿于宁溪县中心城区，将县城分为城南和城北两个区域。河面上架有“宁溪”“永乐”和“平安”三座大桥，使城南、城北两个区域的经济文化紧密相连，充分融合。

宁溪河水长年清澈甘甜，川流不息，养育了祖祖辈辈的乡民，是宁溪人民的母亲河。

宁溪大桥的造型设计为提篮型，算得上宁溪县城的标志性建筑。六车道、四提手，两边布满了各种造型的花坛，远远看去，宛如两对浮在水面上的巨型花篮。

警车驶上宁溪大桥。文斌透过车窗，凝望着温婉平静的宁溪河水面，一动不动。韩珂玉见状，关心地问道：“队长，没事吧？想什么呢？”

“嗯！没事。我只是在想，如果我们所做的工作，每天都能像这条河的河水一样宁静、闲舒，那该有多好啊——没有犯罪，没有暴力，没有尔虞我诈。百姓安全，社会祥和，人人幸福……”

“是呀！如果哪天我们做刑警的都失业了，那这个社会就太平了……”韩珂玉被文斌的情绪所感染，心潮澎湃地附和着说。

望着坐在前排这个身材魁梧、性情温和、品性刚强、处世沉稳的男子，韩珂玉心里充满了由衷的敬意。

“什么歌坛四大天王？什么影圈八大金刚？在我这里全都是狗屁。队长才是我们的偶像，才是我们的明星，才是我们心目中真正的英雄！”

文斌35岁，毕业于警察学院侦察系。他身高一米七八，国字脸，板寸头，一双不大的眼睛炯炯有神。由于长期坚持搏击和体能训练，所以体格强健，动作敏捷。

别看文斌年纪轻，可却是老资格的刑警队长了。在他办公室的墙面上，悬挂了一幅大气豪迈的草书匾，上书：“铁肩担道义，侠骨济民生”。这正是对他从事刑事侦查工作十多年的归纳和点评——千里打拐救儿童、寻踪觅迹破疑案、刀光剑影擒悍匪……无数次临危受命、无数次激流险浪、无数次功成凯旋。在他身上，无不彰显出一名优秀刑警的胆魄和智慧。

听到韩珂玉的感叹，陈亮眨了眨眼睛，有些不解地问：“韩哥，如果刑警都失业了，那我去干什么呢？”

“呵呵！你呀，你就回家去讨老婆带娃儿嘛！”吴良义在旁边打趣地说。引得大家哄堂大笑。

吴良义是辽宁人，典型的东北大汉。一米八五的个子，魁梧健硕。性格豪爽，为人大气。操一口纯正的东北话，说起话来嗓子有点嘶哑，但不失粗犷、有力。他曾经是一名消防战士，在一次救火抢险中，咽喉被化工厂有毒气体灼伤，导致嗓子永久性嘶哑。从消防部队转业后，他分配到了刑警大队。经过几年的打拼，晋升为副大队长。平时大家都习惯模仿他，用东北方言称呼他“吴队副”。

文斌的手机响了。是永乐街道派出所所长王强打来的。

“喂！是刑警大队文斌队长吗？”

“我是。请讲。”文斌说话向来简单明了，从不拖泥带水。

“你好！我是永乐街道派出所所长王强。”

“嗨，王所长好！”

“我们现在正在事故现场，也就是林业局的机关食堂。请问你们到哪里了？”

“我们也快到了。”

“又有一个紧急警情要向你通报。刚才指挥中心转来警情，说是我辖区翠湖小区的一户居民家，发现了一具女性尸体。我已经派人赶过去了，你们大队是否也要派人过去？”

“那是当然！你把详细地址发给我，我马上调人过去。”

与王强通完电话，文斌立即叫停车，然后对吴良义说：“吴队副，翠湖小区又发现了一具尸体。派出所的同志已经去了。你就在这里下车，打摩的赶过去，我会派陈旭东法医赶过去勘查现场的。如有什么情况，要及时向我报告。”

“好的。可据我所知，陈法医好像正在休陪产假呢。”吴良义说。

“我知道。没办法呀，只好让他中止休假了。”

吴良义不再说什么，下车后拦了一辆“摩的”直奔翠湖小区而去。

文斌立即打电话通知正在休陪产假的陈旭东法医，要求他中止休假，带人前往翠湖小区勘查现场。

陈旭东从队长的说话语气里，明显感觉到了案情的严重性。于是，他来不及给刚生产的妻子多做解释，只是深情地吻了吻躺在妻子身边才出生几天的婴儿，满脸愧疚地对妻子说了一声“我有任务。你多保重！”便匆匆忙忙地走了。

望着丈夫远去的背影，妻子心里一酸，两汪泪水夺眶而出。泪水里有委屈，有酸楚，但更多的是关爱和祈祷。

三 现场

过了宁溪大桥往右拐，沿锦江大道行走三百米，左边便是林业局办公大楼。

见面后，王强要向文斌介绍现场保护的情况，但被文斌阻止了，“不用介绍，我都已经看到了。”

文斌平时是一个不苟言笑的人，一言一行都喜欢直来直去，从不愿在废话、套话和做无用功上浪费时间。

王强撩起隔离带让文斌一行进入现场，并叫来了林业局综合治理办公室主任胡广平，让他做现场勘查见证人。

林业局办公大楼是一栋4层的砖混结构楼房，坐落于宁溪河北岸，前面临街，后面是大院。

林业局机关食堂设置在林业局办公大楼第一层，是由临街的3间店铺改造而成的。里面分隔成了一间大餐厅、一间小包厢、一间卫生间和一间厨房。

食堂前后各有一扇门。前门是双层门，里面一层是铝合金玻璃双合门，外面一层是卷闸门。后门是一扇铁质防盗门。

食堂的前门紧临锦江大道，跨过锦江大道，便是绿化带和宁溪河。后门外是大院，里面建有篮球场和停车场。穿过大院就是林苑小区，也就是林业局干部职工集资建成的住宅楼。

办公大楼座向的右边有一条小街，叫松柏路。松柏路与锦江大道相连，形成了一个“丁”字形路口。

进出办公大楼的大门，就开设在丁字路口的圆形拐角处。

按照分工，韩珂玉和陈亮负责调取现场及周边的监控视频，文斌和郭弘等人负责对中心现场进行勘查，王强等人负责现场周边的走访调查。

林业局办公大楼虽然安装了5个视频监控探头，可惜有4个是坏的，只剩下楼梯口的一个还在勉强地“带病”工作。食堂内外都没有安装监控探头。在锦江大道上，丁字路口本来安装了一个球形监控探头，但那还是天网工程的第一批产物，早已变成了瞎子的眼睛——装装样子罢了。锦江大道往西三百米，与宁溪大桥相接处有一个监控探头；往东七百米，与永乐大桥相接处也有一个监控探头。

韩珂玉和陈亮调取了这三个正在使用的监控探头的电子数据。他们分析研判了案发前一个星期内的视频，发现每天从早到晚，经过大桥和锦江大道的车辆、行人非常多，来来往往，不计其数。由于监控探头离林业局办公大楼距离太远，加上安装角度又不科学，所以无法准确判断哪辆车或哪个行人与林业局食堂有关联。

“韩哥，我觉得这些监控视频电子数据没有什么价值，是不是封存起来，咱们另辟蹊径？”陈亮问韩珂玉。

“你怎么知道这些电子数据没有价值？我跟你说，如果这起中毒事件只是一起普通的集体食物中毒事件的话，那这些电子数据就非常有价值。”韩珂玉一本正经地说。

“为什么？”陈亮有些不理解。

“如果是普通食物中毒事件，那就一定与外界有关联。因为机关食堂里的所有食物，都应当是从外面采购而来的。林业局可不会自产自销啰。”韩珂玉像带徒弟一般，耐心地给陈亮讲解。

陈亮是刚从法制部门选调过来的刑警新兵。他毕业于西北政法大学，法律素养非常高，三年前就通过了号称为天下第一考的司法考试。中等个子，体形偏瘦，长着一张娃娃脸，白白净净的，说起话来，总是脸上带笑、嘴里含蜜，“哥”啊“姐”的叫个不停，为人热情，颇得同事们的喜欢。

“韩哥你真厉害，一眼就看到了问题的本质。以后你可要多教教我这个新兵啰！”陈亮非常真诚地笑着说。

“哪里呀，我也是跟队长学的。等你跟着队长的时间长了，耳濡目染的，自然就什么都会了。”

“好！以后我一定好好地跟着队长学几招。那接下来我们做什么？”

“这样，你把近三天来，凡是经过宁溪大桥桥头、永乐大桥桥头往林业局方向去的机动车辆的车型、车号和行驶时间准确地记录下来，列表造册，以备下一步调查和研判。”

“是！明白。”陈亮大声地回答，表情有些夸张。

现场勘查工作进行得很不顺利。

很明显，食堂已经被打扫过了。也就是说，炊事员在吃过中饭后，病情发作前，已经对食堂进行了清扫。地面上用水冲洗过，员工们吃饭用的不锈钢餐盘和碗筷洗得干干净净，整整齐齐地摆在柜子里，烧菜煮饭用的铁锅被清洗后斜靠在灶台上，盛菜用的四个中号不锈钢盆子也被洗得干干净净，搁置在餐厅里的专用案台上。

在餐厅的墙壁上，挂了一本用A4纸打印装订的登记簿，上面用装订卷宗的丝线吊着一支圆珠笔。登记簿里面有日期和每天用餐人员的签名。

郭弘翻到当天那一页，数了数中午用餐的人数，共27人。这个数字与在医院接受治疗的人数正好相符。看起来中午在食堂吃了饭的人几乎都生了病。

郭弘毕业于中国刑警学院，学的是痕迹检验专业，是刑警大队的资深技术员。

他平时一心扑在痕检技术上。但凡有一点空闲，便会打开手机听听京剧，铺开宣纸练练书法，或者搞点文学创作什么的，是大家一致公认的“秀才”。平时说话时，喜欢套用几个歇后语，或几句古文诗词，有时候还会哼几句京剧唱腔。

看到郭弘一副无从下手的表情，文斌故意用了一句歇后语来刺激他：“郭大秀才怎么啦？云母石上钻孔——深入不下去了？”

“报告队长，我现在是在戈壁滩上找泉水——难啦！”郭弘也用歇后语来回答。

“难道就真的没有留下一丁点儿残羹剩饭？”听到郭弘这么说，文斌表情开始凝重起来。

“恐怕是三十晚上盼月亮——没指望了。除了这本用餐登记簿，什么也没有发现。”郭弘摇了摇头，一脸的无奈。

文斌心里不免产生了些许沮丧。但他仍心有不甘，掏出手机给正在医院调查的辛丹青打电话。电话接通后，文斌交代辛丹青想办法找到管理食堂的有关人员。

过了一会儿，辛丹青就回了电话。

“喂！队长，食堂管理员找到了，是个女的，叫张美娟。我把电话交给她，有什么事你就直接向她询问吧。”说完，辛丹青把手机交给了张美娟。

“喂！你是食堂管理员吗？”文斌直来直去地问。

“嗯！我是。”

“我是刑警队长文斌。”文斌亮明了身份。

“哦！文队长你好！”

“我有几个问题要向你了解，请你如实回答。”文斌没有一句废话，直奔主题。

“那是当然。你请问吧。”

“对食堂里的情况最清楚的是谁？”

“应当是我和炊事员张福顺。现在张福顺已经死了，那就只有我最清楚了。”

“我想知道你们食堂是如何处理剩菜剩饭的？”

“哦……这个嘛……是这样子的，我们一般都是根据用餐的人数来做饭。比如说，统计到有 30 个人用餐，便按 28 个人的用量来做饭。万一少了的话，我和炊事员就煮点面条对付一下，这样就不会造成浪费。所以在大多数的时候，是不会有很多的剩菜剩饭的。”

“那么今天中午呢？”

“今天中午的饭菜全部吃光了。”

“还有没有其他未下锅的食材？”

“新鲜的食材没有了，只剩下以前买的鸡蛋和紫菜。一般情况下，如果局里没有来客人的话，我通常只买当天中午要烧的食材。这样更新鲜、更安全。”

“听你说话的语气，你自己好像没有生病？”

“我？哦，对。我没有。”

“这么多人生病，为什么偏偏你没有？”

“哦……是这样子的，我姑妈的儿子结婚，我中午安排好了食堂的事务后，就去姑妈家喝喜酒去了，没有在食堂吃饭。”

“那你的意思是说，凡是中午在食堂里吃了饭的人都生了病，没在食堂吃的就没有？”

“差不多就是这个样子。有 27 个人在食堂吃了中饭，现在这 27 人都躺在医院。噢！对了，刚才听说谢雨农的母亲吃了她从食堂带回去的饭菜后，已经发病身亡了。这样算起来就有 28 个人生病了。”说到后面，张美娟几乎是带着哭腔在回答。

“既然你没在食堂吃中饭，那你怎么知道饭菜全部吃光了？”

“我回到食堂时，看到张福顺正在清洗餐具和炊具，应该没有剩下的饭菜。”

“原来是这样。那好吧，先问到这里。如果有什么事的话，我们随时都可能会去找你。”

“好的。”

勘查完现场，技术员郭弘一边摇头，一边用京剧腔调唱道：“完了！完了！

夫君啦，这叫奴家如何是好了？”

文斌虽然也感到困惑，但他很快就调整好了思路。

“既然找不到有问题的食物，那就寻找有问题的食材吧。”文斌拍了拍郭弘的肩膀说。

“呵呵，英雄所见略同。我心里也正是这么想的。”郭弘讪笑道。他一边重新戴上手套，一边摇头晃脑地念叨：“平芜尽处是春山，行人更在春山外……”

按照文斌指出的思路，郭弘提取了食堂里所有用来做菜的食材和佐料，包括：油、盐、酱、醋、味精、鸡蛋、干紫菜、干辣椒、生绿豆和大米、面条等。

正在这时，钟天从医院打来电话。

“文队长，你现在有空吗？我想把医院这边的有关情况详细地汇报一下。”

“不用详细，说吧，简短点。”文斌口气有些生硬。

“医院这边共有 27 个病人，已死亡一人。从病人的症状和死者的尸体外表特征来看，这些人很可能是摄入了亚硝酸盐而中毒。但准确的结论，要等到实验室检验后才能最后确定。”钟天左手拿着电话，一边与文斌通话，一边习惯性地用右手掌轻抚梳得溜光的头发。

“好的，我马上安排人去送检。”文斌简短地说。

放下电话，文斌对郭弘说：“郭秀才，你把所有的检材带上，绕道去趟医院，把钟法医提取的检材也一并带上，送到理化实验室去检验。要快！”

“好的！明白！”

郭弘答应了一声，动作麻利地收拾好各种检材和现场勘查工具，匆匆忙忙地走了。

吴良义赶到翠湖小区时，陈旭东法医也已经到了。

“嗨！你乍的还先到了呢？”吴良义一见陈旭东，便奇怪地问。

“噢！妇女儿童医院就在附近，我是从那里直接赶过来的。步行只要三分钟。”

“看你现在的架势，好像是要徒手上阵吧？”吴良义见他两手空空，便半质疑半开玩笑地问。

“不是，吴队副。我已经电话通知了理化实验室的助理工程师吕玫同志，她会帮我把勘查检验工具箱送过来。唔！我猜她应该快到了。”陈旭东解释道。

“哦，是这样。”

先前到达的派出所民警严松在2栋1单元楼梯口等候，看到吴良义和陈旭东，便急忙迎上去。吴良义没说话，只是向他做了一个前面带路的手势。严松便一边领着他们往5楼走，一边介绍现场保护情况。

上到5楼，共有两户人家。左边是“501”室，右边是“502”室。左边这户的房门是敞开的，门口站了两个辅警，负责警戒。

陈旭东对两个辅警说：“你们都下楼去吧，这里交给我们来处理。”说完，又对严松说：“严警官，麻烦你下楼去接下我们漂亮的女法医。”

严松应了一声“好的。”便连跑带跳地下去了。

因没有勘查专用灯，吴良义和陈旭东只好打开手机灯光，对着房门进行仔细察看。门和门锁均完好无损，无破坏痕迹。但门框和门锁上方有大量的指纹。

正在这时，吕玫提着工具箱气喘吁吁地跑上楼，将箱子往地上一搁，上气不接下气地说：“箱子……给你了，我……现在……要赶回去，队长通知我在理化实验室做好检验准备……不多说了，要走了。拜拜！”说完，吕玫掉转头就往楼下奔去。

陈旭东望着吕玫的背影和那一头飘逸的头发，大声说：“谢谢啦！芭比公主。”说完，摇了摇头，自言自语地说，“这鬼丫头，什么时候都是急急匆匆的，这脾气再要不改改，小心别当剩女喽！”

“你也别怪她，头儿亲自安排的，一定是很紧急很重要的事情，她哪里又敢耽误呢？”吴良义说。

“不是怪她，是关心她。等哪天有空呀，我得找个机会好好地开导开导她，顺便帮她找个好婆家。”

“说来也怪，这个吕玫长得怎么就像是一个漂亮的洋妮一般呢？黄头发、棕眼睛、白皮肤。是不是她的家族里有洋人的血统呀？”吴良义若有所思地说。

“你是说混血儿？也许吧，难怪这么漂亮。唉！只可惜我已成了家，要不然的话，我会毫不犹豫地向她求爱的。”陈旭东感叹道。

听到陈旭东的感叹，吴良义立即板起面孔，严肃地说：“你这个同志呀，我可要批评你了。有这种思想可就不对了，那是很危险的啰……”

“别！别！吴队副，你又要来给我上政治课了。我是开玩笑的，说说而已，说说而已。”

“开玩笑？那就好，那就好，这我就放心了。好了，时间不早了，我们干活吧！”吴良义一本正经地说。

“好嘞！”陈旭东打开工具箱，拿出两套一次性勘查服，两人开始忙碌起来。

这是一套三室两厅的住房。进门左边是厨房，厨房隔壁一间是客房；右边是餐厅，餐厅过去是客厅，进客厅的左边依次是主卧室和次卧室，两间卧室之间是卫生间。

死者是一名年过花甲的妇人，仰卧在客房里的床上。身穿一套碎花白底棉布睡衣，衣着还算整齐。

死者嘴唇、指甲和脸上皮肤均成青紫色。眼睑有出血点。尸僵已体现。外表未见任何机械性损伤，无搏斗和挣扎痕迹。

经初步勘查，可以排除机械性损伤致死，符合中毒死亡的情形。死亡时间应当是在下午一点至三点之间。

现场无打斗痕迹。现场物品也无明显的翻动痕迹。

文斌勘查完现场，便交代综治办主任胡广平在食堂前后门上贴上封条，将现场严密封锁起来。正在这时，吴良义从翠湖小区打来电话，说从初步勘验的情况来看，死者应当是食物中毒身亡。现场无破坏痕迹，也无搏斗痕迹，家具和物品无翻动痕迹。因此，基本上可以排除死者在外力的干预下强制性服毒。

文斌指示他借用殡仪馆的运尸车，将死者尸体运送到设在殡仪馆里的法医解剖室去，以便做进一步的解剖检验。

文斌和王强决定对林业局内部做些了解。

对于一个山区县来说，在县直部门中，林业局算是个大单位了。各个科室、各个乡镇林业办、各个林场、林业公司及护林队，全部加起来有几百号人。

虽然单位大、人员多，但真正在机关上班的却只有 35 个人。这其中包括正式干部职工 30 人，合同制职工 5 人。这 5 人分别是：门卫张老三、林业公司竹木产品销售员谢雨农、保洁员王荷花、驾驶员张龙和炊事员张福顺。

根据胡广平的介绍，平时只有在机关工作的这 35 人会在食堂吃中饭。现在有 27 人中了毒，那么还有 8 个人没有中毒。没有中毒的这 8 人除了自己以外，分别是王海峰、黄波、张美娟、张老三、黄才和、李友平、兰冬生。

文斌要求胡广平把没有中毒的人员的基本情况详细统计出来，以供侦查人员调查时使用。

胡广平查阅了有关人事档案后，制作了一份《未中毒人员基本情况一览表》——

王海峰，男，现年 49 岁，林业局党委书记、局长；

黄　波，男，现年 41 岁，林业局党委委员、副局长；

黄才和，男，现年 38 岁，林业局林政科科长、执法大队大队长；

胡广平，男，现年 40 岁，林业局综治办主任；

张美娟，女，现年 31 岁，林业局食堂管理员；

李友平，男，现年 26 岁，林业局执法大队队员；

兰冬生，男，现年 24 岁，林业局执法大队队员；

张老三，男，现年 57 岁，林业局门卫。

文斌和王强决定采用反证法，围绕这 8 个人，调查他们未中毒的原因，从而证明所有的受害人都是因为吃了食堂里的饭菜而中毒。也就是所谓的集体饮食中毒。

经过调查，王海峰是因为上大学的女儿回来了，他在家里陪女儿吃饭，没到食堂用餐，所以没有中毒；黄波因为与妻子闹离婚的事，在法院打官司而耽误了中午用餐，所以没有中毒；胡广平属于典型的“妻管严”，如果没有特殊情况，他每天都得按时回家吃饭，今天没有特殊情况，所以他回家去了，没有在食堂用餐，因此没有中毒；张美娟因为去姑妈家喝喜酒去了，没在食堂用餐，所以没有中毒；张老三因为身患糖尿病多年，不能吃食堂里的油腻食物，大多数时候都是由老伴在家里烧好饭菜后，送到门卫室来吃，今天也是如此，所以他也没有中毒；黄才和、李友平、兰冬生属于林区巡逻执法人员，肩负着林政执法重任，三人一起进山巡逻执法去了，中午没有回来吃饭，因此他们也没有中毒。

从初步调查的情况来看，王海峰、黄波、胡广平、张美娟、黄才和、李友平、兰冬生和张老三这 8 人之所以没有中毒，完全是因为他们没有在食堂吃中饭的缘故。而他们没有在食堂吃中饭的原因也似乎都很正常，理由也似乎都很合乎情理。

“现在看来，那些员工确实是因为吃了中午有毒的饭菜而中的毒。”在林业局会议室里，王强一手举着老花眼镜，一手翻着笔记本对文斌说。

“现在下结论恐怕还为时过早吧。其实还有一个问题没有解决。”文斌随手点了根烟，有些忧虑地说。

“什么问题？”

“水，饮用水。也许他们是喝了食堂烧的开水中的毒呢。”

“水？不会吧？！”从翠湖小区现场赶来的吴良义一进门，刚好听到文斌说到饮用水出了问题，直言反对。

“你刚到，什么情况都还不清楚，怎么就认为水没有问题？”王强反问道。

“凭分析。你看，所有中了毒的人，都是在食堂吃了中饭的人。这一点是客观事实吧？”

“就目前情况来看，似乎是这样。”王强点点头说。

“但是，是不是所有中毒的人都喝了张福顺烧的开水呢？我看未必。如果这其中有人没有喝过食堂里烧的开水而又中了毒的话，那不正好就反证了水中没有毒吗。”吴良义晃着他那高大的身躯，一边踱步一边说。

“这只是你的分析而已。是不是所有中毒的人都喝过食堂里烧的水，现在还不得而知呢。”王强说。

“这个问题好解决，去把胡广平叫来问一问就清楚了。”文斌说。

“叫他有啥用？他又没中毒。”王强不解地问。

“哎！我说王大哥呀，用咱们东北话来说，你就是个‘卡楞子’，你怎么就不会反向思维呢？如果胡广平喝了食堂里烧的水而又未中毒的话，不是同样可以证明水是无毒的吗？”吴良义爽朗地笑着说。

“是呵，嘿嘿！年纪大了，脑筋一下没转过弯来。”王强自嘲地笑了笑，然后走到门口大声叫了一句“胡主任”。

胡广平的办公室就在同一层楼，听到王强在叫他，应了一声，便匆忙来到会议室。

“王所长你叫我，有事吗？”

“我问你一个问题，你今天喝了食堂提供的开水吗？”文斌问。

“开水？没有，我们喝的水都是桶装水。由办公室统一定购，由水厂直接配送到每个办公室，再由各办公室的人自己用电水壶烧。”

“这就奇怪了？我明明看到食堂里有 4 个装了开水的保温瓶，那又是给谁准备的呢？你们都不喝，那就是炊事员自己喝喽。难道炊事员一个人每天要喝 4 保温瓶的开水吗？”文斌喷吐出一口烟雾问。

“这……这我就不知道了。”胡广平摇了摇头回答。

“好了，没你的事了，你忙去吧。”王强打发胡广平走了。

文斌从口袋里掏出手机给辛丹青打电话。

“喂，队长，有什么指示？”

“你还在医院吧？”文斌简短地问。

“在。中毒的人比较多，一时半会还询问不过来呢。”

“那食堂管理员张美娟还在医院吗？”

“在呀，就在走廊上。”

“你把电话交给她，我要和她通话。”

“好的。”说完，辛丹青一路小跑地跑到走廊上，把电话交给了张美娟。

“喂，文队长你好，我是张美娟。”

“请问你平时在单位喝的水是由哪里提供的？”

“我平时都是在办公室自己烧桶装水喝。各个办公室的人差不多都是这样。”

“那食堂里的4个保温瓶是怎么一回事呀？”

“哦，那是给那些没有办公室的同志提供的。”

“没有办公室的同志是指哪些人？”

“比如门卫室的张老三、保洁员王荷花、炊事员张福顺，还有竹木制品销售店的黄书琴和谢雨农等人。驾驶员张龙本来也是没有安排办公室的，但他只要不出车，一般都是在行政办公室落脚，所以他不会到食堂去倒水喝。”

“哦，原来如此。”

与张美娟通完电话，文斌要王强去把门卫张老三叫来。

据张老三说，他平时的确是喝食堂炊事员张福顺烧的开水，他说张福顺每天一到食堂，就会先把水烧好，灌装在4个保温瓶里，然后再去忙其他的事情。今天上午9点左右，他用一个大号保温杯放好茶叶，到食堂去倒开水。当时张福顺正在煮饭。中午开饭时，他又到食堂去倒过一次开水。

张老三喝了食堂里烧的开水，并没有感到身体有哪里不舒服。

由此判定，保温瓶里面的水是没有问题的，张福顺等28人中毒，一定是因为吃了有问题的食物而中毒。并且，问题食物的来源，与食堂中午的饭菜是有着必然联系的。

四　成立专案组

吕玫加班加点，很快就把物证检验鉴定结果做出来了。

吕玫忧心忡忡地来到文斌办公室，一边把鉴定意见报告递给他，一边说："队长，这个检验鉴定结果出人意料，真是有点让人匪夷所思啊。"

"为什么这么说？"

"你看，一方面，在死者的血液里和中毒人员的呕吐物里，都检验出了亚硝酸盐的成分，证明员工们确实是误食了含有过量亚硝酸盐的食物而中毒；另一方面，在食堂里提取的所有检材中，却又没有检验出一丁点儿亚硝酸盐的成分。二者结果迥然不同，互不关联，相互矛盾。翠湖小区的现场检验结果也是如此。"

"什么？"文斌腾的一下从椅子上站起来，"这怎么可能呢？你能确定检验没出意外？"

"当然不会。我是反复检验过的，不会有错。"

文斌从吕玫手上接过文件夹，快速浏览了每一份报告的综合结论意见，然后沮丧地跌坐在椅子上，自言自语地说："这是怎么一回事呀？难道中毒事件真的与食堂没有关系？如果没有关系的话，这亚硝酸盐又是怎么到食堂里去的呢？又是怎样到中毒人员体内的呢？难道真的像医院刘国贤院长说的那样：亚硝酸盐来自于腊猪肉，大家是吃了有毒的腊猪肉而中毒？如果真是这样的话，除非是正好卖给林业局食堂的腊猪肉里含有过量的亚硝酸盐，否则的话，中毒事件就不会只发生这一次了，而会像瘟疫一样暴发才对呀！如果不是腊猪肉有问题的话，那又是什么食材带有亚硝酸盐呢？”

文斌凝眉沉思，竟百思不得其解。

一宗看似非常简单的食物中毒事件，却因为找不到毒源，案情变得扑朔迷离起来。

文斌预感到案情的复杂性，认为就目前的情况来看，还没有充足的理由把它当作一般的食物中毒事件草率处理，而有必要成立专案组，开展深入细致的专案侦查工作。

经向副县长、公安局局长冯江请示后，决定由文斌牵头，组织成立专案组，并把专案侦查指挥部设在永乐街道派出所。根据案发的时间，把案件定为“7·08”专案，由文斌担任专案组组长，王强和吴良义担任副组长。

文斌连夜把所有参加案件调查的同志召集起来，召开了第一次专案会，讨论案件性质，商量下一步工作计划。

会上，文斌传达了冯江局长的指示，宣布“7·08”专案调查组正式成立。

会议由吴良义主持。他提议，由前期参加调查的同志，按照各自的职责和分工，全面介绍有关案件情况。

首先由法医钟天发言，他从法医学的角度，介绍了尸体检验和亚硝酸盐中毒的有关情况。

钟天双手拢了拢油光发亮的大背头，说：“从中毒人员的症状和检验结果来看，可以确定张福顺等人是食用了含有亚硝酸盐的食物而中毒。关于亚硝酸盐的特性，我在这里给大家介绍一下。亚硝酸盐，俗称‘工业盐’，坊间亦称‘毒盐’，具有很强的防腐作用，一般用在工业上，也可作为生产食品、特别是腌制肉制品的防腐剂和增色剂来限量使用。同时，它又是有毒物质，人体摄入 0.2 ~ 0.5

克的亚硝酸盐即可引起中毒，摄入 3 克以上就可导致中毒死亡。潜伏期一般在 1 ~ 3 小时。”

“你说的潜伏期是指什么？”刚考取公务员入警的新民警严松睁大双眼望着钟天，不解地问。

“哎！你不懂就认真听呗，多什么嘴呀！”王强粗暴地拉了一下严松的胳膊，一副恨铁不成钢的样子。

“没事，王所长，不怪小严，怪我没有说清楚。简单来说，潜伏期就是毒性发作期。是指人从摄入亚硝酸盐后，到毒性发作，大约需要 1 ~ 3 个小时。”钟天解释道。

钟天是一名有着三十多年工作经验的老法医。他个子不高，体形较瘦。平时特别注意仪表，无论是穿便服还是穿制服，永远都是熨烫得平整笔挺。每天梳着一个大背头，头发上还抹了一层金刚钻发油膏，在灯光的映射下，油光闪亮，一丝不乱。为此，韩珂玉经常拿他开玩笑，说：“你这个头呀，苍蝇落上去都要拄拐杖呢。”旁边的人就会故意问：“这是为什么呢？”韩珂玉便会故意眨眨眼，一本正经地说：“太滑了，会摔跤嘛！”引得大家哈哈大笑。

“能不能从法医学的角度来解释一下，为何28个人中毒，却只有两人死亡？”文斌问。

“且慢，头儿，”吴良义插话说，“听你的意思，是要把翠湖小区老太婆中毒死亡案件，与林业局食堂群体性中毒案件串并起来侦查啰？”

“这一点是毫无疑问的。”韩珂玉肯定地说。

“就因为毒物相同？”辛丹青问。

“关于这个问题，我们不用再讨论了，先这么着吧。”说完，文斌望向钟天，示意他继续回答。

“从法医学的角度来看，造成这种结果的原因通常有 3 种。第一种原因是因为每个人摄入的亚硝酸盐的分量不一样，所以中毒的程度也就不一样。如果一个人摄入的量达到了 3 克以上，就可能导致中毒死亡。第二种原因是因为受害人的个体体质不同，所以中毒后的反应也可能会不一样。比如，有的人本身就患有某种潜在的严重疾病，或奄奄一息，或病入膏肓，犹如强弩之末。在这种特定的情况下，如果再受到有毒物质的刺激或干扰，很可能就会造成加速死亡。这就是法医学上所说的病体在外力的作用下加速死亡吧。第三种原因是因为中毒后抢救方法不当，而导致中毒者死亡。如诊断失误、用药不当、药物过敏，或者抢救不及时，等等。”钟天解释道。

“你的意思是说，这种有死有伤的群体性中毒事件，在特定条件下，是能够成立的？”文斌追问道。

“可以这么说吧。”钟天简短地回答，说完，伸手拢了一下头发。

轮到郭弘汇报现场勘查情况了。

“欸！我原以为案件受害人这么多，现场范围这么大，勘查工作一定会有所收获的。可不成想，屎壳郎遇到放屁的——空喜欢一场。”郭弘先是叹了一口气，然后一边打开文件夹，一边接着说，“中心现场结构比较简单，一间厨房，一间大厅，一间小包房，一间卫生间。不过很遗憾，由于现场被人清洗过，导致我们在现场勘查中，并没有找到任何与亚硝酸盐有关联的物质或痕迹。当然，也没有发现其他的有毒物质。因此，我们无法依据现场来推断毒物的来源和案发时间以及案件性质等。不过从现在的情况来看，毫无疑问，员工们肯定是在食堂用餐时，吃了含有亚硝酸盐成分的食物而中的毒。所以，我认为下一步的侦查工作重点，还是要围绕中午的饭菜开展调查。”

王强归纳性地汇报了调查工作方面的情况。

“在这次中毒事件中，共有28人不同程度地中了毒。其中死亡两人，其他的人都脱离了生命危险。有的甚至打完点滴后就直接回家去了。”

大家的眼睛都集中在这个略显苍老，但精明干练的老所长身上。

王强戴上老花眼镜，翻看了一下工作日记，又把眼镜摘下来，接着介绍情况。

“我要重点介绍两名死者的有关情况。这两人分别是炊事员张福顺和退休职工李湘妹。张福顺，男，现年51岁，家住白田乡白田村。张福顺的妻子叫李小红，是一个家庭主妇。张福顺的女儿张小兰已经出嫁，家里就只有夫妻二人相依为命。张福顺年前刚被聘请到林业局做炊事员，属于合同制员工。他为人和善厚道，做事诚实耿直，平日里什么事都不与人计较、不与人结仇，但如果有人对他烧的饭菜的味道或质量进行评头品足的话，那他可就不高兴了，因为他对自己的厨艺非常自信。另一名死者叫李湘妹，女，现年 65 岁，原林业局红山林场职工，退休在家多年。两年前，突然患脑血栓病而瘫痪，生活不能自理。李湘妹早年丧夫，一共生育了三个子女。老大叫谢雨工，男，现年 42 岁，长期在外地做铝合金门窗生意；老二叫谢雨农，女，39 岁，林业局的合同工，在林业公司的竹木产品销售店做营业员。她也是中毒者之一。老三叫谢雨兵，女，34 岁，在永乐镇中心小学当老师。李湘妹与大女儿谢雨农在一起生活。”

说到这里，王强双手一摊，表示说完了。文斌看他没有下文了，便急切地问：“就没有发现什么可疑的情况吗？”

“目前还没有。”王强苦笑着，脸上的皱纹更加清晰。

“林业局食堂方面调查了吗？”文斌提醒道。

“调查了。食堂是今年元月份才开张的，以前那里是个饭店。早在 2011 年，林业局把这 3 间店铺租给了一个叫袁木根的人，租期为 5 年。袁木根在那里开了个饭店，取名‘光头强’饭店。那个时候，林业局的员工们中午吃饭都是在这间饭店里搭膳。去年 12 月份，租赁合同到期，林业局就将店铺收回去了，改造成了机关食堂，也就是现在我们所看到的食堂，聘请了张福顺做炊事员，由办公室的张美娟负责管理。”

“张福顺？张美娟？……”文斌一边重复着张福顺和张美娟的名字，一边在工作笔记本上写下“张福顺、张美娟”几个字，并在这几个字下面划了两条粗线，然后接着问：“张美娟的情况调查了吗？”

“由于时间太紧，只来得及做一些初步的调查。张美娟是林业局办公室的工作人员，三十来岁。局里安排她管理食堂。虽说是食堂管理员，可实际上，平时也就只是负责买买菜而已。如果碰到局里来了客人，就由她负责接待，安排好客饭。”

“对今天的中毒事件，张美娟是怎么说的呢？”

“这个……这个问题我就不清楚了。”王强摆了摆手。

“是我去找张美娟调查的，还是由我来汇报吧。”辛丹青站起来，做了一个深呼吸，“据张美娟说，她平时一般都是早上7点钟准时给银泰超市负责送菜的王小毛打电话，要他送菜。今天也是一样，早上7点，她打电话给王小毛，要他送10斤新鲜活草鱼、3斤腊猪肉、5斤苦瓜和两斤青辣椒到食堂。大约过了一个半小时，王小毛就用三轮自行车把菜送来了。张美娟用食堂里的秤核对完斤两后，就把菜交给了炊事员张福顺，并叮嘱他用紫菜、鸡蛋做汤。按照平时的习惯，张美娟应当在上午11点半钟到食堂，一方面监督用餐的员工签名，另一方面自己也用餐。今天中午，由于要去姑妈家吃喜酒，所以她在11点20分左右就下楼到了食堂。她在食堂里巡视了一遍，然后就开车离开了。中午1点多钟，张美娟回到食堂，看到张福顺正在打扫卫生，于是就到隔壁的竹木家具店，与店里工作人员聊了一会儿天。等她再回到食堂时，就发现张福顺病情发作了。后来，她叫来了驾驶员张龙，一起把张福顺送到医院去了。”

韩珂玉接过辛丹青的话说：“我看了宁溪大桥北岸桥头的监控视频，发现王小毛送菜经过的时间是早上8点25分。从桥头到林业局食堂，骑三轮自行车大约需要3到5分钟。也就是说，王小毛到达食堂的时间应当是在8点30分左右。这个时间与张美娟说的大致是相吻合的。”

“物证检验方面有什么要说的吗？”吴良义问。

吕玫和陈亮正在讲悄悄话，听到吴良义问，便坐直了身子简短地回答道：“从中毒人员的呕吐物、排泄物和血液中，都检验出了亚硝酸盐成分。但从林业局食堂和李湘妹家里提取的所有检材中，均未检验出此类物质。当然，也没有检验出其他有毒物质。”

“关于案件性质，大家有什么要说的吗？”文斌适时地提出了会议的主题。

文斌的话音刚落，大家立刻你看着我，我看着你，纷纷陷入沉默，再也没有谁开口了。会场里顿时鸦雀无声。

文斌扫了一眼大家，发现刚刚坐下去的辛丹青正看着自己，眼神中流露出似乎有什么话要说，便说："铁血丹青，你虽然入警时间不长，但我早就看出来了，你是一个有思想、有主见的人，在过去侦破的很多案件中，都能看到你独立思考的影子，都能听到你独到的见解。怎么样，有什么想法吗？如果有想法就大胆地说出来嘛！说错了也不要紧，就当是练兵嘛！"

辛丹青是高全市人，警察学院毕业的高才生，三年前考公务员入的警。别看她长相文静、身材瘦弱，可她骨子里却透露出坚忍不拔的意志和超群出众的胆魄，眼神里充满了灵光和智慧。去年冬天，为了追捕一个杀人持枪逃犯，她硬是冒着严寒，与韩珂玉及其他男同事一道，在大山里搜索了三天两夜，直到最后从深山老林里的一个废弃造纸厂里将逃犯缉捕归案。从此后，她便有了"铁血丹青"的称号。

辛丹青有个习惯，就是每次发言时都要做一个深呼吸。这不，听到队长点名，辛丹青站了起来，先是深吸一口气，然后慢慢地呼出，好像是在给自己打打底气，然后用纤细的手指捋了一下短发，便开始发表见解。

"既然我们已经确定了员工们是摄入了亚硝酸盐而中毒，又能够确定亚硝酸盐是来自于饭菜，那么，我们所要关注的重点，就应当是亚硝酸盐是怎么到饭菜中去的？我认为这有两种可能性。一种是像医院的刘国贤院长说的那样，毒源来自于腊猪肉，也就是说，生产厂家在制作加工腊猪肉时，没有严格按照国家规定的标准，超量地使用了亚硝酸盐。由于市场管理上存在着漏洞，导致这种问题食品流入到了市场。碰巧的是，这问题食品正好又卖给了林业局食堂，致使员工们食用后中毒。另一种可能性嘛，那就是有人在购买食材或者是在烹饪饭菜过程中，将过量的亚硝酸盐投放到了饭菜里，导致员工们食用后中毒。"

"对！我完全同意咱老妹子的意见。"吴良义接过话来，点着头，沙哑着声音说，"我觉得吧，这就是一宗普通的饮食中毒事件，没啥可大惊小怪的，更不值得兴师动众。"

“不好意思，吴队副，你理解错了我的意思。我只是分析这起事件的过程，并不是谈事件的性质。如果是有人故意将亚硝酸盐投放到饭菜里造成他人中毒的话，那事件就不普通了。”辛丹青解释道。

“故意也好，无意也罢，这都不是问题的关键。关键是问题出在谁的身上。依我看啦，问题就出在炊事员张福顺的身上。”吴良义双臂抱胸说。

“你这么肯定？”王强问。

“当然。你们看，从早上到中毒事件发生，张福顺压根儿就没有离开过食堂。饭是他煮的，菜是他炒的，别人没插过手。不是他还会有谁？”吴良义嘶哑着嗓子说。

“难道是张福顺投放的毒物？”陈亮懵懵懂懂地问。

“呃，我说你这个同志呀，我要批评你，你怎么能自作聪明呢？我只是说中毒事件与张福顺有关，问题应当出在他身上。至于是他投放、错放还是误放，这谁知道呢？”吴良义习惯用批评的口吻跟干警说话。

“吴哥，你批评得对。不过，我这不也是在拜师学艺吗？！”陈亮有些尴尬地笑着说。

韩珂玉在旁边不怀好意地笑了笑，说：“吴队副，你的这个问题，我看只有张福顺知道答案。要不你就下个命令，派陈亮同志跑一趟，到奈何桥找张厨师问问？”

韩珂玉的玩笑话引得大家哄堂大笑。笑声中，吴良义用食指指点着韩珂玉说：“我说你这个同志呀，我真的是要批评你……”

“好了，好了，别开玩笑了。”文斌打断他的话，“大家还有什么要说的吗？”

“我还有一个问题。”法医钟天习惯性地拢了一下油光发亮的大背头，“你们觉得，这亚硝酸盐是放在哪一种食物里呢？”

“这不是和尚头上的虱子——明摆着的吗。”郭弘说话时，总是喜欢用歇后语来表达，“检验结果已经证明了，食堂里剩下的未烧炒的食材中，没有亚硝酸盐的成分，那么亚硝酸盐当然是在已经用完或者被员工们吃完的食物里啰！”

“你还是没有回答我的问题，我是问亚硝酸盐究竟含放在哪一种食物里？”

“唔，这个问题嘛，恐怕是雾里看指纹——谁也看不出道道。怕是要等到破了案以后才能知晓吧。”郭弘一边摇头，一边回答。

文斌一声不吭地吸着烟，一边认真地听着大家的议论，一边默默地思考。

“综合所有情况来看，目前中毒事件的性质还是难以确定。既不能排除意外事故，也不能排除人为事件；既不能排除自杀行为，也不能排除他杀行为。”

为了慎重起见，文斌决定采用保守侦查法开展下一步的调查工作。

保守侦查法，实际上就是指针对案件性质的各种可能性，分别组织一定的警力展开调查。这样做的好处是面面俱到，不留死角。但也有一个不利的因素，那就是重点不突出，警力过于分散，调查工作难以达到一定的深度。文斌之所以决定采用这种保守的方法，完全是出于对目前情况的考虑，案件刚发，情况不明，性质难定。如果太过于强调突出工作重点，万一出现什么偏差，便会形成竹篮子打水一场空的被动局面。

见大家没有提出反对意见，文斌便开始部署下一步工作。

“由于中毒事件的性质还不明确，所以，我们既要考虑意外事故，又要考虑人为因素。因此，我们应当从以下几个方面开展调查：一是要围绕各种食材的来源和食材中亚硝酸盐的含量开展调查，以查明毒物的来源；二是要围绕购买食材到员工用餐的各个环节开展调查，其中包括送菜、洗菜、烧菜、用餐等各个环节，以查明毒物是如何侵入中毒人员体内的；三是要围绕林业局内部的矛盾纠纷开展调查，如非自愿性退休、退职人员，受处分、受排斥人员，以及内部员工之间的恩恩怨怨等，以查明内部有作案动机的人员；四是要围绕林业局与外部的关系开展调查，如乱砍滥伐被林业部门查处过的人员等，以寻找外部有作案动机的人员；五是要围绕原‘光头强饭店’的老板袁木根开展调查，毕竟他在那里开了 5 年饭店，突然被林业局收回，这势必会给他造成一定的损失，多多少少会使他心里产生怨愤，从而查明其是否具有作案动机；六是要围绕有特殊心理的人员开展调查，如可能具有报复社会动机的人员等。”

五　送菜工王小毛

晨光熹微，辛丹青就起床了。她把行军床折叠起来，塞到办公桌底下，然后跑到值班备勤室去叫韩珂玉。

“师兄……师兄，到点了！该起床了！”辛丹青一边敲门一边大声叫唤。

韩珂玉没有回答，辛丹青又“咚咚咚”地敲门，叫道：“师兄，天光睡不久，人老命不长，该起床了！”

韩珂玉蹑手蹑脚地从值班备勤室里走出来，反手轻轻地把门关上，然后压低声音对辛丹青说：“你这个没心没肺的家伙，总是这么大呼小叫的，你就不能小点声吗？”

“咋的？是打断了你的好梦呢，还是屋里藏了什么秘密？”辛丹青一副大大咧咧的神态。

“唉！你说什么呢，别胡扯。是反侵财组的兄弟们昨天晚上忙了一个通宵，端掉了一个入室盗窃团伙。他们刚刚躺下休息，等会儿还要带嫌疑人去指认犯罪现场。你这样大呼小叫的，不是成心要把他们吵醒吗？”

“啊！对不起……对不起，我不知道。Sorry！ Sorry！”辛丹青吐了下舌头，做了个鬼脸，然后从韩珂玉手上抢过车钥匙，腾腾腾往车库方向跑。

韩珂玉和辛丹青驱车赶到银泰超市门口时，天刚亮。

他们之所以这么早赶到超市来，不是担心找不到超市里专门送菜的王小毛，而是担心找不到那些卖菜给超市的菜农。

果不其然，他们只等了一小会儿，就看到一些菜农陆陆续续地给超市送菜来了。

韩珂玉和辛丹青经过一番打听，好不容易找到了 7 月 8 日早上卖辣椒和卖苦瓜给超市里的人。

看到卖辣椒和卖苦瓜的人，韩珂玉感到有些惊奇，不免在心里嘀咕："是不是干啥就会像啥？你看这个卖辣椒的中年妇女，长得还真像一只小尖椒，尖尖的下巴，尖尖的鼻子，头上挽了一个上翘的发髻，说起话来尖声尖气。再看那个卖苦瓜的中年男人，一张窄而长的脸，布满了皱纹和疙瘩，眼角下垂，嘴角下撇，一脸的苦瓜相，说起话来苦声苦色。"

据卖辣椒和卖苦瓜的菜农说，卖给超市里的蔬菜都是自己家种的新鲜蔬菜，是绝对不会有毒的。

这些人都是城乡接合部的专业菜农，他们定点给县城的三家超市供应蔬菜，都是老主顾。如果卖给银泰超市的蔬菜会使人吃了中毒的话，那么卖给另外两家超市的也应该会使人中毒。但到目前为止，除了林业局食堂发生了食物中毒事件，还没有听说过第二起类似的中毒事件。

韩珂玉和辛丹青又通过超市里的采购员，找到了卖鱼的鱼贩子。据鱼贩子说，卖给超市里的鱼，是用带有供氧机的专用水箱直接运送过来的，全都是活生生的鱼。既然鱼都是鲜活的，那么人吃了怎么又会中毒呢？

当问到是否知道亚硝酸盐这种有毒物质时，菜农和鱼贩子都表示一无所知。

看来鱼和蔬菜在进入超市前应当是没有什么问题的。现在只剩下腊猪肉了。

韩珂玉和辛丹青给菜农、鱼贩子分别做了询问笔录，然后便去寻找卖腊味和熟食的摊位。

卖腊味和熟食的摊位位于超市的南门口边。柜台上摆满了各种各样的腌制品。有腊猪肉、腊牛肉、腊大肠、腊猪肝等，还有腌制好了的各种各样的咸鱼。

摊位售货员是个女的，年纪约莫三十来岁。

女售货员人倒是挺热情的，就是长得有点磕碜，胖嘟嘟的脸蛋，圆滚滚的身材，短而肥的四肢，活脱脱就是一尊弥勒大佛。尽管如此，她却描眉毛、涂口红、美指甲样样不缺。

韩珂玉出示了警官证、调整好了执法记录仪，便开始对售货员进行询问。

“服务员同志，你好！我们是公安局刑警大队的民警，我姓韩，她姓辛。”

“哦，呵呵！帅哥你好！”看到韩珂玉，胖售货员眼睛一亮，妩媚地说，“请问你有什么事吗？帅哥。”

辛丹青听到售货员的话，心里总觉得有些别扭。“明明旁边还站了一位美女，她怎么就会看不到呢？分明是目中无同类嘛！”

韩珂玉侧过身子在辛丹青的耳朵旁悄声说：“30岁左右，单身，追星族，对美的东西有较强的占有欲。”

“怎么，你们以前认识？”辛丹青瞪大眼睛问。

“不，不认识，从未谋面。”

“那你会算命？还是会看相？”

“都不会。”

“这就奇怪了，你怎么会知道得这么清楚？是猜测的吧？”辛丹青瞪着一双惊诧的眼睛问。

“我会观察啦。你看这售货员的打扮和表情：杏桃绯红色口红、暗蔷薇色美甲，是为用艳妆来弥补身体的缺陷，从而引起别人的关注。再看那眼神，满眼是阳光，目中无月亮，是为心里渴望男人已久。再看那表情，倾慕美男并热情洋溢，是为追星望月之心态……”

“咦，还美男呢，你就臭美吧！”辛丹青瞪了他一眼，娇媚地说。

“帅哥！帅哥！你们在议论什么呢？你不是来找我的吗？”胖售货员打断他们的议论。

“噢！对对，是找你的。我们找你，是因为有一些情况要向你了解，希望你能如实回答？”

“呵呵！那是当然。明星哥哥，只要是我知道的，我一定如实回答。来，您多问点！”说这话时，胖售货员兴奋得眼睛眯成了一条缝。语气明显带有轻佻的意味。

“啧啧！还真的是个追星族呢，一眨眼工夫，‘帅哥’就变成了‘明星哥哥’了。”辛丹青心里不得不佩服韩珂玉的观察力，同时，又不知不觉地滋生出一丝醋味。

“你每天都在这个摊位上服务吗？”辛丹青问。

“是的，这相邻的几个摊位都是由我负责。”回答辛丹青的提问时，胖售货员的眼睛始终没有离开过韩珂玉的脸。

“你还记得昨天一共卖出了多少腊猪肉吗？”

“当然记得，昨天只卖出了四斤多腊猪肉。”

“买腊猪肉的都是一些什么样的人啦？”

“嗯，有一个是六十多岁的老头，他只买了一斤。还有就是林业局食堂买了3斤。”胖售货员瞟了一眼辛丹青，又转向望着韩珂玉。

辛丹青觉得有些乏味，便朝韩珂玉使了个眼色，示意由他来提问。

韩珂玉接过话来：“林业局食堂是谁来买的？”

“林业局食堂没有来人，是王小毛师傅送过去的。明星哥哥！”

“你还记得是哪一种腊猪肉吗？”

“记得，记得。”胖售货员右手套了一只保鲜袋，兴致勃勃地从柜台上拿起一块有切割新痕的腊猪肉，眉飞色舞地介绍说，“明星哥哥，我跟你说嘛，卖给林业局食堂和那个老头的腊猪肉，都是从这块上面切下来的，你看，上面还有新的切割痕迹呢。原来有五斤多呢。”

辛丹青从她手里拿过腊猪肉，一边用手机拍照，一边问：“请问这腊猪肉是从哪里进的货呀？”

售货员用短而肥的手指了指贴在柜台边上的标识卡，说：“这上面都有标注。你自己看吧。”但视线依然停留在韩珂玉身上。

辛丹青只好凑近去仔细地看了看，上面写的是从浙江金华五香火腿厂批发过来的。

“这腊猪肉的销量如何？”辛丹青一边对着标识卡拍照，一边问。

“平时差一些，要是逢年过节的话，销量还是蛮大的。”胖售货员虽然嘴巴上在回答辛丹青的提问，眼睛却不停地往韩珂玉的脸上和身体上睃看。

韩珂玉被胖售货员的追星怪癖搅得心里很不舒服，却又不好当面发作，只好低着头匆忙地做完询问笔录，然后说：“我要买下这块腊猪肉，请你帮我算下多少钱？”

“好的，明星哥哥！”售货员把腊猪肉放在计量器上称了称，妩媚地说，“一斤一两，一共是二十七块五毛。”

见韩珂玉伸手要从口袋里掏钱，辛丹青急忙拦住他：“师兄，还是我来付吧，要不然的话，你下个月的生活费都没着落了。”

韩珂玉狡猾地笑了笑，忽悠道：“我不是要掏钱，是要拿印泥盒制作提取笔录呢。我怎么能和年轻人去争抢难得的表现机会呢。嘿嘿……嘿嘿！”

“你呀，真是一只狡猾的九尾狐……”

韩珂玉，人如其名。他身材修长、皮肤白净、长相英俊、举止儒雅，正是古籍小说中“玉树临风、风度翩翩”的那种类型。大家平日里都说他是当演员做明星的料，做警察还真是委屈了。可韩珂玉却不这么认为，他说做警察，是他从小的梦想，当刑警，更是他一生的追求。

听到韩珂玉的忽悠，辛丹青想气又气不来，想笑又笑不出，只好做了个深呼吸，不无嗔怪地瞪了他两眼。但也没有办法，既然话已经说出口了，总不好意思又出尔反尔吧？还是乖乖地掏钱吧。不过，她心里面还是非常理解这位师兄的。父亲下岗多年，母亲体弱多病，全家人的生活，就都指望着他那少得可怜的工资。过日子难啦！

韩珂玉潇洒地从公文包里拿出物证袋，动作熟练地在上面贴好标签，然后要售货员将腊猪肉放进去。辛丹青则将整个提取过程进行拍照，固定好证据。

辛丹青一边忙碌着，一边还不停地发着牢骚，“唉！瞧这警察当的，提取个物证都还要自己掏钱。你说这冤不冤啦？”

“啥！你们不是替公家做事吗？怎么替公家做事还要私人掏腰包呢？”胖售货员在旁边不理解，脸上布满了惊讶和疑惑的表情。

“不私人掏腰包难道还要你来掏呀？叹！也真是的，有关部门为什么就不能把这些开支列入政府的财政预算中去呢？”辛丹青心里无法释然。

“应当列入财政预算的东西多了去了。比如涉案财物的价格评估费、涉案财务的审计费、无名尸体的处置费、无名伤者的医院抢救费、追逃费……，哪一项不应当列入财政预算？这么多年了，就连我们刑侦部门购买破案线索的费用和内线经费，到现在都还一直没有得到妥善的解决呢！”

“是呀！这是为什么呢？”

“为什么？你问我？我问谁呀？”

“回去问队长？”

“问队长？哼！怕是问局长都没有用。”

辛丹青还想要继续说下去，被韩珂玉制止了：“打住，打住。我说丫头，你这发的是哪门子牢骚呀？这些问题不是你我能够考虑的吧。你可不要在这里咸吃萝卜淡操心了。我给你个忠告：牢骚太盛会断肠！好了，不说了，快干活吧！”

“是！明星哥哥！”辛丹青故意用胖售货员的话回怼。

两人都已经走到超市大门口了，后面还传来胖售货员轻佻的喊声：“明星哥哥，再来噻！”

考虑到王小毛送菜的过程是一个非常重要的环节，韩珂玉和辛丹青就把他直接传唤到了永乐街道派出所办案中心，准备做深入细致的询问。

王小毛年纪并不大，约莫35岁左右。他个子矮小，长相老气，形态猥琐，身穿一件背上印有“富康饲料”字样的蓝大褂，脚穿一双沾满灰尘的解放鞋。说话时，由于带有轻微的口吃，总是急得眼睛不停地眨巴，左边太阳穴上的血管也随之暴胀凸鼓起来，就好像一条蚯蚓爬在上面蠕动。

看到王小毛这副土里土气的模样，韩珂玉就像是下雪天里吃冰棒——心里拔凉拔凉的。无论怎么看，王小毛都不像是一个专门惹事闯祸的人，更不像是一个做大案的角儿。

辛丹青见韩珂玉脸上露出了失望的表情，便侧身靠近他，轻声提醒道：“师兄，人不可貌相喽！”

“嗯，是吗？但愿吧！”韩珂玉说。

韩珂玉心里当然也清楚，失望归失望，但对王小毛的询问不能有半点马虎，毕竟他是直接把食材送到林业局食堂去的人。可以这样说吧，除了炊事员张福顺，就应当数他和那些可疑的食材接触的时间最长了。

“王小毛，你知道林业局食堂出了事吗？”韩珂玉开门见山地问道。

“听……听说了。大……大街……街小巷都在议……议论着呢。”王小毛本来就有点口吃，一紧张，说起话来就更加结结巴巴了，左边太阳穴上的青筋鼓胀得更加明显。

“林业局食堂出了那么大的事情，你不觉得你应该给我们说点什么吗？”

“林……林业局食……食堂出了事，与我……我有什么相干？我能有……有什么好说的？”王小毛眨巴着眼睛说。

“根据我们调查，证明你与此事脱不了干系。”

“哎呀！你们……是在怀疑我……我呀？我可什么都……都没有做呀！这件事跟我……我半毛钱关系都……都没有。”王小毛咽了一口唾沫，显得非常紧张。

“真的一点关系都没有吗？”

“真……真的没有！”

“可我们有证据显示，你和这件事有着必然的联系。”

“这……这怎么可能呢？是不是你们搞……搞错了？”王小毛脸上露出惶恐不安的表情。

“搞错了？实话告诉你吧，那些人可都是吃了你送去的菜才中的毒。这你怎么解释？”

“啊！不……不会吧？会有这……这样的事？这……这怎么可能呢？”王小毛睁大了眼睛，目光中流露出紧张和恐惧。

“王小毛，你不要绕弯子了，请直接回答我的问题？”韩珂玉直视着王小毛的眼睛，不让他有丝毫的喘息机会。

“我……我不是要绕弯子，我……我只是觉得奇……奇怪，天底下竟然会……会有这么巧的事。可是，我……我除了给林业局食堂送菜外，别……别的什么也没有干啦。而且，我……我只是负责把菜从超市送……送到客户手上，至于菜里面有没有毒，我真的不……不知道呀！再说了，我……我一个老实巴交的农……农民，为什么要做……做这样缺德的事呢！”王小毛早已被吓得脸色煞白，连说话的声音都有些颤抖了。

“你是说你只负责送菜，至于菜是怎么到超市的，客户又是如何把菜消耗掉的，都与你无关，是吗？”

“的确是……是这样的。”

“那你把送菜的经过如实、详细地说清楚吧？越详细越好，不能遗漏了任何细节。”

“好的。我……我本来是郊区农村的一个农民，是被银泰超市临时请来做送……送货工的，月……月工资一千二百元。我……我的工作很简单，每天工作时间也很短，就是一大……大早帮超市把客户所订购的货物送……送到他们手上，然后就……就没事了。当然，主要是帮机关食堂……堂送菜，偶尔也会顺便帮私人带……带一下物品。昨天早上7……7点多钟，林业局的张美娟主任打……打电话给我，要我帮她送……送10斤鲜草鱼、3斤腊猪肉、5斤苦瓜和两斤青辣椒到食堂。我……我按照她的要……要求备好货，用三轮自行车……

车将货物送……送到林业局食堂。张主任用秤复……复核了斤两后，开了一张收条给我，我……我拿了收条就离开了。回到超市后，我……我把收条交……交给了售货员。然后我……我就回家了。事情的经过就是这……这样。”

“你是几点钟到的？又是几点钟离开的？”辛丹青走到王小毛旁边，一边给他递矿泉水，一边问。

“我……我是早上 8 点半左右到……到的，8……8 点 40 分左右离开的。”王小毛喝了一口水，说。

“你在去的路上发生过什么事吗？比如与他人接触或聊天等。”

“绝对没有。因为我……我知道机关食堂不像私人家里，私人家里开饭早……早一点晚一点都……都没有关……关系，单位食堂则不同，必须准时开……开饭，是耽搁不……不得的。”

“林业局食堂的菜每天都是由你送吗？”

“不光是林……林业局食堂的，还有其他一些机……关单位食堂每天用的菜，也都是由我送……送的。我把每个单位订购的菜配好后，打包装上三轮自行车，骑着车子转一圈，货就送……送完了。”

“你有什么亲戚或朋友在林业局工作吗？”

“亲戚？没有。我……我家祖宗三代都是农民，没有出一个吃国家饭的。要说朋友嘛倒……倒是有一个……”

“是谁？”

“张……张福顺呀。”

“你是怎么认识张福顺的？”

“这个嘛，很……很简单，”王小毛撩起蓝大褂的下摆，擦了擦脸上的汗水，说，“我们是通过送……送菜认识的。他在好几个企业和机……机关单位食堂做过厨师。我经常帮超市送……送菜，慢慢地就和他熟识了。接触多了就成了朋……朋友。”

“你们之间的关系如何？”

“我们就是一般的朋……朋友关系。见面时会聊……聊上几句，碰到家里有个红白喜事时，彼此会互相帮……帮个忙。逢年过节的时候，会互相串……串个门，问声好。别的就……就没有了。”

“在林业局里你有什么关系人吗？比如有仇恨的人、有矛盾纠纷的人等。”

“没有。”

“你家里有些什么人？”

“父母都……都不在了，家里只……只有一个没打结……结婚证的老婆，没……没有其他人了。”说这话时，王小毛舔了一下嘴唇，手不自然地颤动，目光在半空中来回游移。

韩珂玉和辛丹青交换了一下意见，觉得没有什么可问的了，便结束询问，让王小毛离开了。

当王小毛走到门口时，韩珂玉突然从背后问了一句：“王小毛，你知道亚硝酸盐吗？”

“呀……呀……亚……亚什么盐？”王小毛转过身来，眨巴着一双茫然的眼睛，不知所云。

见王小毛一副浑然不知的神情，韩珂玉便挥了挥手，示意他出去。

王小毛刚离开，辛丹青就迫不及待地对韩珂玉说：“师兄，我觉得王小毛的表情过于紧张，并且有些怪异，是不是他对我们隐瞒了什么？”

“是吗？我怎么没有看出来。”韩珂玉故意撇了一下嘴，别有含意地微笑着说。

“别忘了我是女人。女人是感性动物，比男人的直觉更强。”

“噢，也许吧。那你觉得他隐瞒了什么呢？”

“这个……这个我说不好。”

“不管怎么说，如果王小毛所交代的内容是客观真实的话，那么至少可以证明那些食材从超市出来，到进入林业局食堂这期间，是应当没有问题的。现在的关键是，我们如何去证明王小毛的交代是否客观真实。”韩珂玉思忖着说。

“那下一步我们怎么办？”

“还能怎么办，只有从源头查起呗。我看这样，我们先从他的家庭背景和他的现实表现入手，看看能不能有所突破。”

“你的意思是先围绕他的家庭情况开展调查？”

“对。另外，你通知陈亮，要他把王小毛家的户籍资料调出来，用微信点对点地发给我。”

“好的。”

王小毛的家位于城乡接合部的一个城中村里，是一栋两层的简易楼房。由于年久失修，房子的外墙瓷板已经开始爆裂零落，远远看去，斑斑驳驳的，像危房一般。

村民们原本都是普普通通的农民，后来因为城市建设规划要扩展，土地都被政府征用了，所以村民们只能弃农经商或弃农务工了。头脑活络有点文化的，开个小店，做点小买卖；有一技之长的，到处揽活，凭本事吃饭；那些呆头呆脑、笨手笨脚的，则只能打打“零工”，靠卖苦力挣点辛苦钱养家糊口。

王小毛属于既没有文化，又没有技能的那一种，所以只能蹬三轮自行车帮超市送送货，顺便捡点破铜烂铁、玻璃瓶罐、塑料纸壳一类的东西换点小钱。

韩珂玉和辛丹青找到村主任，打听王小毛家里的情况。村主任犹豫了半天，才带着一种神神秘秘的表情说：“王小毛的家呀，说起来很简单，但实际上呢，唔！又有些复杂。”

“此话怎讲？”韩珂玉有些不解地问。

“说简单嘛，是因为他家里的人口不多，就夫妻俩生活，父母双亡，身边没有小孩；说复杂嘛，是因为他家里经常会有一些不三不四的人进进出出，不知道是在干什么。”

“亲戚朋友多一些，互相串个门而已，这有什么奇怪的呢？”辛丹青不以为然地说。

“你说得对，如果真是亲戚朋友之间互相串个门，当然没有什么可奇怪的。但问题是，恐怕不是串个门那么简单啊！……不知道你们有没有见过王小毛的老婆？”

“没见过。怎么啦？王小毛的老婆有什么特别的地方吗？”韩珂玉有些警觉起来了。

“怎么说呢，反正我觉得这个女人跟别人不一样。等你们见过面就会明白的。”

听了村主任半吞半吐的介绍，韩珂玉和辛丹青眼前不禁升起了一团浓浓的迷雾。为了撕开这团迷雾、探查个中端倪，他们决定采用蹲守监视法，展开侦查。

韩珂玉和辛丹青开车绕着王小毛的家转了一圈，查看了一番地形，然后选了一处既可以观察到王小毛的家，又不会引起路人注意的巷子口，作为蹲守监视点。

翌日，趁着天还未亮，韩珂玉和辛丹青就悄悄进入了监视点。两人藏在汽车里，目不转睛地用望远镜监视着王小毛的家。

早上6点30分，王小毛打着哈欠从家里出来，一边往身上套一件蓝大褂，一边朝停在大门口的三轮自行车走去，动作娴熟地骑上车，往银泰超市方向骑去。上午9点15分，一个穿着浅色带暗花睡裙、脸色有点苍白、头发有些蓬乱的女人从屋里出来，将一袋子垃圾丢到村口的垃圾桶里，然后边往回走边打电话。

女人大约二十三四岁，身高一米六以上。虽然没有梳妆打扮，但娇媚秀气的脸蛋一望便知；虽然穿着简单朴素，但遮掩不住柳腰花态般的身姿。

辛丹青瞟了一眼正全神贯注地注视着那女人的韩珂玉，取笑地说：“嘿嘿！我说师兄，看到这么漂亮的女人就有什么想法了吧？”

“想法？当然有。”韩珂玉目不转睛地盯着那个女人说。

“我就知道你们这些臭男人，都是一个德行，见不得漂亮女人。”辛丹青不无嘲笑地说，语气里还带有一些醋味。

“丫头，你说什么呢，你误会了。我可是正人君子。我所说的想法，可不是你所理解的这个意思。”

“那又是什么意思？”

“我是在想呀，一个这么漂亮的女人，怎么会嫁给邋里邋遢的王小毛呢？你看这两个人，一个似香喷喷的鲜花，一个如臭烘烘的牛粪，这两者怎么可能搅和到一起呢？我猜想这里面呀，一定会有什么稀奇古怪的故事吧。”

“何以见得？在现实生活中，这种‘鲜花插在牛粪上’的事情，不是经常都会发生吗？”辛丹青不以为然地说。

“话是这么说，但‘鲜花’要插在‘牛粪’上，大多数是有条件的吧。有的‘鲜花’是因为贪图‘牛粪’的钱财；有的‘鲜花’是因为贪图‘牛粪’的地位。哪里还找得到无缘无故地插在‘牛粪’上的‘鲜花’呢？”

“人家潘金莲还嫁给了卖炊饼的武大郎呢，这又怎么说？”

“那是历史，我讲的是当今社会。就算是历史，潘金莲虽然被迫无奈地嫁给了武大郎，但到头来，不是也演绎出了与西门庆勾搭成奸、双双被杀的悲剧吗……”

正在这时，王小毛骑着三轮自行车回来了。韩珂玉做了个“嘘”的噤声动作，和辛丹青停止讨论，端起望远镜开始仔细地观察。

王小毛把三轮自行车停在离自家门口大约10米远的一棵大樟树底下，但并没有下车，而是从裤子口袋里掏出一把皱皱巴巴的零碎纸币。有壹角的、伍角的和壹元的，花花绿绿，乱七八糟。王小毛将纸币铺在大腿上，大拇指搁在嘴唇上沾点口水，然后一张一张地把纸币捋平，按面值大小整理成一沓，再用一根橡皮筋扎好，小心翼翼地放回裤子口袋里去。

没过多久，一个年纪45岁左右的男子，一边用手机导着航，一边四顾着往王小毛家走。此人下穿牛仔裤，身穿红色“T”恤短袖衫，腋下夹着一只“LV”手包。

王小毛见来人，立即迎上去，满脸堆笑地打招呼。看上去，两人似乎早就认识。

走到自家门口时，王小毛拦住男子，挤出一丝厚颜无耻的讪笑，伸手向对方要东西。

男子望了望王小毛那副令人作呕的面容，摇了摇头，便从手包里掏出几张百元钞票，很不耐烦地丢给了王小毛。王小毛接过钱后，推开房门，装腔作势地做了个请的动作，将男子请进屋。

男人进屋后，王小毛把房门关好，回到三轮自行车上，一边玩着手机，一边不停地向四周探望。

辛丹青完全搞不懂王小毛在要什么把戏，只好把探询的目光望向韩珂玉。韩珂玉回望着她，高深莫测地笑了笑，说："我说丫头，咱们立功的机会到了。"

"啥？立功？立啥功？你别逗了。这究竟是怎么回事呀？"

"这你还看不出来吗？这王小毛的家，很可能是一个容留他人吸毒的窝点。你如果现在冲进去的话，一定能逮个正着。"

"吸毒窝点？哦哦，我似乎明白了。"辛丹青点点头，停顿了一下，又说，"就我们两个人冲上去吗？要不要打电话叫几个兄弟过来帮忙呀？"

"来不及了。机不可失，时不再来。这是千载难逢的抓现行的好机会，一旦错过了，恐怕再也遇不到了。这样吧，你冲进屋里去抓人，我来对付王小毛。"

"你说什么？我冲进屋里去？屋里面至少有两个人呢。"

"这你就不懂了吧。室内是个封闭式空间，实施抓捕犹如瓮中捉鳖，有利于掌控局面；室外是个开放性地带，实施抓捕犹如野外猎狼，很容易出现逃脱。"

"嗯，似乎有些道理。听你的！"辛丹青一边检查手枪，一边说。

"有一点我要特别提醒你，抓捕行动能否成功，就看你是否掌握了要诀。"

"要诀？又是要诀。快说吧，什么要诀？"辛丹青想起去年冬天在黄顶山追捕一持枪逃犯时，韩珂玉也传给了她决胜的要诀。

"强势压服、以快制快。"

"能解释一下吗？"

"意思就是说，你冲进屋时，在气势上一定要占绝对优势，务必要把对方给震慑住；在行动上一定要果断迅速，决不给对方留下任何反应的机会。"

“强势压服、以快制快。明白了！”辛丹青重复了一遍要诀，然后重重地点点头。

韩珂玉还是有些不放心地侧过头，再次看了看辛丹青的准备状态。只见她一手端着枪，一手握着车门把手，嘴唇紧抿，杏眼圆睁，眼神里充满了坚定果敢的勇气。韩珂玉盯着她的眼睛，轻轻地拍了拍她的肩膀，无声地朝她点了点头，用眼神给她传递坚强和鼓励。见辛丹青也点了点头，韩珂玉开始发动车子，悄悄地往王小毛家贴靠过去。

在离王小毛家大约二十多米远的地方，韩珂玉突然来了一个紧急刹车。两人迅速跳下车，一个持枪冲进屋里，一个扑向王小毛。

辛丹青一脚把房门踹开，大喊了一声：“不许动！警察！”

房间里的一张大床上，一对正沉浸在欢娱交媾中的裸体男女，被突如其来的喊声吓得目瞪口呆。惊慌失措中，男的连滚带爬地躲到了床和墙壁的空隙中去，女的则左手操起一把蒲扇摭挡住胸部，右手抓了一个枕头遮盖住阴部。

眼前的这一幕，让辛丹青感到又惊又羞。这哪是什么吸毒呀，分明是一对男女在做苟且之事嘛！

见此情景，辛丹青全明白了。原来王小毛的老婆是做暗娼的，他自己则负责拉皮条和望风。

辛丹青从沙发上抓起一堆衣物朝那对男女甩过去，大声命令道：“我是警察，快把衣服穿上，跟我去公安局！”

面对辛丹青威严勇猛的气势和她手上乌黑锃亮的枪口，王小毛的老婆和那个嫖客彻底屈服了，只好哆哆嗦嗦地穿好衣服。辛丹青用手铐将两人铐在一起，押着他们走出房间。这时，韩珂玉已经把王小毛按倒在几十米以外的地上，正在上手铐。

“师兄果然说得没错，野外抓捕和室内抓捕就是不一样，室内抓捕讲究的是气势，野外抓捕讲究的是速度。如果换作是我来对付王小毛的话，恐怕还不一定能够追得上呢？这万一要是没追上，让王小毛逃脱了，那这个面子就丢大了。”辛丹青心里这么想着，心底又涌动起一股对韩珂玉的钦佩、感激之情。

韩珂玉把王小毛从地上拎起来，看到辛丹青押着一男一女从屋子里出来，长长地松了一口气，悬着的心总算放下了。他右手抓着王小毛的手腕，左手竖起大拇指，朝着辛丹青高高举起。

望着韩珂玉一副庆祝胜利般的形态，辛丹青感动得心里一热，就有泪珠在眼眶里打转。因为，这幅画面早已定格在她的脑海里。

那是去年冬季最寒冷的一天。

这天中午，上坪镇水电站，有一个管理员叫谢河根，因怀疑妻子与站长有染，一气之下，用土铳（自制猎枪）将妻子和站长射杀。尔后，携枪逃进屋后的一大片山林里。案件发生后，文斌队长带领韩珂玉、辛丹青和其他几名男队员进山追捕凶犯。考虑到追捕工作十分危险，加上山里的气温都在零下几度，天气非常寒冷，故一开始，文斌并不同意辛丹青参加。但辛丹青是一个好强的姑娘，她哪里会放过这么好的锻炼机会呢。

“队长，你别看我是个女同志，我在警院也学过擒拿格斗术，不是吹牛，一两个男人我还是对付得了的。”辛丹青缠着文斌不放。

“你一个姑娘家，就别逞强了。你要知道，那可是持枪逃犯，是亡命之徒，弄不好是会死人的。”文斌想吓退她。

“我不怕！你相信我，我保证完成任务！”

“你这个同志呀，我要批评你。说什么保证完成任务，有这么简单吗？”吴良义接过话头，“面对一个穷凶极恶的亡命之徒，又是深入连绵不断的深山老林里追捕，就是我们这些大老爷们能不能完成任务、何时能完成任务都还很难说呢。你一个女同志跟着去翻山越岭、跋山涉水，既不方便，也不安全。”

“文队长、吴队副，你们就让她去吧，我来负责照顾她。”韩珂玉为辛丹青说情。

文斌看了看韩珂玉，又看了看辛丹青，犹豫了一会儿，说：“好吧，你去吧。”又指着韩珂玉说：“人我就交给你了，如果有什么闪失，拿你是问！”

“是，保证完成任务！”韩珂玉声音洪亮地回答。

追捕行动于傍晚开始。由于天气寒冷，山高林密，追捕组只好采取晚上守住几个进山路口，白天分组进山搜索的办法。

第三天晚上，有一个当地的猎人找到追捕组的同志报告说，两个小时前，他在一座叫黄顶尖的山上狩猎时碰到了谢河根。谢河根对猎人说，他本来只是想教训一下奸夫的，没想到竟抓了个通奸现行，一气之下，就把奸夫和淫妇都给枪杀了。他还说，他在去找奸夫报仇前，就已经收拾好了一袋衣服和生活日用品藏在屋后的番薯窑里，委托猎人回村里去帮他拿来，以便外逃。并将手上的一枚金戒指摘下来交给猎人，说是作为报酬。

得此消息后，文斌立即带人赶到谢河根家，还真从屋后的番薯窑里提取到了一袋衣物，这证明猎人反映的情况属实。于是，文斌决定连夜围剿黄顶尖山。

据猎人介绍，通往黄顶尖山的路共有 3 条，中途还会有一些岔路。

文斌决定将 6 名追捕人员分成 3 个组，两人一组。每个组负责一条进山路，沿路搜索上山。韩珂玉和辛丹青分在一个组。

韩珂玉和辛丹青刚进山不久，便遇到了一个分岔路口，前面出现了两条路。由于地形不熟，他们根本就不知道应当走哪一条。无奈之下，两人只好分路追踪。

分手时，韩珂玉着实放心不下，但又没有其他的办法，只好反复叮嘱辛丹青。

“丫头，前面路途凶险，你单枪匹马的，如遇到紧急情况，知道怎么应付吗？”

“知道。电视剧《亮剑》里不是有一句台词吗，‘狭路相逢勇者胜’。”辛丹青大大咧咧地说。

“那是指战场上的公开亮剑，我们现在面对的是躲在暗处的亡命之徒。俗话说得好，‘明枪易躲，暗箭难防’，一旦发现逃犯的踪迹，你千万不要猛冲猛打，一定要讲究策略。我这里有两句要诀，你必须牢牢记住。”

“什么要诀？”

“闻风而动，以静制动。”

“什么意思？”

“所谓闻风而动，是针对逃犯所携带的枪支而言。逃犯携带的枪支是土铳，属于霰弹枪。追捕人员一旦发现对方的动静，必须迅速移动身体，否则对方一开枪，非死即残。以静制动，是指在跳出了对方的弹着点范围后，必须蛰伏不动，耐心地等待对方的躁动破绽，一招制敌。明白了吗？”

“闻风而动，以静制动。明白了。不过，师兄你也别太担心了，我们不是有手机吗，有什么情况我会给你打电话的。”

“打电话？那没用。一是到了深山老林里，手机还不一定有信号呢；二是即使我接到了你的电话，也一时半会赶不到你身边。等我翻山越岭地赶来，怕是黄花菜都要凉了。”

“那好吧，就按你说的做就是。”

辛丹青提着手枪、打着手电，急匆匆地往山上赶。大约走了一个多小时，来到了一个缓坡地带。突然，隐隐约约地感觉到前面几十米处，似乎有人正往这边走来。顿时，她心里紧张起来，“糟糕，这坨狗屎还是被我踩上了，我该怎么办？”辛丹青虽然胆子大，但此时也不免有些惊慌。情急之下，她想起了韩珂玉说的要诀，于是关闭手电，迅速向旁边跳开。黑暗中，忽然瞥见旁边不远处有一个土堆，便匍匐着爬过去，然后趴在上面一动不动，屏息静气地判断着对方的动静

前方来人可能也发现了她，停止了走动，似乎也躲在某处观察。

山上的气温比山下更低，特别是到了下半夜，气温已降至摄氏零下五六度了。寒气一阵一阵地袭来，地面上早已冰冻如铁，松叶和枯草尖上结满了冰霜，风一吹，便发出“啪啪啪”的断裂声。

辛丹青还是第一次真刀真枪地与罪犯对峙，心里感到非常紧张，心跳急骤加快，血压急剧上升。当想到师兄说的霰弹枪的威力时，她心里又有了几分恐惧。

辛丹青趴在冰冷的土堆上，但已感觉不到寒冷了，额头上、脊背上和握枪的手心里，都已渗出了汗水。她试着用手机与韩珂玉联系，但没有信号。于是，她只好一边凝神倾听着对方的动静，一边开始思考下一步的行动。“要是师兄

在就好了！”想到师兄韩珂玉，就想到了他说的要诀——“闻风而动、以静制动”。闻风而动刚才已成功运用了，接下来就是以静制动了。

就这样，双方都蛰伏不动。时间一分一秒地过去。

也不知过了多久，天渐渐地有些亮了。辛丹青从土堆上露出半个脑袋，紧张而又小心地向前探望。在前方三十多米远的路上，好像有一个人影，辛丹青立即举枪瞄准，但仔细一看，只是一个做工粗糙的稻草人。辛丹青大吃一惊，“不好，中计了！”赶紧缩回脑袋。这时听到有人在大声说话：“女英雄，别躲了，你已经暴露在我的枪口下了。”

“嗨，是师兄。”辛丹青听出是韩珂玉的声音，急忙再次探出头去观望。

稻草人处，离路边五六米远的一棵高大的松树下，韩珂玉右手提着手枪，左手伸出大拇指高高地举起，正朝着她微笑。

辛丹青激动得叫了一声“师兄！”站起来就要奔跑过去。可刚刚跨出几步，腿一软，便跌倒在地上。韩珂玉急忙跑过去，将她扶坐起来，关切地问：“你怎么啦？”

“可能是蹲的时间太久了，腿脚麻木了。”辛丹青眨了眨疲惫的眼睛说。

“也可能是天气太寒冷、把脚冻伤了的原因吧。”韩珂玉一边帮她搓脚，一边说。

“师兄，你怎么跑到我前面去了？”

“哦，是这样，我们分开后，走了没多久，我就发现那条路是通往一个废弃的造纸厂的。由于造纸厂工棚面积太大，里面的结构又比较复杂，我不敢贸然行动，故想叫几个人一起去搜索。可是手机又没有信号，无法与文队长他们取得联系。于是，我就朝着你行进的方向，抄近路赶到你前面去会你。”

“那你为什么不叫我，害得我在冰天霜地里冻了半夜？”辛丹青满含委屈地说。

“你傻呀！我哪里知道是你。我听到前面有动静，只知道有人迎面而来了，但却无法判断是谁。如果遇到的是谢河根，我这一出声，还不被他的霰弹枪一枪给撂倒啦？”

“那后来你又怎么知道是我呢？”

“这很简单。一开始，我并不知道对方是敌还是友，所以就用旁边梯田里的稻草扎了一个稻草人，趁着夜色悄悄地放在路中间，然后躲在旁边的松树后面观察。你果然中计。在你举枪要向稻草人射击的那一瞬间，我就认出了你。”

经过一番搓揉，辛丹青的腿脚慢慢地恢复了。就在她站起来时，发现衣服上粘了一些纸钱，便要回头察看。韩珂玉见状，动作敏捷地上前搂住她的肩膀，故意挡住她的视线，不让她回头，并推着她向前走，直到拐了一个弯看不到后面的土堆。

那土堆不是别的什么东西，而是一座新坟，坟头上撒满了纸钱。韩珂玉见辛丹青一脸的委屈和满身的疲惫，实在不忍心让她再受到精神上的伤害。

“师兄，我们下一步继续往山顶走吗？”辛丹青一边走一边问。

“经过昨晚的生活体验，我有了一个大胆的想法。”韩珂玉英俊的脸上显得异常冷静，“这么冷的天，我认为谢河根不可能在野外滞留一夜，他应当有落脚点或藏身之所。”

“你是指废弃的造纸厂？”听了韩珂玉的话，辛丹青立即想到了废弃的造纸厂。

“对。离这里不远。趁着天还未大亮，我们去碰碰运气。”

说完，两人直奔造纸厂而去。

造纸厂已废弃了多年。房屋破败，门窗缺失，到处是杂草丛生。辛丹青端着枪就要往里冲，被韩珂玉拉住了。韩珂玉抬了抬下巴，示意她看屋顶上飘出来的一缕淡淡的青烟。

看到青烟，辛丹青不禁倒吸了一口凉气，轻声说：“还真的有情况呢！”

韩珂玉非常沉着，他把辛丹青拉到自己的身后，带着她循着烟源，大胆而又小心地搜索过去。

烟是从工棚内最里面的一间小屋子里飘出来的。从小屋子里飘出来的，还有一个男人的呼噜声。韩珂玉和辛丹青蹑手蹑脚地靠过去，悄悄地潜入，只见地面上有一堆尚未燃尽的劈柴火，旁边铺了一些稻草。谢河根蜷缩在稻草上，睡得正香。而那支可怕的土铳就斜靠在墙壁上。

韩珂玉先是指了指自己，又指了指谢河根，然后指了指辛丹青和土铳，意思是要辛丹青去抢夺土铳，自己对付谢河根。见辛丹青点头表示明白，韩珂玉便动作娴熟地将手枪放回后腰枪套里，用眼神向辛丹青发出行动指令。接到指令后，辛丹青纵身一跃跳过火堆，一把将土铳抓在手上。韩珂玉则徒手扑过去，快速地抓住谢河根的手，使劲一掰一扣，将睡梦中的谢河根的双手反剪过来，迅速掏出手铐将他铐上。

正在这时，屋外传来了文斌队长洪亮的喊话声："谢河根，你已经被包围了。现在我命令你把枪丢出来，乖乖地出来投降，争取宽大处理！谢河根，你已经被包围了……"

原来文斌在猎人的带领下赶到山顶，发现谢河根已经离开，不知去向，便立即判断出逃犯一定有落脚的场所。于是问猎人附近哪里有可以藏身的地方，猎人说不远处有一个废弃的造纸厂，也许那里可以藏人。文斌便带人赶来了。

当辛丹青扛着土铳走出工棚时，外面的侦查人员全都惊呆了。惊讶中，文斌急忙问："人呢？"

辛丹青跷起大拇指朝后指了指，说："队长，你迟到了。人已经被我们控制住了，在后头呢！"说完，回过头去看。只见韩珂玉站在工棚门口，右手抓着逃犯的手腕，左手伸出大拇指高高举起。脸上充满了胜利的微笑。

六　天上掉下个林妹妹

2015年的春节，大年三十。

王小毛从银泰超市里领到了当月的工资，本想回家过个年，但又一想，家里反正没有别人，自己是一人吃饱，全家不饿，不如就在超市里把年夜饭给解决了。于是，就在超市里买了一只烤鸭和半斤谷烧酒，坐在超市门口的休息椅上，就着烤鸭把酒喝光了。然后打着饱嗝骑着三轮自行车，晃晃悠悠地往家走。当经过长途汽车站广场时，在路灯的照射下，隐隐约约地看到有一个人斜靠在广场的花坛边。

“这究竟是活人还是死人呀？这大冷天的，坐在地上冻上一宿，怕是活人也要变成死人了吧！”王小毛心里这么想着。

借着酒兴壮胆，王小毛身子已不由自主地把车骑过去了。到得近前一看，哟嗬！还是一个穿得漂亮、长得也挺漂亮的姑娘呢。这姑娘把头靠在花坛边上，似乎睡着了。一只红色旅行箱搁在旁边。

王小毛跳下车去叫她。“喂！妹……妹子，你醒……醒，这大……大冷天的，坐在地……地上睡，怕是要出……出人命的呀！”

听到有人叫唤，姑娘动了动身子，睁开眼睛看了一眼王小毛，便又合上，有气无力地说了一句："别管我，让我死了算了。"

听口音，这个姑娘不像是本地人。

王小毛猜想，她要么是没有赶上回家的班车，要么是没有钱购买回家的车票。于是就问："妹子，家……家总是在那里的嘛，早……早一天回去晚……晚一天回去，有什么要……要紧的呢，你说对……对吧。可人的生……生命却只有一次，一旦失……失去了，就再……再也回不来了噻。"

听王小毛提到家，姑娘坐直了身子，看了看空无一人的广场和漆黑一片的长途汽车站，顿时号啕大哭起来。一边抹着眼泪，一边哽咽着说："我回不了家了，我无脸见父母了，我不想活了啊！"

听她这么说，王小毛以为她是因为身上没有钱，不好意思回去见父母，便说："妹……妹子，你别哭……哭了，哭也没……没有用。这么晚了，估……估计你今天也没有车……车回家了。你在……在哪里做事，我送……送你回去，明天再……再想办法吧？"

一听到王小毛说要送她回原来做事的地方，姑娘哭得更伤心了。一边哭，一边泣不成声地说："原来做事的地方已经关门了，回不去了啊。"

"哦，是这……这样呀。你如果信……信得过我，今天就先到我……我家住一个晚上，明天再……再想办法。行吗？"

姑娘抹干眼泪，看了看王小毛，点了点头。

王小毛帮她把行李箱放到三轮自行车上，又扶她坐上车，把她带回了家。一到家，就把吃剩下的那半个烤鸭递给了姑娘，并安排她在母亲生前的卧室里住下了。

第二天，见姑娘并没有要走的意思，王小毛开始有些不安了，就说："妹子，你……你如果回家的路……路费不够的话，我……我这里还有几……几百块钱，你先拿……拿去用吧？"

姑娘见王小毛有要打发她离开的意思，便又哭泣起来了。王小毛见状，感到手足无措，有些诚惶诚恐地问："妹子，这大……大过年的，你别……别总哭嘛，你如果有什么难处就说……说出来嘛，看看我……我能不能帮……帮到你嘍？”

“我好后悔呀！我真的是没脸再活下去了啊！让我死了算了……”姑娘悲恸地说道。

“妹子，别……别这样想。俗话说得好，没有过……过不去的坎，只有想……想不开的人。不管遇到什么事，只要想……想开了，就没有什么过……过不去的。你……你说对吗？”

听到王小毛这样说，姑娘停止了哭泣，一双泪眼望着他说：“大哥，你能收留我吗？你如果能收留我，我就把一切都告诉你。”

“这……这行吗？……”王小毛嘴里虽然支支吾吾着，但心里面可乐呵了，“这不是天上掉下个‘林妹妹’吗？”

被王小毛收留的姑娘叫宋桂珍，23岁，身高一米六八。圆圆的脸蛋，白白的皮肤，眼角微微上扬，嘴唇不失丰润。虽然不是大美人，但也绝对算得上是漂亮。老家在东北农村。

22岁的那一年，宋桂珍和大多数同龄人一样，满怀憧憬地南下南方的一个省会城市，企图寻找人生发展的机会。然而事与愿违，由于她社会阅历太浅，处事心智太单纯，结果一不小心，就被人贩子骗到宁溪县来了，最后竟沦落为“皇宫一号KTV娱乐城”的坐台小姐。

刚开始做坐台小姐的那会儿，宋桂珍还是能够守住自己的底线的，只是陪喝酒、陪唱歌而已，决不做出卖肉体的事。可是，“KTV娱乐城”那是什么地方呀？那简直就是个大染缸呀！你看那些天天混在这种鬼地方的人，又有几个能守得住自己的底线呢？这不，“近朱者赤，近墨者黑”。时间一长，宋桂珍就难以做到洁身自好、守身如玉了。到后来，她不仅出卖了自己的肉体，而且还沾染上了毒品。

宋桂珍每天沉湎于灯红酒绿的世界里，过着醉生梦死的生活，哪里还记得起家？哪里还想得起父母？直到春节来临，“皇宫一号 KTV”娱乐城因为有黑社会性质犯罪组织的背景，被公安机关查封了，她这才猛然醒悟过来。

当接到公安机关的遣散通知书后，看到其他坐台小姐都陆陆续续地回家去了，宋桂珍这才想起远在东北的老家和在家里翘首以盼的父母亲。

回想起这一年来的经历，仿佛就像做了个噩梦。然而，当噩梦醒来时才发现，现实比噩梦还要更加可怕。

在家里的时候，宋桂珍从小到大都是一个乖巧孝顺的孩子，从不惹父母生气。真可谓母亲的贴心棉袄、父亲的掌上明珠。

出门在外一年多了，又恰逢过年，说心里话，宋桂珍确实很想回家，也很想与父母团聚。如果能回到家，开开心心地陪爸爸说说话，快快乐乐地吃上妈妈包的三鲜饺，这是多么幸福的事啊！可此时此刻，宋桂珍心里却十分害怕。她害怕回到那个熟识的家，害怕见到心爱的父母。因为她心里非常清楚，父母一旦知道她沾染上了毒品，不是将她活活打死，就是会自己跳河自尽。

就这样，犹豫了几天后，大年三十那天，宋桂珍揣着一颗矛盾、纠结、悔恨的心，久久地徘徊在长途汽车站。看着一辆辆发出去的长途班车，犹豫不决，左右不定，整整滞留了一天。到后来，她终究还是没有勇气踏上回家的旅途。

听宋桂珍讲述完自己一年来痛苦悲惨的经历，王小毛不禁唏嘘不已、心生怜悯。

“妹子，你……你看上去穿得这么好，长得又这么漂……漂亮，没……没想到还受了这么大……大的委屈。人非圣……圣人，孰……孰能无过？有个老人家说……说得好，人不……不怕犯错，就怕犯了错而不……不知改。你……你就安心在这里住……住下吧，设法把毒瘾戒……戒了，等毒瘾戒了后，回家去……去与父母团……团聚。”王小毛结结巴巴，好不容易才说清楚一番道理。

“戒毒？谈何容易啊！你没听别人说过吗，一日吸毒，一生戒毒。这话里的意思就是说，吸毒一旦上了瘾，一生都戒不掉。”宋桂珍缓缓地摇摇头，眼神里充满了凄惨和悔恨。

“我……我虽然不知道毒……毒品是什么东西，但我听……听说过有人以前吸过毒，后来也戒……戒掉了。既然他……他们可以戒掉，你……你为什么就不能呢？关键是你……你自己想不想戒？”

“我当然想戒喽。我现在这样活着，人不像人、鬼不像鬼的，跟死了又有什么区别呢。”

“只要你……你自己想戒就好办。就像我们男……男人戒烟一样，自己忍……忍住不抽，时间一长，就……就不会再想抽了。”在王小毛的意识里，戒毒瘾与戒烟瘾戒酒瘾差不多，难不到哪里去的。

看着王小毛一副不以为然的神情，宋桂珍摇了摇头，不再作声了。

半夜时分，王小毛睡得迷迷糊糊中，突然听到卫生间里有奇怪的动静。他以为是有小偷光顾，便一边起床，一边故意大声说:“这大……大过年的，是哪……哪一个不小心走……走错了门啦！”过了一会儿，见没有动静了，王小毛就将屋子里所有的灯光都打开，然后才到卫生间去查看情况。他推开门一看，不禁大吃了一惊。只见宋桂珍身穿睡衣，双手抱头蜷缩在墙角，一副痛苦万分的样子。王小毛以为她生病了，赶紧连拖带抱地把她弄到床上，盖好被子。对她说：“妹子，你哪……哪里不舒服？”

“我好难过，全身就像有无数根钢针在扎一般痛。”宋桂珍因毒瘾发作，难受得整个脸都扭曲了。

“你先忍……忍，我去帮你叫……叫医生来。”

听到王小毛要去叫医生，宋桂珍赶紧抓住他的手，哆哆嗦嗦地说：“不要呀，大哥。我是吸过毒的人，你如果叫医生来的话，就一定会惊动公安人员，他们会把我抓去坐牢的。”

“那……那怎么办呢？我不能就……就这样眼睁睁地看……看着你这么难受呀？”王小毛担心地说。

“大哥，我知道有种药可以治我的病，就是时间这么晚了，怕人家不会送药来。”宋桂珍不敢直截了当地告诉王小毛自己是毒瘾发作。

“不……不要紧，你告诉我地……地址，我……我去买。”

“我手机上存了一个叫‘美女蛇’的微信号码，你发信息给他，就说珍珍要药，然后按他指定的地点去拿药。”

王小毛按照宋桂珍教的方法发了信息，然后骑三轮自行车赶到宁溪河平安大桥上，从一个戴口罩的男人手上买到了“药”。

就这样，隔三岔五的，宋桂珍的病就要发作一次，每次都是由王小毛去帮她买“药”。

次数多了，王小毛便知道了宋桂珍并不是什么病情发作，而是毒瘾发作。

知道每次买的不是治病的“药”，而是毒品后，王小毛说什么都不干了。可宋桂珍却不肯了，她就像是一张膏药一样，牢牢地粘在他身上，想甩都甩不掉了。到后来，在毒瘾的折磨下，她竟然把做坐台小姐时学到的那套厚颜无耻、放荡不羁的本领拿来对付他。

一天晚上，宋桂珍又缠着王小毛，要他去帮她买毒品。王小毛还是坚决不去。她便摆出一副娇态来，与王小毛纠缠。

宋桂珍问：“你到底去还是不去？”

王小毛说：“不……不去！”

宋桂珍问：“你可不要后悔哟？”

王小毛说：“不……不后悔，去……去了才真……真的会后悔。”

宋桂珍问：“我看你是煮烂的鸭子——嘴硬吧？”

王小毛说：“我不但嘴……嘴硬，而且心……心更硬。”

宋桂珍就说：“好，你等着。”

说完，宋桂珍就回自己睡的房间去了。

过了一会儿，宋桂珍裹着一件绫罗披风、媚态十足地坐到了王小毛的床上。在灯光的照射下，薄如蝉翼的披风衬托出她那几乎全裸的胴体。只见她，肌肤如白雪团成，曲线似流波柔顺，眼神里充满了虚伪做作的放荡情意。

宋桂珍一会儿侧身翘臀，一会儿仰身挺胸，把王小毛逗得眼睛直冒绿光。

王小毛哪里经历过这样的场面，还不等宋桂珍开口，早已是淫相毕露、兽性大发了。

“大哥，想要吗？”见王小毛已经欲火难捺了，宋桂珍又故意火上浇油一般地挑逗。

“嘿嘿……想要，嘿嘿……想要。”王小毛咽了一下口水，咧着两片厚嘴唇、张着满口黄牙，眼神里充满了饕淫之光。

“那你还去不去帮我买‘药’？”宋桂珍一边说，一边把披风解开，故意露出两只丰满圆润的乳房。

“去……去……去。”王小毛一边答应着，一边如饿狼般地朝宋桂珍扑过去。

王小毛贪婪地爬在宋桂珍那充满了诱惑的胴体上，一边吸吮着那坚挺而又富有弹性的乳头，一边忙不迭地表决心、发誓愿。表示要誓死效忠，就是上刀山、下火海、入油锅，也决不变心。如有变心，定遭天打五雷轰。

从此后，两人便以夫妻的名义同居了。

虽说是夫妻，其实他们并没有打结婚证，宋桂珍也从来没有想过要嫁给王小毛。只不过在需要他帮助弄毒品的时候，才会让他在自己身上蹭点儿“腥味”。但对王小毛来说，这已经足够了。也正是为了这点儿“腥味”，王小毛是说到做到，对宋桂珍百依百顺，千方百计地去帮她弄毒品。这样没过多久，不仅把他那一点少得可怜的积蓄用得精光，而且还欠下了一屁股的债。在万般无奈之下，王小毛只好向宋桂珍摊牌，告诉她实在借不到钱了，准备把房子卖了。宋桂珍看着眼前这个憨厚、善良的大哥，实在有些不忍心把他逼上绝路。于是，她决定重操旧业，以“黄”养“吸”。

何为以“黄”养“吸”？说白了，就是靠卖淫来赚取买毒品的钱。宋桂珍在KTV娱乐城做坐台小姐时，就是这么干的。只不过现在的经营模式与过去的不一样了。过去是以娱乐场所为基地，黄毒兼融，从事的是行业性经营；现在是以居家场所为基地，明良暗娼，从事的是家庭式经营。

一开始，王小毛坚决不同意。让一个长得如花似玉般的姑娘去做暗娼，于心何忍啊！但他终究禁不住宋桂珍的温柔纠缠和色欲挑逗，最后，还是心甘情愿地做了她纵黄滥毒的奴隶……

王小毛因为涉嫌贩卖毒品罪和容留妇女卖淫罪被刑事拘留。宋桂珍因涉嫌卖淫罪被拘留，又因吸毒，被送往戒毒所强制戒毒。

虽然，王小毛在淫欲动机的驱使下走上了犯罪道路，但是，他对“7·08”中毒案件却矢口否认，只承认帮超市送菜到林业局食堂。

韩珂玉和辛丹青经过反复调查，未能找到相关的证据来印证王小毛的供述，因此，也就无法判断其供述的真实性。当然，他们也没有发现王小毛有投毒作案的动机，更没有发现他拥有亚硝酸盐的来源。

但无论如何，有一点是可以肯定的，那就是正常情况而言，王小毛确实没有什么理由和动机，非要跑到林业局食堂去投毒、制造集体中毒事件不可。

七 张美娟的双重角色

吴良义是一名经验非常丰富的老侦查员。他怎么都不相信，一个偌大的机关食堂，近三十人用餐，竟然会不留下一丁点儿剩菜剩饭？

带着这个疑问，他带领陈亮登门造访了食堂管理员张美娟。

张美娟的家位于蓝湖小区。

这是一个新开发的高档别墅小区，一色的豪华别墅临湖而建。小区后面是一片郁郁葱葱的山林，有杉树、茶树和桂花树；小区两边是绿茵茵的草地，地毯般的牛毛草浓密柔软，被修理得无一根杂草；小区前面就是宽阔的蓝湖。眼下正是初秋季节，草地上依然是绿草如茵，湖面上波光潋滟，山林里桂花飘香。身临其境，好一个世外桃源。

接到吴良义的约见电话后，张美娟早早就坐在环湖栈道上的休闲亭里等候。她之所以选择在湖边休闲亭里与调查人员见面，主要是担心林业局食堂中毒事件给家人带来压力，引起家人的反感。

看到张美娟时，吴良义着实有些惊讶。此时的张美娟，与先前在单位上看到的简直判若两人。在单位上看到的她，虽然穿着打扮略显高档，但还是不失大众化。而此时的她，完全是一副贵妇人、阔太太的做派。只见她身穿一件藏青色真丝绣花连衣裙，头戴防晒网眼出游遮阳渔夫帽，眼戴琥珀镜框茶色眼镜，耳挂做工精巧的铂金耳环，颈戴一串璀璨夺目的珍珠项链。左手腕戴一只晶莹剔透的玉手镯，无名指上戴一枚水晶超大钻戒。满身珠光宝气，显得高贵富态、温婉淑雅。

“平时老听人说蓝湖小区有多么多么的豪华气派，今天一见，果然是名副其实。”吴良义朝四周看了看，坐下来说。

“吴队长见笑了。我也是嫁来的福分，要是靠我自己，恐怕一辈子也别想在这里买房定居了。”张美娟说。

“咱们言归正传吧。今天来找你，是有些问题要向你核实，请你务必如实回答。”吴良义说完，用眼神暗示陈亮做好记录。

“好的。”张美娟爽快地回答。

“请你回忆一下，那天中饭是否还留下了什么？”

“我反复回忆过，我回到食堂时，张福顺把三个盛菜和一个盛汤的不锈钢盆子全部洗得干干净净了，没有留下剩菜剩汤。”

“米饭呢？”

“米饭？让我想想……噢，我想起来了，米饭还剩下了半碗。”

“这半碗米饭到哪里去了？”

“被我倒给门卫张老三养的小黄狗吃了。”

“哦，真不巧。这件事你为什么以前不说出来？”

“欸！食堂出了这么大的事，给我的压力太大了。这几天我都是心事重重、迷迷糊糊的，那里还记得这个事。”

“从你今天的穿着打扮来看，我不认为你是心事重重。”

“欸！这不是在家里吗，是做给家里人看的。”

“还有一个问题，不过这个问题你可以选择不回答。”

“说说看吧。”

“从你的家庭情况来看，你应当不会在乎单位上那点工资的。那么你为什么心甘情愿地在林业局做一名食堂管理员呢？”

“这个……这个问题涉及我的隐私，我可以不回答吗？”

“当然，这是你的权力。不过我已经知道答案了。”

离开蓝湖小区，吴良义便要陈亮给林业局门卫张老三打电话，核实小黄狗是否有异常。得到的答复是：毫无异常。

回去的路上，陈亮一边开车，一边向吴良义讨教。

“吴哥，刚才张美娟并没有回答你提的问题，你怎么说已经知道答案了呢？”

“呵呵！她已经回答了。”吴良义别有深意地笑着说。

“呀？我怎么没有听出来？答案是什么？”

“隐私。”

“隐私？这算什么答案？”陈亮顿感云里雾里一般。

从银泰超市提取的腊猪肉，经过理化实验室吕玫的检验，证实其中的亚硝酸盐含量非常低，根本不足以引起人体食入后中毒，更不会造成人中毒死亡。

一系列的检验鉴定结果出来后，令专案组的同志大为沮丧。

在专案指挥部里，文斌皱着眉头听完王强、吴良义、韩珂玉、辛丹青和陈亮等几路人马的汇报后，面色逐渐凝重。

一宗看似非常简单的案件，却是那样的错综复杂：说是意外事件吧，却又找不到毒物的来源；说是人为案件吧，却又找不到作案动机。

文斌不禁陷入了深深的沉思，也感到十分困惑。

文斌坐在会议桌旁，嘴里叼着香烟，双肘撑在桌面上，手掌相握抵住下颌，眼睛盯着理化实验室送来的几份检验鉴定报告，一动不动，犹如一尊雕塑一般。

“很明显，林业局的员工的确因摄入了亚硝酸盐中毒，这一点是毋庸置疑的。可是，通过对银泰超市方面的调查，又可以排除腊猪肉中携带了过量亚硝酸盐进入食堂的可能性。而且，当天中午食堂用的鱼是活的，各种蔬菜也都是新鲜的，它们本身当然是不含有过量亚硝酸盐成分的。那么问题究竟出在哪里呢？难道真的是王小毛在送菜过程中做了手脚，暗中将大量亚硝酸盐混杂到了食材中？他这样做的动机是什么呢？如果真是这样的话，难道炊事员张福顺在烧菜前，恰好就没有进行清洗吗……”文斌苦苦地思索着。

突然，一阵电话铃声打断了文斌的沉思。他拿起手机一看，是副县长、公安局局长冯江打来的。

“喂！文斌吗，中毒事件查得怎么样了？”冯江直截了当地问。

“嗯！冯局长，我正要向你汇报呢！”文斌一边将烟蒂摁熄在烟灰缸里，一边说，“目前，虽然调查工作进展不大，但有三点是可以肯定的。第一，林业局的员工确实是吃了含有过量亚硝酸盐的食物而中的毒，并且亚硝酸盐应当是混合在中午烧的饭菜里。第二，林业局食堂当天所购买的食材在离开超市前，应当是不含有过量亚硝酸盐的。第三，中毒事件的关键环节，应当锁定在食材的运输阶段和饭菜的烧制阶段。”

“你怎么能够肯定亚硝酸盐是混合在中午的饭菜里的呢？”

“准确来说，亚硝酸盐应当是混合在菜或者汤里面。因为吃剩下的半碗米饭，被食堂管理员倒给了门卫的小黄狗吃了，小黄狗吃了后，并没有出现任何异常情况。”

“有没有这样一种可能，亚硝酸盐在侵入到米饭里时，搅拌得不均匀，小黄狗吃的米饭正好没有沾染上亚硝酸盐这种有毒物质，所以没有中毒？”

“我考虑过这种可能性。但由于当天中午有28人和一条狗吃了食堂里的饭，人全部中了毒，只有狗没有中毒。所以我认为这种概率很小，几乎可以忽略不计了。”

“会不会是因为狗与人的致毒量不同呢？”

“按照法医学的解释，亚硝酸盐对狗和人的致毒量确实有些差异，但差别并不大。”

“哦，是这样。那么食堂里的亚硝酸盐是怎么来的呢？又是怎么到菜和汤里面去的呢？”

“这正是我们感到困惑的地方。我们搜查了食堂里的每一个角落，检验了食堂里所有的食材和佐料，却并没有发现亚硝酸盐。当然，也没有发现其他类似的有毒物质。”

“既然如此，那我们的调查重点就要放在食材运输、洗菜、配菜和炒菜这 4 个环节了。”冯局长提醒道。

“的确如此。不过调查工作难度非常大。后三个环节都是由炊事员张福顺独立完成的，现在张福顺死了，死无对证。前一个环节是由王小毛独立完成的，但到目前为止，我们还没有从他身上发现与中毒案件有关联的任何线索，既没有发现他有蓄意投毒的作案动机，也没有发现他有与亚硝酸盐这种毒物相关联的迹象或疑点。”

“那下一步你们打算怎么办？”

“考虑到食材在烧制前，按常理，炊事员应当会对食材进行清洗。所以，我们准备把食材进入食堂后，到开饭前这段时间，作为调查重点。也就是早上 8 点 30 分至中午 11 点 30 分之间。”

“那万一炊事员在炒菜前忘记了清洗食材呢？”

“如果是这样的话，那王小毛送菜的这个环节也就不能忽视了。”

“现在的问题是，炊事员已经死了，死人是不会开口说话的，他究竟是否清洗了菜，恐怕已无法查证了。”

“是呀，所以送菜的环节我们也没有完全放弃。好在王小毛因涉嫌买卖毒品，现在已经被刑拘了，这对我们的调查工作还是有利的。”

“好吧，我认同你们的意见。另外，请你转告专案组的全体同志，林业局食堂的中毒事件，其社会影响已经远远超过了一起普通的杀人命案，县委、县政府方面承受了巨大的社会压力。我要求你们，必须竭尽全力，不惜一切代价，尽快查明案情，给死伤者一个交代！给社会一个交代！明白吗？”冯江的语气显得有些粗重和严厉。

“请局长放心，我们一定尽快查明案情，保证完成任务！”文斌语气坚定、铿锵有力地回答。

“说起来容易，做起来难啦！炊事员张福顺没有留下只言片语，便急急忙忙地跑到阎王爷那里报到去了。鬼知道在这三个小时里，食堂内究竟发生了什么？”文斌挂断电话，自言自语地说。

吴良义、王强、韩珂玉、辛丹青等人坐在文斌的对面，一言不发地望着他。

“对食堂最熟悉、最了解的人，除了张福顺，应该就是食堂管理员张美娟了吧。你们说对吗？”文斌抬头望着大家问。

“那是当然。”大家一致点头说。

“一个偌大的食堂，发生了集体中毒事件，与食堂有关的两个人，一个中毒死了，一个却没事。你们说奇怪不奇怪？”

“那是当然。”大家又一致点头回答。

“现在张福顺走了，可张美娟还在。是不是？”

“那是当然。”大家再一次点头说。

“呃！我说你们除了‘那是当然’这句话，就不会说点别的……”文斌用指关节轻轻地敲着桌子，有些生气地说。

还不等文斌把话说完，大家就“哈哈哈”地怪笑起来。

王强把老花眼镜往下挪了挪，眼睛从镜框上缘盯着文斌，先是狡黠地眨了眨眼，然后说：“你都已经向冯局长保证完成任务了，我们还用得着说什么呢，大家说对不对？”

“那是当然！”说完，大家哄堂大笑。一个个都笑得前仰后合的。

文斌也被逗得忍俊不禁，“扑哧”一声笑了出来。

笑声中，韩珂玉举起右手摆了摆，说：“呃呃呃，大家静一静，静一静，我有话要说，”见大家停下来都望着他，韩珂玉接着说，“我始终觉得，林业局食堂的中毒事件，无论性质如何，都与张美娟脱不了干系。毕竟她是食堂管理员嘛。所以我认为，也许她就是我们解开这个迷局所要寻找的关键性人物。”

“你说的有一定的道理，张美娟确实是一个神秘的人物。我和陈亮到过她家，发现这个女人在家里和在单位上简直判若两人。在单位上，她是一个地地道道的朴实的公职人员，在家里面，则又是一个十足的贵妇人、阔太太。这说明了什么？说明了这个女人善于在生活中扮演各种不同的角色。虽然如此，但我还是认为，张美娟的这种双重角色的表现，与食堂中毒事件并没有直接的关系，而应当与她的家庭和个人隐私有关。我始终认为，林业局食堂的中毒事件，问题应当出在厨师张福顺身上，他才是关键人物。"吴良义双臂抱胸，沙哑着嗓子说。

"可是张福顺已经死了呀，死人是不会开口说话的吧？"王强说。

"我说你这个同志呀，我要批评你。张福顺虽然死了，但围绕他，我们不是还有很多调查工作可做吗？"吴良义一本正经地说。

文斌点了点头，然后巡睃了一遍眼前的几位战友，像是在征求大家的意见。

见大家纷纷点头赞同，文斌便调整了一下坐姿，说："对林业局食堂最熟悉的两个人一个死了，一个还活着。出了这么大的事，死了的不能一了百了，活着的也不能糊涂过关。看来有必要和这个神秘的女人好好谈一谈了。"

文斌安排王强去了解张美娟的社会交往情况，从中寻找可疑线索，又交代韩珂玉和辛丹青去把张美娟请到办案中心来，准备亲自和她谈话。

文斌给三人布置完工作，便侧头看向吴良义。吴良义马上爽朗地笑着说："头儿，你不用说了，咱知道自己要干啥。陈亮同志跟我去就好了。"这对老搭档经过多年的磨合，早已经是心有灵犀一点通了，相互间配合得非常默契。

一个小时后，张美娟就被请到了永乐街道派出所办案中心的询问室里。

坐在文斌面前的女人，大约三十来岁。从她的长相来看，虽然算不上是花容月貌，但也是皮肤白净、五官端正；再看看她的体形，虽然算不上是婀娜多姿，那也是身材匀称、凸凹有致。她剪了一个韩式短发，身穿一件柠檬黄色连衣裙，脚上是一双乳白色高跟皮凉鞋。看上去，整个人显得健康活泼、浪漫洒脱。

可能是第一次到公安机关办案中心的缘故吧，置身于肃穆庄重的环境里，张美娟有些紧张不安。只见她双手相握不停搓揉，脸上虽然带着微笑，但却显得有些僵硬和不自然。

“张美娟，今天把你请来，是因为我们有些问题要问你，希望你能如实回答。”文斌一边把询问证人的权利和义务告知书出示给她看，一边说。

“好的，只要是我知道的，我一定如实回答。”张美娟直了直身子、舔了舔嘴唇，说。

“你是什么时候开始做食堂管理员的？”

“是去年年底。我以前在办公室做后勤保障工作。局里成立食堂后，局领导就安排我负责管理食堂。”

“那你对食堂的情况是非常了解的喽？”

“可以这么说吧，除了张福顺，应当就数我了。”

“食堂里除了张福顺，还有其他的员工吗？”

“没有，平时就是张福顺一个人。如果是来了客人，或者是局里开中层干部大会的话，我就会安排保洁员王荷花去帮忙做些事。比如帮忙洗洗菜、切切菜、扫扫地等。不过，这样的情况并不多。”

“7 月 8 日的情况你还记得吧？”

“欸！哪能不记得？那就是刻在我心里的一道伤痕啦！现在每每想起，都会觉得心被刺痛呢！”

“请你谈谈那天的详细情况吧？”

“好的。那天早上 7 点，像往常一样，我给银泰超市送菜的王小毛打电话，要他送 3 斤腊猪肉、10 斤活草鱼、5 斤苦瓜和 2 斤青辣椒到食堂。8 点 20 分，我从家里来到食堂。这时，张福顺正在淘米。大约 8 点 30 分左右，王小毛就送菜来了。我把菜逐样过秤核准了斤两，开了收据给王小毛，他拿了收据后就离开了。我把菜交给了张福顺。张福顺接过菜一看，说是没有购买做汤的食材。我就说用现成的鸡蛋和紫菜做汤。由于蔬菜只有苦瓜和辣椒，比较好洗，用不着叫人帮忙，所以我就回到二楼的办公室去了。大约 11 点 20 分左右，我下楼到食堂，看到张福顺已经把红烧鱼、辣椒炒腊猪肉和紫菜鸡蛋汤烧好了，只剩下一个苦瓜还没有炒。烧好的菜全部摆在大厅里的不锈钢案台上。我把用餐登记簿交给张福顺，叮嘱他别忘了叫用餐的人签名。然后，我就到后院开了车去我姑妈家喝喜酒去了。中午 1 点 30 分左右，我回到食堂，看到张福顺正在打扫卫生。他告诉我说还剩下了半碗米饭，于是，我就把那半碗米饭送到大门口，倒给了门卫张老三养的小黄狗吃了。由于从大门到食堂要经过竹木制品销售店，于是我就进去和黄书琴、谢雨农说了一会话。这时，有两个员工打电话来，说是头晕、头痛、呼吸困难，问是不是中午食堂里的饭菜有问题。当时我并没有太在意，心里想：见鬼去吧，食堂里的饭菜怎么可能会有问题呢，肯定是他们自己患感冒不舒服罢了。可是，当我再回到食堂时，眼前的一幕让我大吃一惊。只见张福顺坐在地上，身子斜靠在灶台上，双手按住胸口，满脸痛苦，一边大口喘气一边说：张主任，我好难受，快送我去医院。我看情况不妙，便急忙把驾驶员张龙叫来，火速将他送往医院。由于联想到有两个员工也打电话来，说吃了中饭后感觉不舒服，所以，在车上我就给那两个员工打电话，要他们到医院去做个检查。到了医院后，经医生一诊断，说张福顺可能是食物中毒。于是，我就赶紧给中午在食堂用餐的其他人打电话，要他们互相转告，通知他们凡是中午在食堂吃了饭的，都火速到医院检查治疗。这时，张龙说他也是在食堂吃的中饭，感觉有些恶心反胃。我就带他去找医生，安排人给他治疗。完了，我又赶紧给王海峰局长打电话，报告此事。后来王海峰局长赶来了。事情的经过大致就是这样。”

“你是从前门进的还是从后门进的食堂？”

“是从后门进去的。我从后门进去后，经过厨房再到吃饭的餐厅。走的时候，也是从后门走的，因为我的车子停放在后面院子里。”

“你开的什么车子？”

“宝马 X5，越野型。”

“你进去时，前门是否开着？”

“是开着的。前门是双层门，外面一层是卷闸门，里面一层是铝合金玻璃门。

铝合金玻璃门是带弹簧的自动关合门，推拉开后一放手，门就会自动回位。这扇门一般是不锁的。张福顺早上来上班时，会先把卷闸门锁打开拉上去。下午离开时，又会把卷闸门拉下来锁上。”

“你上午 11 点 20 分左右到食堂时，食堂里都有哪些人在场？”

“当时厨房里只有张福顺一个人在做事。噢！对了，驾驶员张龙坐在小包厢里看电视。”张美娟回答。

“什么？张龙在小包厢里看电视？”

“是的。”

“你能确定？”

“能确定！”

“张龙除了看电视还在干什么？”

“让我想想。那天我到食堂时，看到张福顺正在厨房里炒菜。我就走到吃饭的大餐厅里去查看已经烧好的菜和汤。这时听到小包厢里有放电视的声音，于是我就推开门看了一下，看到是张龙正在看电视，手里还端了一只碗，好像正在喝水。我们互相笑了一下，算是打过招呼了。然后我把门关上，就离开了。”

“后来张龙送张福顺去医院抢救，是你安排的吧？”

“是的。我也一起去了。”

“你是怎么安排的？”

“看到张福顺病情发作后，我就立即给张龙打电话。当时他好像在办公室睡觉，电话响了一阵他才接。打完电话后一会儿，张龙就把车子开到厨房的后门口了。我就和他一起把张福顺扶上车，送到医院去了。”

“在去医院的路上，张龙有什么反应吗？”

“张龙在开车，我坐在副驾驶位上，张福顺斜躺在后排座位上。当时我心里很紧张，又忙着打电话，所以没有太注意。感觉印象中他好像没有什么特别的反应。”

“你说你在车上打电话，打给谁？”

“打给那些中午在食堂吃了饭的人，通知他们赶快到医院做检查治疗。”

“难道那个时候你就晓得是食物中毒？”

“哦，是这样，当我看到张福顺病情发作时，就联想到有几个员工打电话给我，说是中午的饭菜有问题，他们吃了后头痛，想吐。于是，我就怀疑是食物中毒。”张美娟急切地解释道。

“张龙是怎样发现自己中毒的？”

“张福顺被送进抢救室后不久，就有一些中了毒的员工被送到医院来了。这时，我见张龙坐在候诊室的椅子上，就对他说你好像也是在食堂吃的饭吧，是不是要医生帮你检查一下。他说他也感到恶心想吐。于是，我就叫了医生来帮他做检查。后来就有护士带他去打点滴输液去了。”

“张龙除了自称恶心想以外，是否还有其他的症状？比如和其他中毒人员相类似的头晕、头痛、腹泻和脸色难看等外表症状。”

“让我想一想……和其他中毒人员相类似的外表症状？我好像没有发现。也许是我没有注意吧。反正不是很明显，如果很明显的话，我应该会有些印象的。”

“食堂一般是几点钟开始烧饭？又是几点钟开饭？”

“张福顺一般都是上午 9 点钟开始煮饭，10 点 30 分左右开始炒菜。开饭的时间就更准时了，都是在 11 点 30 分准时开饭。”

“平时张福顺在烧菜前是否会清洗各种食材？”

“那是肯定的。有时候他忙不过来，我还会安排王荷花去帮忙清洗呢。”

“有没有例外？”

“应该没有。”

“你就这么肯定？”

“反正我是没有发现过。张福顺是一个讲卫生、爱干净的人，又是个老厨师，不至于连起码的饮食卫生标准都不懂吧。”

文斌翻了翻工作笔记，换了一个话题问：“请你谈谈张福顺这个人的情况吧？”

“张福顺是个秃子。俗话说：十个秃子九个怪。张福顺的脾气就有点古怪。”

“此话怎讲？”

“我觉得他对自己的厨艺太自信了，自信到了容不得别人在他面前流露出半点不满意的地步。”

“你具体说说他是如何古怪，又是如何自信的？”

“比如，每天中午差不多到了开饭的时间，他便手握一只不锈钢保温杯，坐在厨房与餐厅过道口的一把椅子上，面向着正在吃饭用餐的人，晃着一个光溜溜的脑袋，东瞧瞧、西看看。一会儿点头微笑，一会儿摇头皱眉，就好像是在欣赏自己刚刚完成的一幅艺术作品一般。如果看到谁吃得津津有味、碗空盘光的，他便乐呵呵地走过去问：饭菜可口？对方回答说：可口。于是，他便笑呵呵地说：吃饱喝好，工作才有得搞嘛！如果看到有谁吃得龇牙咧嘴、余饭剩菜的，他便皱着眉头走过去问：饭菜不可口？对方回答说：可口，是我没胃口。于是，他便拉长个脸自言自语地说：三个人三个胃，众胃（味）难调呀！一开始大家还真有点不习惯，可时间长了，慢慢地也就习惯了。到后来，大家还经常拿他开玩笑。这个说：哎呀，今天餐厅里怎么这么亮呀？那个说：因为饭菜香呗！每当这时，张福顺就会摸着光秃秃的头嘿嘿地笑。如果有人说：今天餐厅里光线怎么这么暗呀？旁边的人绝对不能回答说饭菜不香，只能说胃口不好呗。这时，张福顺就会假装没听到，只顾着埋头喝水。如果有哪个不小心说了一句饭菜不香的话，张福顺便会阴沉着脸，像是自言自语地说：我十多岁就开始学做菜，那时候，恐怕某些人还在穿开裆裤吧……”

“你的意思是说，张福顺很忌讳别人说他烧的饭菜不好吃，对吗？”

“是的。”

“是否发生过因为这个原因，导致张福顺与他人产生矛盾纠纷的事件？”

“公开的矛盾纠纷倒没有发现，但张福顺心里面是否记恨别人，这就不得而知了。”

“张福顺平时都与哪些人交往？”

“张福顺的家在郊区，位于城乡接合部。他每天早上骑摩托车来上班，一般都是8点钟准时到达食堂。午饭后，把食堂打扫干净，然后就下班回家。如果遇到晚上有客人的话，他便按照我的安排烧好客饭，待客人用完餐走后，才下班回家。所以，在单位上他几乎不与别人交往。回家后的交往情况我就不清楚了。”

“你知道他与谁有过纠纷和矛盾吗？”

“不知道，没听说过。”

“那么你与别人有过什么纠纷矛盾吗？”

“我？没有。我这个人性格开朗，吃得了亏，从来不和别人争强斗胜。”张美娟不假思索地回答。

正在这时，王强进来了。他把一张写了字的纸条交给了文斌，然后一言不发地在旁边的椅子上坐下来。

文斌接过纸条一看，见上面写了几句概括性的话：

经查，张美娟性格外向，为人热情大方。丈夫经商，家境富裕。据同事反映，她可能有婚外情。

文斌看过纸条后，把它交给了辛丹青。然后面无表情地继续询问。

“食堂里的用品是不是由你采购？”

“是的，统一由我采购。”

“你购买过亚硝酸盐吗？”

“从来没有过。那可是有毒的东西，不能随便买，更不能随便用。”

“你是怎么知道的？”

“食堂开张的那天，卫生局的同志前来检查饮食卫生，就此问题专门进行过宣传与讲解。据他们说，亚硝酸盐是一种有毒的物质，人吃了会中毒，甚至会有生命危险。由于它的颜色和形状酷似食盐，所以，在现实生活中，两者很容易搞混。为了确保安全，千万不能把亚硝酸盐当成食盐来购买和使用。”

“你知道员工们是怎么中的毒吗？你知道张福顺和李湘妹是怎么死的吗？”

“在医院时听医生说起过。据医生说，是因为吃了含有过量亚硝酸盐的食物而中的毒。”

“你不是说食堂里从来没有购买过亚硝酸盐吗，那造成员工们中毒的亚硝酸盐是怎么来的呢？又是怎么到饭菜中去的呢？”文斌追问道。眼神里充满了犀利的光芒。

“这个……这个……我也说不清楚。”张美娟低下头轻声作答，语气里满含忧愁和不安。

“食堂里发生了这么大的集体中毒事件，你作为管理人员，能说什么都不清楚吗？”文斌的语气有些咄咄逼人。

“我真的是不清楚啊！”张美娟又舔了舔嘴唇，一副沮丧不堪的表情。

“那么你是怎么看待这件事情的呢？”见张美娟不像是在撒谎，文斌便换了一种方式问。

“出了这么大的事，我心里感到非常内疚，也特别难过。我一直都在反思，食堂办得好好的，怎么就会突然发生这种事情？也不知道是天灾还是人祸？”张美娟轻轻摇头，脸上又有了一丝烦躁和无可奈何的表情。

“那你觉得呢？”文斌紧追不放。

“现在社会上有很多人在议论这件事，众说纷纭，说法不一。有的说是林业局办公大楼风水不好，触动了龙脉，龙在发威，故施法于人；有的说是林业局的人有冤情，惊动了上天，天在发怒，故惩戒于民。还有的说……”

“什么乱七八糟的，都是扯淡！你甭管别人怎么说，你就说你自己是怎么认为的吧？”韩珂玉在旁边有些不耐烦地说。

“我认为不是天灾，而是人祸。是有人不小心把毒药放进饭菜里了，导致大家吃了中毒。”

“你觉得这个人会是谁呢？”文斌面无表情地问。

“我反复回忆了当时的情形，我觉得有一个人值得怀疑。”

“谁？”

“这个……”说完，张美娟沉默了一会儿，才缓缓开口，“我觉得张龙有问题。”

“张龙？你怀疑他？”韩珂玉有些惊讶地问。

“我只是有点怀疑而已。”

“你有什么根据吗？”文斌吐出一股烟雾后问，脸上依然是面无表情的样子。

“我清楚地记得，事发当天上午，在开饭前，只有我和张福顺、张龙三个人到过食堂。在我们三人中，我是食堂管理员，当然清楚亚硝酸盐是有毒的物质，因此，我不可能会在饮食安全这个原则性的问题上犯这么大的错误；张福顺是一名资深老厨师，他也应该知道亚硝酸盐的危害性，因此，他也不可能在原则性的问题上出现这么大的失误。张龙就不同了。他年轻，生活经历尚浅，不懂得亚硝酸盐的危害性，完全有可能错把它当成食盐带到食堂里来使用。”

“食堂里不是有食盐吗，他为什么不就地取材，而要自己带盐来食堂用呢？”韩珂玉当即反驳道。

“这谁知道呀。也许他是无意的，也许他是有意的。人心隔肚皮嘛！鬼知道他心里面是怎么想的呢。”张美娟撇着嘴说。

“你还有什么要说的吗？”

“没有了。”张美娟抬头望着几名调查人员说。

“那好吧，今天就谈到这里，你可以走了。不过我们以后可能还会来找你。请你在案情没有查清楚之前，尽量不要外出。明白吗？” 文斌将烟蒂丢进装了半杯水的一次性纸杯里，站起来说。

“明白。你们可以随时来找我。”说完，张美娟站起来，捋了捋鬓角的头发，走出了询问室。

张美娟离开后，辛丹青扬了扬手中的纸条，说：“队长，我看这个女人很可疑。”

“可疑？你指的是哪方面？”

“当然是指投毒嫌疑喽！”

“你有什么依据？”文斌的脸上依然很平静。

“首先，我认为张美娟可以随意进出食堂，所以她具有作案的空间和时间上的条件。其次，在上午 11 点 20 分左右，张美娟到了食堂，这时候已经烧好了两菜一汤，因此，客观上为她提供了投毒的载体。第三，从张美娟的穿着打扮和她那热情大方的性格来看，她绝对不是一个心甘情愿做一辈子食堂管理员的人。因此，不能排除张美娟因对现实不满而投毒。第四，在中毒的 28 人中，只有两人死亡。这两人有可能是因抢救不及时或体质特殊而导致死亡。因此，不能排除投毒人的心态只是警示或者教训林业局的人，并无杀人目的。这正好符合张美娟作案的心理特征。”

“就因为对工作岗位不满意，就采取这种恶毒的手段去伤害这么多的人？这也太不可思议了吧！”韩珂玉表示不能赞同辛丹青的观点，他提出了自己的看法，“我倒觉得犯罪嫌疑人投毒的目的非常明确，就是要置人于死地。所针对的对象就是已经中了毒的人，或者是侥幸未中毒的人。也许是针对一人，也许是针对多人。”

“欸！师兄，我觉得你的观点有些自相矛盾呢。要么是针对已经中毒的人，要么就是针对未中毒的人。怎么可能同时针对两种性质完全不同的人呢？”辛丹青提出了质疑。

“欸！丫头，你这是在偷换概念呢。我说的可是侥幸未中毒的人，而不是单纯指未中毒的人。”

“那你说说谁是侥幸未中毒的人？”

“比如说张美娟吧，她原本是要在食堂用餐的，本来是属于应当中毒的人。但由于她临时去姑妈家喝喜酒去了，逃过了这一劫。因此，张美娟就由应当中毒的人，转变成了侥幸未中毒的人。根据外围调查，张美娟在男女关系方面是有故事的。因此，我认为完全有这样一种可能性：由于张美娟的情感泛滥，从而伤人至极，导致被伤害者无以泄愤，遂以投毒报复。如果张美娟在食堂里吃了中饭中了毒，报复的目的则达成；如果张美娟没有在食堂吃中饭，没有中毒，那么也会因为她是食堂管理员而被追责，报复的目的也能达成一部分。”韩珂玉认真地解释道。

“你是说有人为了报复张美娟而投毒？我认为不可能！”辛丹青坚持自己的主张。

“你们都别争论了，”文斌打断了他们的辩论，“你们这对金童玉女，一个认为张美娟为了发泄不满而投毒，一个认为他人为了报复张美娟而投毒。应当说你们的分析都有一定的道理，这两种可能性都存在。但是，这仅仅是一种分析而已，毕竟还有两个至关重要的问题没有彻底查明，那就是作案动机和作案工具。无论是张美娟投毒，还是别人针对她投毒，都回避不了这两个问题。就目前的情况来看，这两个方面的作案动机都不是很明显。事实上，你们两人的观点，都是建立在完全排除意外事故的基础上。但从目前的情况来看，还没有充足的理由来排除这种可能性。”

“那下一步怎么办？”王强在旁边问。

“我看这样，韩珂玉去调查张美娟的关系背景，看看能不能发现有关犯罪动机方面的蛛丝马迹；王强所长去调查 7 月 8 日上午张美娟的活动轨迹和细节，看看是否有可疑之处；辛丹青去调查张美娟是否购买过亚硝酸盐。无论是市场交易还是网上交易，无论是公开交易还是暗中交易，都要查个水落石出、清楚明白。”

“明白！”三人异口同声地回答。

文斌站起来，习惯性地把手一挥，说：“开工吧！”

八　电子物证

为了证实张美娟的叙述内容的真实性，文斌把驾驶员张龙找来办案中心，询问有关情况。

张龙，男，26 岁。是林业局的皮卡工程车驾驶员，属于合同制职工。

张龙的老婆刚刚生了一对龙凤双胞胎，一家人正沉浸在欢天喜地的幸福之中，别提有多高兴了。

据张龙介绍，7 月 8 日上午，因没有出车任务，所以他就提前去了食堂，坐在小包厢里一边看电视，一边等着开饭。

“张龙，请你把 7 月 8 日吃中饭的情况说清楚吧？”文斌直截了当地提问。

“7 月 8 日上午 11 点 15 分，我离开办公室，去了食堂……”

“我打断一下，你能肯定是上午 11 点 15 分吗？”张龙能把时间说得这么精准，文斌感到有点奇怪。

“能肯定。我离开办公室时，特意看了手机上的时间。”

“好，接着说？”文斌点上一支烟，一边听，一边又开始吞云吐雾了。

“到了食堂后，看到张福顺师傅已经把汤烧好了，于是我就舀了一碗端到小包厢里。由于担心领导看到后会批评，说我违反作息时间，所以就把包厢的门关上了。我躲在里面一边喝汤，一边偷偷地看电视。刚刚打开电视机坐下来，张美娟就来了。她推开门看了一下，什么都没说，关上门又走了。过了大约十多分钟左右，就陆续有人来打饭吃。然后我也就出去打了饭菜回到包厢里吃。吃完饭后我就回到了办公室，躺在沙发上午休。大约13点30分左右，张美娟打电话给我，要我开车把张福顺送到医院去。在去医院的路上，张美娟自言自语地说：刚才有一些员工打电话来，说吃了食堂里的饭菜后身体不舒服，难道还真的是饭菜里面有问题？于是，张美娟开始给那几个说在食堂吃了中饭后不舒服的员工打电话，要他们到医院去做个检查。到了医院后，经医生检查，诊断张福顺的确是食物中毒。于是，张美娟便又火急火燎地打电话，通知中午在食堂吃了饭的人都立即到医院去检查治疗。后来员工们都陆续到医院来了。大家吐的吐、泻的泻，哭的哭、闹的闹。一会儿工夫，便乱成了一锅粥。”

“后来呢？”

“后来张美娟对我说，你不也是在食堂吃的饭吗，感觉身体有没有不舒服。我就说确实感到胃有点不舒服，恶心，想吐。于是，她就叫来了医生帮我打点滴输液。输完液后我就回家去了。那天的全部经过就是这样。”

“你是说你也中了毒？”

“是的。当时我感觉胃不舒服，恶心，想吐。”

“你喝的是什么汤？吃的是什么菜？”

“汤是紫菜鸡蛋汤，菜是红烧鱼、清炒苦瓜和辣椒炒腊猪肉。反正那天中午烧的饭菜我都吃了。”

“你喝了多少汤？”

“就是一碗。吃完饭后我本来想再打一碗喝，却发现汤盆子已经见底了。”

“你从办公室走到食堂，花了多长时间？”

“最多不超过3分钟。”

“你在小包厢里看电视时，还有谁来过食堂？”

“我只看到张美娟来过，其他的我就不知道了。因为包厢的门是关上的，从里面看不到外面的情况。”

“你经常提前去食堂吗？”

“差不多只要没有出车任务，我一般都会提前十多分钟到食堂里去。躲在小包厢里，一边看电视，一边等着开饭。”张龙有点不好意思地说。

“你经常提前到食堂去等开饭，是否发现过什么可疑的情况？比如厨师张福顺与他人争吵呀，可疑的人在食堂附近打探呀，等等。”

“我从来没有看到过张福顺与别人公开争吵。至于是否有人在食堂附近打探，这个我没有注意，记忆里也没有这方面的印象。”

“你私下里是否带过什么佐料或者其他调味品到食堂里用？比如食盐、味精、淀粉等。”

“从来没有过。这些东西食堂里都有。”

“亚硝酸盐呢，你用过吗？”

“亚硝酸盐？不不不，我不知道什么是亚硝酸盐，也从来没有见过那种东西。”

“对食堂中毒事件，你有何看法？”

“我认为，这只不过是一起普通的食物中毒事故而已，没有什么可大惊小怪的。”

楼梯口的监控视频显示，张龙的确是上午 11 点 15 分钟下的楼，应该在两三分钟后就到了食堂。可见，在中午开饭前，张龙差不多有近十分钟的时间可以在食堂里自由行动。从这点上来看，他应当是具有作案时间的。但根据外围调查，又没有发现他具有明显的作案动机，也没有发现他拥有毒物的来源。

电子物证技术，是辛丹青的强项。还是在警察学院读书时，她就获得过全校电子物证技术大比武的冠军。

结合张美娟的情况介绍，辛丹青很容易地就查到了她在网上的交易记录和近几个月来的 Q Q 、微信聊天内容，但一无所获。张美娟既没有在网上购买亚硝酸盐的行为，也没有涉及有关亚硝酸盐方面的查询记录。看来针对张美娟查网上交易这条路是行不通的，还得另辟蹊径。

辛丹青通过百度搜索，知道亚硝酸盐主要是用在工业上作防锈剂，属于国家禁购物资，正规市场上是很难买到的。国家禁止餐饮服务行业采购、贮存和使用亚硝酸盐，个人购买时，也要出具有效的身份证件。

辛丹青带着张美娟、张福顺和张龙三个人的照片及身份信息，暗访了所有的超市和大小商店，不仅没有发现他们三人与亚硝酸盐这种物质相关联的线索，就连销售这种东西的店家都没有找到。

无奈之下，辛丹青只好抱着试试看的心态，去拜访那些制作腊味、酱肉、卤肉制品的小作坊了。

通过明察暗访，发现有些小作坊在制作腊味时，为了防腐和增色，的确会使用一种亚硝酸盐混合性添加剂。这种添加剂的主要成分是淀粉、味精和微量亚硝酸盐，是用淀粉、味精等调味品将亚硝酸盐稀释而成的。并没有发现使用纯亚硝酸盐的人。据这些小作坊的老板介绍，这种混合性添加剂是通过网上从外省购买的，他们平时使用都是偷偷摸摸的，见不得光，万一一不小心被曝光，不仅会被卫生部门查处，而且所生产加工的腊味、酱肉、卤肉食品也就再也卖不出去了。当问到是否会转卖给别人时，他们都说绝对不会。因为做腊味、酱肉、卤肉食品的人，决不会傻到去向同行购买，而不做这类食品的人，买了又没啥作用。

虽然知道这种混合性添加剂不会致人中毒，但为了慎重起见，辛丹青还是以购买的方式，提取了一些添加剂和使用了这种添加剂的食品送去检验。当然，购买费还得自己掏了。

经过理化检验，证实这种用水和淀粉、味精、亚硝酸盐混合而成的添加溶剂，里面所含的亚硝酸盐的成分比例很低，不足以造成人们食入中毒。

辛丹青十分沮丧地向文斌汇报了调查结果。文斌听后，先是表扬了她工作做得细致，然后又提醒她，作为一名侦查人员，不能一遇到挫折就气馁。在挫折面前要沉着冷静，要有耐心和毅力，要善于思考。特别是要有拓展性思维和灵感，不能固守指令，一成不变。

辛丹青不愧为警察学院侦察系毕业的高才生，经过文斌稍稍启发，便茅塞顿开，触类旁通。她立即赶到网监部门，借助有关数据查询平台，很快就获取了三条与亚硝酸盐这种物质有关联的线索。这三条线索分别是：

1.2015 年 9 月 17 日，一个网名叫“夜郎自大”的人，在百度平台上查询过亚硝酸盐的性能和用途。

2.2016 年 3 月 14 日，一个网名叫“辣子酱”的人，在百度平台上查询过“工业盐”的购买途径。

3.2016 年 7 月 8 日，一个网名叫“孤独秀才”的人，点对点地给一个网名叫“阳光仙子”的人发了一条与亚硝酸盐有关联的微信。微信的内容是：天上牛郎会织女，人间鸳鸯各东西。如若不能再聚首，毒盐伺候表心迹。

辛丹青给专案指挥部汇报后，带人对这三条线索，逐条进行了落地核查。

经过调查发现，第一条信息是通过手机登录的，用的昵称是“夜郎自大”。经初步研判，微信中关联出一个本地移动手机号码，尾号为“4456”。辛丹青通过移动公司查询，获取了机主的基本信息。机主叫易元坤，住高全市西门区。

辛丹青利用合成作战综合研判平台，对易元坤展开综合研判，发现此人是一个涉黑犯罪组织中的骨干成员，于 2015 年 12 月 14 日被市公安局刑警支队打黑大队刑拘。辛丹青立即发出协查函，请求打黑大队予以协查。

易元坤，男，38 岁。由于其背上长了一个驼峰般的肉包，所以就有了“驼背仔”的外号。该人自 20 世纪 90 年代初，就加入了以易元北为首的黑社会性质犯罪组织，先后参与实施违法犯罪案件三十多起，涉嫌故意伤害、敲诈勒索、非法拘禁、寻衅滋事、强迫交易等 5 个罪名。曾伙同黑老大易元北，无故将受害人胡子华的左手砍断。手段之残忍、情节之恶劣，无不令人发指。

据办案干警回忆，他们在对易元坤进行审讯及对其住宅搜查过程中，并未发现与亚硝酸盐有关联的线索。

辛丹青借来有关案件卷宗，仔细研究了易元坤的供述，发现他在交代自己的成长经历中说到过：曾利用自己的江湖恶名和淫威，帮助别人推销过食用油。辛丹青心念一动："食用油不都是由正规厂家生产、通过正当途径销售的吗？哪里还用得着请黑道上的人帮忙推销呢？"

辛丹青及时向文斌做了汇报。文斌接到报告后，马上联想到市质量监督局曾多次向全市公安机关通报，说是在食品安全大检查中，发现有"地沟油"流入市场。辛丹青所反映的线索也许与此有关联。于是就将此线索转交到了市质量监督局。

市质量监督局接到线索后，迅速成立了专案组，围绕易元坤的关系人开展调查工作。

经调查，发现易元坤的关系人中，有一个名叫龙金生的人，伙同几个亲戚在西门区郊区的一片山林里，建造了一个食用油加工厂，生产的所谓食用油，实际上就是"地沟油"。由于这种油是不能在市场上公开销售的，因此，就请了具有江湖恶名的黑帮成员易元坤，用江湖暴力手段出面帮他销售。

待条件成熟后，市质量监督局在市公安局治安支队的密切配合下，及时收网，将龙金生及其同伙一网打尽。彻底捣毁了这个隐藏在山窝里的"地沟油"生产加工厂。

龙金生向调查人员交代，他曾经委托易元坤在网上查询过亚硝酸盐的性能和作用，目的是想购买一些亚硝酸盐，用来为"地沟油"增色，提升"地沟油"的卖相。龙金生的供述和易元坤的供述能够相互佐证。不过，直到被公安机关抓获，他们也还没来得及购买亚硝酸盐，更没有使用过亚硝酸盐。

当问到 7 月 8 日发生在宁溪县林业局食堂的中毒事件时，易元坤和龙金生都表示一无所知。

第二条信息是通过电脑登录的，网名昵称为“辣子酱”。登录的IP地址是宁溪县永乐大桥北桥头的翠湖小区。

考虑到李湘妹就是死在翠湖小区谢雨农家里的，辛丹青感到这条线索非常重要，便向大队报告，请求增援。

文斌接到报告后，亲自出马，组织开展落地核查工作。

侦查人员通过移动Wi-Fi覆盖区域，确定“辣子酱”登录的IP地址位于翠湖小区15栋1单元。

这个地址和谢雨农的家，虽然在同一个小区里，但还是有一定距离的。一个在小区的东头，一个在小区的西头。

文斌和辛丹青通过小区物业公司，调取了15栋1单元的10户居民的基本情况。经过梳理排查，发现其中一户可疑。

这户人家的户主名叫马保春，42岁，是一个小型棉麻公司的经理。公司位于宁溪县工业园区内。

“队长，你说一个棉麻公司的经理，需要亚硝酸盐干什么？”辛丹青感到有些奇怪。

“这你就不懂了吧。亚硝酸盐的工业用途非常广泛，其中有一项功能，就是可用作棉、麻、丝绸等布料的漂白剂。”文斌以师父教徒弟的口吻说道。

“哦，是这样。”听了文斌的解释，辛丹青恍然大悟般地点着头说，“那我们到底还查不查下去呢？”

“查，当然要查。决不能放过任何疑点。”文斌的语气非常坚定。

经过核查，马保春的棉麻公司的确使用过亚硝酸盐作漂白剂。但他们在使用过程中，管理非常规范，严格执行了“三专”规程，即专人保管、专人领取、专人使用。不存在任何安全隐患。

第三条信息是通过手机登录的，网名昵称为“孤独秀才”。

经过研判，该微信号虽未关联出手机号码，但却关联出一张女人的生活照片。照片应当是在某个海滨浴场拍的。

阳光下，金色的沙滩上，一位身穿泳衣、仪容秀美的中年妇女，正一手高举着潜泳护目镜，一手向前挥手召唤，脸上洋溢着幸福的微笑。她的身后便是蔚蓝色的大海。

辛丹青将女人的照片截图后，输入人像比对系统，很快查明这个女人叫丰紫轩。

丰紫轩，48 岁，医科大学研究生毕业。是省城某医学院的副教授。

辛丹青通过省公安厅刑警总队调取了丰紫轩的手机通话记录和微信聊天记录，发现丰紫轩的微信号昵称正是“阳光仙子”。并且，她从 7 月 1 日起，与宁溪县的一个叫齐白云的人通话频繁。

齐白云，男，28 岁，未婚，是宁溪县人民医院的一名内科医生。微信号昵称为“孤独秀才”。

辛丹青在请示文斌后，把齐白云请到了专案组。

齐白云身高一米八三，长得眉清目秀、英俊挺拔。言谈举止间，风流倜傥、谈吐优雅。正是妙龄少女们心仪的那种“白马王子”。

面对侦查人员的询问，齐白云显得有些不耐烦。他一再申明说：“我是一个有良知的人，我是一个品德高尚的人。我一生所奉行和追求的人生观、价值观，就是竭尽所能地拯救病人。你们就这样无缘无故地把我抓来，既是对我人格的侮辱，更是对我品行的践踏。为此，我感到强烈不满！向你们提出强烈的抗议！”

辛丹青笑了笑说：“你错了。第一，我们不是抓你，是请你。第二，我们不是无缘无故，是因为有事要向你了解。第三，就连普通老百姓都知道，任何一个公民，都有配合公安机关调查的义务。你作为一名知识分子，难道还不如一个普通老百姓？”

“这……这……那好吧，你们要了解什么情况，请问吧。”面对辛丹青咄咄逼人的架势，齐白云心里终究有些虚，只好像泄了气一般地嘟囔着说。

“你认识丰紫轩吗？”辛丹青问。

“丰紫轩？认识。她是我读大学时的老师。”

“老师？她仅仅是你的老师吗？”

“这……这……”齐白云憋了半天说不出话来，脸红到了耳后根，目光也变得羞涩起来。

“齐白云，我们把你请来，绝不是为了探觅你的隐私，而是为了查明案情。请你把与丰紫轩之间的关系和来往情况说清楚？”

据齐白云讲，他以前在省城某医科大学读书，丰紫轩曾经是他的老师。

6 月 30 日，齐白云休工龄假，前往三亚旅游。在宾馆登记住宿时，凑巧遇到了也是休假前来旅游的丰紫轩。师生多年不见，想不到会在这里相遇，两人分外高兴。于是约定一起共进晚餐。

两人在海边找了一间幽静雅致的饭店，选了一张露天的餐桌，点了一些海鲜和冰镇啤酒，面对面地坐下来，一边喝着冰镇啤酒，一边欣赏着夕阳下的金色大海，共同回忆着师生共处的岁月，畅谈着师生之间的深厚情谊。

几杯啤酒下肚后，不经意间，齐白云便把在学校时，对丰老师的无限爱慕的心迹流露无遗，眼神中还饱含着渴望与爱恋。这一切，都没能逃过丰紫轩的眼睛。看着眼前这个温文尔雅、风流倜傥的美男子，丰紫轩不仅想起了文学作品中所说的“一夜情”的故事。于是，她的心绪开始有些动荡，话语间，开始多了些许由浅到深的柔情蜜意……

就这样，一个跨越年龄界限、冲破伦理底线的“一夜情”故事，在毫无征兆的情况下便发生了。

天下无不散的筵席。

几天后，齐白云和丰紫轩假期已满，两人依依不舍地分了手，各自回到了自己生活的城市。

这场偶遇的“一夜情”故事，本该随着两人的分手就落幕的。可是，齐白云回家后，竟一直放不下对丰紫轩的思恋，割不断对心仪女人的情丝。真是“剪不断、理还乱，是离愁”啊！

齐白云每天不停地给丰紫轩打电话、发信息，向她提出再次幽会的要求，但都遭到了丰紫轩的断然拒绝。毕竟，人家丰紫轩是有夫之妇嘛。

7月8日下午，正当齐白云沉醉在思念丰紫轩的意境中时，林业局突然送来了一批因食用亚硝酸盐而中毒的员工。齐白云一时来了灵感，便信手给丰紫轩发了一条微信，内容就是：“天上牛郎会织女，人间鸳鸯各东西。如若不能再聚首，毒盐伺候表心迹。”

很显然，齐白云发给丰紫轩的微信内容虽然涉及了亚硝酸盐，但那只是他一时兴起而为之。事实上，他并没有什么“毒盐”。

经反复核查，既未发现齐白云与张美娟、张福顺、张龙之间有什么关联，也未发现他与林业局有什么关联。

由此可以推断，齐白云并不具有在林业局食堂制造集体中毒事件的作案动机。

王强带着严松围绕张美娟案发当天的活动轨迹，展开了深入细致的调查。

办公大楼楼梯口的监控视频记录显示，张美娟是上午8点48分上楼到办公室去的，11点18分下楼往食堂方向走的，中途没有下过楼。据同办公室的会计李婵说，她9点钟到办公室时，张美娟已经在办公室里了，直到中饭前才离开。张美娟离开办公室时，跟同事说过要早点下班，说是她姑妈的儿子结婚办酒宴，她要到姑妈家去喝喜酒。

调查人员一方面以林业局为起点，沿着林业局通往张美娟姑妈家的街道上的监控视频，一路追踪她驾驶的宝马X5，研判、分析她的活动轨迹；另一方面，又通过张美娟的姑妈，寻找那天参加喜宴的人调查核实。这一路查来，证明张美娟的言辞客观、真实，没有发现她有什么反常的言行表现。

如此说来，如果仅从时间和空间这两点来看，张美娟固然具有充足的作案条件，但是，从作案动机、作案工具以及案发后的反常表现等方面来看，似乎她本人作案的嫌疑又不是很大。

考虑到张美娟的身份非常特殊，从某种意义上来说，她和张福顺就是食堂的代表。如果有人要针对食堂作案，实际上就有可能是针对她和张福顺作案。如果是针对她作案，那么作案人就很可能与她有着某种特别的关系。

为了查明张美娟的关系人的情况，韩珂玉秘密调取了张美娟的手机通话记录和微信聊天记录。根据通话的时间段和微信聊天的内容，他判断出至少有一名男子与张美娟有着暧昧关系。这名男子就是她在林业大学读书时的校友，名叫付明亮。

九　婚外情

付明亮，男，23岁，中等身材，“绿洲”园林公司的董事长。公司专门经营绿化设计、园林规划和建设等业务。老家在宁溪县通山镇的一个偏远的小山村。

付明亮和张美娟都是赣西林业大学园林系毕业，付明亮高她一届。

在大学期间，付明亮是一个文静内秀、品学兼优的学长；张美娟是一个秀丽端庄、活泼可爱的小师妹。由于都是老乡，又是校友，所以两人走得比较近。平日里，付明亮对这个漂亮的小师妹特别关照。什么搬行李呀，洗被子呀，送包裹呀，等等，不论大事还是小事，付明亮都帮她做得妥妥帖帖。特别是到了星期天，张美娟要逛街或者去看电影，付明亮更是形影不离地陪在身边，几乎都成了她的一个贴身跟班了。

两个人虽然经常往来、关系密切，但却从来没有说过你亲我爱的话语，也从未表露过恋爱心迹。

在这种朦朦胧胧、似是而非的恋爱岁月中，时间过得飞快，一转眼的工夫，张美娟进入了大三。

一天晚上自习课后，张美娟正准备回寝室，班委文艺委员李素梅把她留住了，说是一起商量“五四”青年节文艺活动的具体计划。

两人围绕着“弘扬‘五四’精神，展现爱国情怀！”这一主题，拟定了活动节目。节目包括一个朗诵，6 个大合唱。朗诵由李素梅表演。大合唱由各个小组自行组织，但所选的歌曲必须符合时代精神，既要体现出青年人的朝气蓬勃，又要体现出当代大学生为中华崛起而读书的精神面貌。两人讨论来讨论去，终于拟定了 10 首歌曲供各个小组选择。由于两人过于专注、过于投入，完全忘记了时间，所以不知不觉间就过了午夜。

回寝室的路上，张美娟和李素梅还有些意犹未尽，她们一边走，一边继续讨论朗诵时的节奏和情感的把控。一个说，在朗诵时要配以足够多的肢体动作，以确保情感抒发到极致；另一个说，朗诵就是朗诵，还是以充满情感的语言来表达为好，如果肢体动作太多，就会显得有些做作……

从教学楼到女生宿舍并不是很远，但中间隔了一座室内体育馆。学校为了鼓励学生锻炼身体、活跃课外活动，规定晚上 11 点半钟关灯。因此，在熄灯前，体育馆里一般都会有人在打篮球、羽毛球或气排球。平时学生放学后，都是从体育馆的北门进去，穿过球场从南门出来。学生们之所以不从外围绕道走，不仅仅因为路程更远，更主要的是走外围要经过一片杂草地，偶尔会有蛇虫出没。

此时早已过了规定的熄灯时间，体育馆里黑灯瞎火、一片死寂。

两人说着话就来到了北门。馆内一片漆黑，只能隐隐约约地看到对面有点微光的南门。李素梅胆子小，不敢进去，她提议从外围绕道走。可张美娟大大咧咧地说：“没事，有我在，怕什么？”说完，拉着李素梅的手就摸黑往里走。当走到体育馆中间的位置时，突然，一个身穿连帽卫衣、头戴面具的黑影，幽灵般地从观众台上飘下来，朝她们直扑过去。李素梅吓得大叫了一声“妈呀”，腿一软便瘫坐在地上。张美娟扭转身，一边叫“救命啦！救命啦！”，一边往回跑。黑影冲上来从后面一把将她抱住，厉声说：“不准叫！再叫就要你的命！”张美娟不愧是女汉子，果然有些胆气，她不但没有被对方吓倒，反而叫得更响了，而且还拼命地挣扎。正在这时，一个手持电筒的身影出现在南门口，大声朝这边喊，“谁？谁在那？是美娟吗？”黑影见有人来了，放开张美娟奔北门逃走了。

张美娟听到是付明亮的声音，便喊道："亮子哥，快拿电筒过来。"

付明亮跑过来问："出什么事啦？"

"出什么事了等会儿再说！先看看素梅的情况。"说完，张美娟从付明亮手里接过电筒，去找李素梅。

在电筒光的照射下，李素梅正蜷缩在看台下，整个人就像是丢了魂一般，冷汗淋淋，双眼发呆，全身颤抖。张美娟蹲下身子抱住她，一边轻抚她的肩背，一边轻声说："没事了……没事了，我们回去……我们回去。"安抚了好一会儿，李素梅才回过神来。

张美娟把事情经过简单地跟付明亮说了一遍，接着说："你来得正是时候，要是晚来一步，指不定要出什么大事了。"

"我在下晚自习课回寝室的路上，偶尔听到你们班的同学在议论'五四'青年节搞文艺活动的事，说是你俩今天晚上要加班订计划。我放心不下，就一直在你们的宿舍楼下等。等了很久都没有看到你们回来，便打算去教室接。这不，正好就赶上了。"

"这真是缘分啦！"张美娟感叹道。

付明亮接过电筒朝张美娟身上照了照："你没事吧？"

"没事。好在对方体格较弱，还奈何不了我。估计是本校的男生干的。"

"不管怎么说，都要向保卫科报案。"付明亮说。

"你放心，这个坏蛋跑不掉。我刚才在他脖颈和手臂上抓了几把，肯定留下了伤痕记号。"张美娟自信地说。

这起事件发生后，付明亮便又开始当起了护花使者。

每天晚上下晚自习课时，付明亮都会站在教学楼楼下等候张美娟，然后寸步不离地把她安全护送到女生寝室。

有一次，张美娟偶遇风寒患上了重感冒，付明亮更是无微不至地关心和照顾。

这天晚上，还没等晚自习课下课铃声响起，付明亮就早早地溜出教室，蹲在张美娟的教室外面等候。

“怎么样了？好点了吗？”一见面付明亮就关切地问。

“吃了你给我买来的药好多了。现在头不痛了，鼻子也不塞了，就是还有点咳嗽。”说完，张美娟还真的就娇声咳嗽了两声。

“感冒嘛，一般都要几天才会好的。你要记得按时吃药，多喝温开水，这样才会好得更快。听到了吗？”付明亮关切而又温柔地说。

“嗯，听到啦！”似乎有一股暖流在张美娟的胸中澎湃。月光下，她目光里闪烁着火辣辣的情愫，只觉得心跳加快，双颊绯红，浑身发热。

付明亮把张美娟送到女生寝室，然后就熟练地拎起她们寝室里的4个热水瓶，“腾腾腾”地跑到一楼的锅炉房打开水去了。回来时，同寝室的三个女生不约而同地看了看张美娟，然后一边接过热水瓶，一边挤眉弄眼地笑着说：“谢谢学长！谢谢学长！”说完，便一个一个找借口溜出去了。最后出去的就是文艺委员李素梅，她对张美娟说：“美娟，我去找班长商量迎国庆歌咏大赛的事了。你可要记得在11点半之前给我们留好门喽！”说完，举起右手，用食指和中指朝张美娟做了个“V”字型手势，还调皮地做了个怪脸。

张美娟心里当然明白李素梅的意思，一方面是祝愿她恋爱成功，另一方面又是提醒她别忘了学校是晚上11点半熄灯，不要一时被爱情迷糊了头脑而把同学给忘了，让她们回不了寝室。

张美娟朝李素梅点了点头，回了个感激的微笑。

付明亮用开水泡好感冒冲剂，送到张美娟手上：“趁热喝了吧，这样效果会更好。”

张美娟一口将药喝下，用付明亮递过来的纸巾揩了揩嘴角，然后拉着他坐在身边说：“亮子哥，你相信缘分吗？”

“我不相信。但我相信事在人为，相信‘有志者事竟成’的道理。”付明亮一脸的憨厚相。

“你不信？反正我信。就像现在的我们，我们能走到一起，这就是命中注定的姻缘，这就是我俩的缘分。”

张美娟说完，将头靠在付明亮的肩膀上，脸上充满了幸福的笑容，那么的灿烂，那么的甜蜜。

水到渠成——两个年轻的大学生就这样成了公开的初恋情人。

大学毕业后，付明亮回到了家乡，通过熟人的引见，认识了林业局局长王海峰。

付明亮向王海峰提出想办个园林设计公司，希望林业局在资金、树苗和政策方面给予支持。王海峰看了他的文凭和有关计划方案，很爽快地答应了，并当即划拨了五十万元作为公司和项目的启动资金。

正当付明亮的园林公司经营得风生水起、初具规模时，王海峰找到他，说那五十万元钱不是公家的，而是向私人借来的，现在要还回去。这在当时，无疑是给付明亮来了个突然袭击、当头一棒，给他出了个天大的难题。一个刚刚走上社会的大学毕业生，他既找不到愿意为他贷款担保的保人，也拿不出用来为贷款作质押的财物。

在万般无奈之下，付明亮想到了女友张美娟。也许她可以帮忙解决这个难题，帮他渡过这个难关。

然而，当张美娟向做生意的父亲说明原委，请求父亲帮付明亮提供资金时，父亲不但拒绝借钱，反而坚决反对他们之间的恋爱，甚至不准他们继续来往。父亲说，这门亲事门不当、户不对，女儿要是嫁给了他，一定会挨穷受苦的。

听了张美娟在电话中的哭诉，付明亮感到非常失望。无奈之下，不得不硬着头皮再次去找王海峰。王海峰悄悄地告诉他，钱是他妹妹王海兰的，可以自己去找她商量。

就这样，为了保住园林公司这份产业，付明亮不得不违心地和王海兰结了婚，稀里糊涂地就做了王海峰的妹夫。而这，实际上是王海峰设的局。

张美娟大学毕业后，直接考了公务员，成了林业局的一名公职人员。第二年就与县人大委员会副主任闵耀辉的儿子闵聪结了婚。第三年有了一个女儿。

张美娟和付明亮虽然最终没有成为夫妻，但由于那份初恋的情感根深蒂固，禁不住对对方的日思夜想，一来二往的，时间一长，便旧情复发。两人偷偷摸摸地搞起了婚外恋，做起了地下“夫妻”。这也就是她心甘情愿地做一名食堂管理员的原因。因为食堂管理员的工作比较自由，为她与付明亮的幽会提供了许多便利。

“关于张美娟这条线，你们认为还有哪些工作可做？”会议室里，文斌听完王强、韩珂玉、辛丹青等人的汇报后问道。

韩珂玉一边翻阅调查材料，一边说，“假设案件真的与张美娟有关联，我认为至少有三个人值得调查。第一个是张美娟的丈夫闵聪，理由是：一个正常的男人，如果知道了妻子与别的男人有染，是完全有可能产生报复的心态和动机的。第二个是付明亮的妻子王海兰。王海兰既是他的妻子，更是他的恩人。他能有今天，完全得益于她。如果王海兰发现丈夫背叛了她，心里面不可能不产生痛苦和怨恨。这种痛苦和怨恨，极有可能转化为复仇的行动。第三个是付明亮的大妻舅王海峰。作为王海兰和付明亮婚姻的导演者，他决不会眼睁睁地看着妹妹被人欺侮，更不会容忍付明亮对他们兄妹俩的背叛。毕竟付明亮现在所拥有的一切，都是他们兄妹俩给的……”

韩珂玉的话还没有说完，辛丹青便抢过话来说：“呃！呃！我说师兄，你的观点我可不敢苟同呢。”

“请问你有什么高见？我愿意洗耳恭听。”韩珂玉放下手里的调查材料，双臂抱胸说。

“我觉得你忽视了一些细节。”辛丹青做了个深呼吸，用笔端在鼻翼边蹭了蹭，接着说，“首先，我认为王海峰不可能作案。王海峰是林业局局长，林业局食堂出了这么大的事，他作为一把手是逃脱不了追责的。所以，如果他要作案的话，不会选择在本单位食堂。其次，我觉得王海兰的作案动机也不明显。

毕竟是王海兰先使用手段拆散了张美娟和付明亮这对恋人，受伤害的是张美娟，要报复的话也是张美娟去报复她才对呀。第三……”

“呃！呃！我说丫头，你犯了逻辑上的错误。我所说的推论，是以‘假设案件真的与张美娟有关联’这一命题为前提的，是一种必然性的演绎推理。如果前提是真的话，那么推论也一定是真的……”

“不对。你这个假设命题内涵过于宽泛，并不能得出唯一性的推论，应当属于或然性推理……”

“停！停！停！你们这对小冤家，一辩论起来就没完没了了。”文斌及时打断韩珂玉与辛丹青的辩论，“我承认你俩都说得有些道理。但我们要用事实说话，用证据说话。我批准你们对有关的人员开展调查。不过，有两点我要提醒你们。第一，这个案件很特殊，我们已初步锁定了毒源是在食材进入食堂后才出现的，也就是上午 8 点 30 分至 11 点 30 分之间。因此，作案时间和空间方面的条件，便是我们排查和甄别嫌疑人的最好标准。这个要充分利用好。第二，闵聪和付明亮现在都是我们县有名的企业家，并且一个是县人大代表，一个是县政协委员。王海峰也是正科级干部。这三人都属于特殊的对象。因此，你们要注意工作上的方式方法，在没有履行好层报程序之前，原则上只能使用常规性的侦查措施，开展秘密调查，绝对不允许使用绝密侦查手段。”

“明白了！”韩珂玉和辛丹青异口同声地回答。

闵聪是“顺益房地产开发有限公司”的董事长，靠着父亲的影响力，生意做得风生水起，是远近闻名的企业家。他身材又高又肥，体重早已超过了 100 公斤。平日里喜欢穿一套咖啡色丝绸唐装，左手戴一串玛瑙佛珠，右手拿一串檀香木佛珠。开着一辆新款奔驰大 G 越野车，号称全县最昂贵、最高档的车。

从闵聪那肥胖的身体就可以看得出，他是一个出门坐车、不愿运动的角儿。韩珂玉决定从他的车辆运行轨迹着手调查。

韩珂玉通过汽车销售总公司的 GPS 平台，查询了闵聪奔驰车的运动轨迹。

根据运动轨迹，结合天网工程监控视频数据，很快就排除了他的嫌疑。7 月 8 日上午 9 点 10 分，闵聪开车从家里出发，直接去了公司。中饭是点的外卖，未外出用餐。下午 6 点半离开公司。这期间没有离开过。离开公司后，和几个朋友到海棠山庄喝酒、打麻将，直到深夜 12 点多才回家。因此，他没有作案时间。

辛丹青带人调查了王海峰和王海兰兄妹俩，证实他们也没有作案时间。案发时，王海峰整个上午都在县政府开会，散会后直接回了家。王海兰则和几个高中同学远在苏州和杭州旅游，玩的是自驾游。

考虑到闵聪、王海峰、王海兰均有可能雇凶作案，于是，韩珂玉和辛丹青又调取了他们手机的电子数据。经过分析研判，没有发现这方面的可疑线索。

由此看来，闵聪、王海峰和王海兰三人，虽然都有针对张美娟犯罪的作案动机，但由于他们都不具有作案时间，都有不在场的证据，因此，他们的嫌疑基本上就可排除。

十 分析会

太阳刚刚下山。西边天空中，一抹血色残阳迟迟不肯褪去。

街面上，空气依然憋闷。燥热的气息压得人喘不过气来。被白天的烈日烧烤得炙热的水泥路面，似乎也还没有缓过劲来，还在挣扎着，丝丝地吐着热气。

辛丹青穿着一件黑色紧身短袖衫和蓝色牛仔裤，开着一辆上级标配的捷达牌小轿车，正往永乐街道派出所赶。车上坐了韩珂玉、钟天和郭弘。专案指挥部设在那里，他们是接到指挥部的指令，赶着去参加冯江局长亲自召集的专案侦查工作推进会的。

由于案件侦查没有进展，大家心里都感到郁闷和焦虑，加上车况又不好，心里就更加烦躁了。

辛丹青左手握着方向盘，右手时不时地拿起旁边的一条棕色洗车毛巾，擦拭着顺着脖子上流下来的汗水，显得有些心浮气躁，嘴里唠唠叨叨，不停地发着牢骚："什么破玩意儿？犯罪分子都已经坐上奔驰、宝马、保时捷了，我们还在坐几万块钱一辆的车……这也算是车？……这是车吗？你们瞧瞧……你们瞧瞧……这是什么破空调，排出来的冷气，比暖风还要热……"

坐在副驾驶座的韩珂玉也是满头大汗。他从车屉里翻出了一本汽车使用说明书，拿来当扇子用。辛丹青侧目看到，便又开始发牢骚了：“你们看看……你们看看……就这么几页破烂纸也算得上是说明书？你看人家的豪车，说明书都整得像是精美画册一般，要多漂亮就有多漂亮，啧啧！”说完，腾出右手捋了一下鬓角的短发。

韩珂玉侧脸看了看辛丹青，心里想：丫头的情绪还真是糟透了。现在方向盘在她手上，千万不要因为情绪问题而出点交通事故什么的。还是让她停车，换别人开吧。但又一想，不妥。辛丹青可是一个很要强的女汉子，如果换人开的话，她会更加生气、更加烦躁的。

为了调和大家的情绪，韩珂玉只好一边用说明书扇着风，一边摇头晃脑、慢条斯理地编了首顺口溜：

破烂车兮档次低，
喇叭不响灯光眯。
速度不快车门响，
空调不凉刹车疲。

韩珂玉的滑稽和幽默，逗得一车人哈哈大笑。笑罢，钟天一边擦拭着笑出来的眼泪，一边说：“真有你们的！你们这算不算是苦中作乐呀！”

郭弘接过话来说：“我出个题目考考你们，看看你们的文学功底如何。唐朝诗人杜牧写过一首题名为《山行》的诗，‘远上寒山石径斜，白云生处有人家。停车坐爱枫林晚，霜叶红于二月花。’你们有谁知道‘停车坐爱枫林晚’这句中的‘坐’字作何解吗？”

“这还不简单，不就是指停车坐下来看看傍晚的枫树叶吗。”辛丹青手握方向盘，眼望前方，不假思索地回答。

“你呀！说你是个急性猴子你还不服气，哪有这么简单。如果这个‘坐’字在诗中指的是本意的话，那还犯得着我们的郭大秀才出题吗？”韩珂玉撇了撇嘴说。

“那你说是什么意思呀？”辛丹青习惯性地捋了一下短发。瞪了他一眼。

“我虽然不知道作何解，但我敢肯定这个‘坐’字，在这里一定不是指它的本意。”

“看来丹青同志的语文课是体育老师教的，珂玉同志的语文课是数学老师教的。”钟天开着玩笑说。

“你呢？你的语文课又是什么老师教的呢？难不成是兽医教的吧。”辛丹青有些不服气地说。

韩珂玉也附和着说：“难怪老钟同志解剖尸体就像杀猪宰羊一般，眼睛都不会眨一下。”

“我呀，我的语文水平虽然比不上郭大秀才，但比你俩还是要高一点点的。所以，我的语文课是政治老师教的。我不记得是哪一位诗人写过一首诗，其中有两句：‘西村渡口人烟晚，坐见渔舟两两归。’意思是说傍晚的西村渡口，家家户户开始升起了炊烟，恰好在这个时候，看见渔民们驾着渔船三三两两地回来。这个‘坐’字，在这里是指‘恰好’的意思。由此，我认为‘停车坐爱枫林晚’中的‘坐’字，也应当是‘恰好’的意思。即停下车来，恰好看见枫林的傍晚景色。郭秀才，我说得对吗？”

“你说的这两句诗，是宋代诗人林逋的一首七言绝句《易从师山亭》中的两句，‘林表秋山白鸟飞，此中幽致亦还稀。西村渡口人烟晚，坐见渔舟两两归。’这里的‘坐’字，的确要作‘恰好’或‘刚好’解。但古代的‘坐’字，在文言文中属于多义词，用在不同的地方会有不同的意思，在‘停车坐爱枫林晚’这句中，‘坐’字不能作‘恰好’解，而应当作‘因为、由于’解。即停下马车来，是因为喜爱这傍晚的枫林红叶景色。”

“哦，原来如此！丹青牢骚盛矣，乃‘坐’心烦也。”韩珂玉看了一眼辛丹青，故意咬文嚼字地说。逗得大家又哈哈大笑。

大家聊着天，郁闷烦躁的情绪刚刚有所缓解，前面就已经到了永乐街道派出所。

韩珂玉一行匆匆忙忙赶到指挥部时，文斌和王强、吴良义正在向冯江局长汇报专案侦查工作。

冯江穿着一件烫熨得有棱有角、没有半点褶皱的短袖制服，三七开的头发梳得既自然蓬松又一丝不乱，脸上的胡子刮得溜光，只剩下铁青色的暗影，给人以成熟稳重、精明干练的印象。

见人到得差不多了，冯江便招呼大家坐好，宣布开始开会。

冯江是市局“空降”下来的干部，年纪虽然轻，但侦查工作经验却非常丰富。在担任市局经侦支队支队长期间，他组织全市经侦部门，先后开展了“猎狐”“春雷”“长缨”等多个专项行动，侦破了一大批有影响的大要案件，抓获了一大批重要案犯，为打击经济犯罪、整治经济秩序做出了卓越的贡献。

冯江见大家已经坐好，便清了清嗓子，一脸严肃地说：“客套话我就不说了。算一算，从集体中毒事件发生到现在，已经是第八天了。我们不但没有查明案情，就连事故的性质都还没有定论。今天我来，就是要和大家一起总结前一阶段的工作，分析事故的原因，确定下一步的工作重点或调查方向。”

文斌接过话头：“今天冯局长亲自来督战，可见局党委对我们的专案侦查工作是十分重视的。现在请各个组把调查情况做个简要汇报。请丹青同志做好会议记录。”

“我先汇报吧。”王强戴上老花眼镜，翻开笔记本说，“按照文斌队长的分工安排，我们这个组负责调查原‘光头强’饭店的老板袁木根，对林业局内部的矛盾纠纷排查。关于袁木根的问题，经过调查，可以排除其嫌疑。早在2011年，袁木根的确租赁了林业局3间店铺开饭店。由于地处偏僻，生意并不好，他早就有中止合同的想法，但碍于情面，一直不好意思开口。合同到期后，林业局将店铺收回去改造成了食堂。这正合袁木根的心意。于是，袁木根把饭店里的设施搬到最繁华的文体路路段，在那里重新开了个饭店。现在饭店生意非常红火，夫妻俩每天忙着赚钱，哪有心思去考虑别的东西？我们调取了饭店附近的监控视频，证实案发当天，他们夫妻俩没有离开过饭店。由此可见，袁木根既没有作案动机，也不具备作案时间和空间方面的条件。”

王强喝了一大口茶，不小心将几片茶叶喝到嘴里了，他皱了皱眉，索性咀嚼了几下，一咕噜儿把茶叶吞了下去，继续说道：“关于林业局内部的矛盾纠纷问题，我们进行了全面的摸排。为了方便调查，我们把矛盾纠纷进行了归类，共分为5类。第一类是员工家庭内部之间的矛盾纠纷。第二类是员工与员工之间的矛盾纠纷。第三类是员工与外界的矛盾纠纷。第四类是单位与员工之间的矛盾纠纷。第五类是单位与外界的矛盾纠纷。经过调查，发现在家庭内部矛盾纠纷方面，比较突出的有两起，一起是副局长黄波家里，他和妻子闹离婚闹了很久。但案发当天，夫妻俩都在法院打官司，因此他们没有作案时间。另一起是食堂管理员张美娟的婚外情。张美娟与初恋情人付明亮勾勾搭搭、感情不断，从而引起家庭不和。由于付明亮是林业局局长王海峰的妹夫，这其中的关系比较复杂，因此深层次的调查就交给韩珂玉他们去了。第二、三、四类矛盾纠纷方面，没有发现较为突出的涉案事件。第五类矛盾纠纷方面，涉案事件比较多，而且基本上都是因乱砍滥伐，被林业公安分局处罚的情形。由于这方面的工作量比较大，所以我们要求林业公安分局协助调查。我这边的情况目前就是这样。汇报完毕。”

韩珂玉接着汇报。

“我们组奉命调查了张美娟及其关系人，还有毒物的来源。关于毒物的来源，经过调查，可以肯定各种食材进入超市时是干净的，是不含有亚硝酸盐的。食材离开超市后，到员工们吃后中毒，我们分析亚硝酸盐的侵入有四种途径：一是王小毛在运输过程中，将亚硝酸盐混入到食材中；二是驾驶员张龙在提前进入食堂看电视的过程中，将亚硝酸盐带入食堂，并混入了饭菜中；三是食堂管理员张美娟两次到食堂处理事务过程中，将亚硝酸盐带入食堂；四是炊事员张福顺在做饭烧菜时，将亚硝酸盐混入饭菜中。文队长带领我们围绕这几个方面分别进行了调查。调查的结果是：王小毛和张龙自称不晓得亚硝酸盐是何物，张美娟虽然知道，但否认将亚硝酸盐带到食堂。至于炊事员张福顺嘛，由于他已经死亡，故这一块的情况目前就无法查明了。考虑到张美娟是食堂管理员，对中毒事件来说，她的身份非常特殊，因此，我们围绕她的一些关系人作了一些调查工作。但到目前为止，还没有发现什么可疑的情况。"

"张福顺这一块工作是我和陈亮同志调查，不过目前还没有什么进展。"吴良义双臂抱胸，沙哑着声音说。

"事实上，我们前面的重点工作做得还是有漏洞的。比如，每一位员工到食堂用餐的过程和细节等，都还没有列入重点调查范围中。"文斌补充道。

冯江局长环视了一圈会场上的人，说："前一阶段大家都很辛苦，加班加点，做了大量的工作。但是，只能算是有苦劳，没功劳。眼下当务之急就是要确定调查方向和工作重点，而要确定调查方向和重点，就必须吃透案情。现在请大家展开讨论，畅所欲言。"

这时，警保科长罗攸雅走到冯江身边轻声说："冯局长，现在已经是晚上 9 点钟了，盒饭早就送来了，再不吃恐怕就要凉了。"

冯江这才想起大家还没有吃晚饭，不无歉意地笑了笑："对不起，忙昏了头，差点把这茬子事忘记了。来来来，先吃饭，我请客。我们一边吃，一边讨论。"

罗攸雅赶紧张罗后勤人员把盒饭分发到每个人手上。

也许是饿了的原因吧，饭菜虽然有点凉，但大家还是吃得津津有味。大家一边吃饭，一边三三两两地凑在一起议论。

文斌三口两口地就把饭菜扒拉下肚子。他走到窗口边，点上一支烟，狠劲地吸了几口，然后慢慢地吐出一个又一个烟圈。文斌面无表情地凝望着一个连一个的烟圈，陷入了深深的沉思。他一边快速地梳理着所有的案件线索和细节，一边反思着前一阶段的工作。"问题究竟出在哪儿呢？从前一阶段的工作情况来看，应该说工作方法上是没有什么问题的，大家的工作作风也是比较扎实的，那么问题究竟出在哪儿呢？难道是出在工作思路上？是我们的精力太过于分散了，眉毛胡子一把抓，没有突出工作重点？……”

文斌经过深思熟虑，感到心里有了点底，便回到坐位上，故意夸张地干咳了两声，把大家的注意力吸引过来。大家非常了解文斌的习惯，知道他这是要发表高论了。于是纷纷放下盒饭，回到坐位上。

“我来谈谈吧，”见大家都回到座位上了，文斌丢掉烟头，“我认为，我们之所以不能确定案件的侦查方向、找不到突破口，究其原因，主要有三个方面：一是我们无法判断毒物是在哪个环节渗透到饭菜中去的；二是我们根本不知道毒物的来源；三是我们无法判定中毒事件的性质。”文斌又点燃了一支烟，吸了两大口，接着说，“目前，我们的工作重点就是要尽快确定中毒事件的性质。只有中毒事件的性质确定了，才好确定侦查方向。那么，中毒事件的性质是什么呢？”说到这里，文斌故意停顿下来，看看大家的反应。

“就目前情况来看，几种可能性都存在。既不能排除意外事故，也不能排除因个人自杀而殃及无辜，更不能排除过失投毒或故意投毒。”吴良义见大家都不作声，便代表大家回答。

“我不觉得有这么复杂。我个人认为，这应当就是一起故意投放危险物质案，也就是传统意义上的故意投毒案。”文斌果断地说，眼神里充满了睿智的光芒。

“什么？故意投毒？这……这怎么可能呢！”大家一脸的惊愕。

“说说你的理由吧？”冯江面无表情地对文斌说。

“大凡中毒死亡事件，不外乎 4 种情形：一是意外事故；二是误食中毒；三是服毒自杀；四是故意投毒。”

文斌弹了弹烟灰，详细阐述了自己的观点。

“首先，可以排除意外事故。根据调查和技术检验，发现所有的佐料在进入食堂后，都是不带毒的，所有的新鲜食材在离开超市后，进入食堂前，也应当是不带毒的。这就证明了毒物并不是随着佐料和食材的流通，夹带进食堂里的。既然毒物不是通过佐料和食材夹带进食堂的，那么就应该是通过人为的方式带进去的。什么人会把有毒的物质带进食堂呢？很显然，任何一个正常的人，如果没有一定的目的，便完全没有理由携带这种通过正当途径都很难买到的毒物跑到食堂里去，从而带来安全事故隐患。因此，意外中毒事故的可能性就不大了。

其次，误食中毒的可能性也不大。据张美娟反映，食堂里的用品都是由她一个人经手购买的，她从来没有购买过亚硝酸盐。侦查人员在食堂里也没有搜查到此种物质。因此，不存在把亚硝酸盐当成食盐、白糖或味精等使用，导致误食中毒的可能性。

第三，服毒自杀（或自伤）的可能性也不大。就一般情况而言，自杀必定会有自杀的动机和因果关系。但从现在的调查情况来看，并未发现中毒人员具有明显的自杀动机和因果关系。退一步说，即使有自杀动机，也不至于迁怒于这么多人吧？难不成是集体自杀？就算是集体自杀，这么多人的集体自杀行动，也必定会有前兆的，事前不可能会没有一丝一毫的风吹草动的迹象吧。

如果前面三种情形可以排除的话，那么，就只剩下一种可能性了，那就是故意投毒了。”

“对！排除了其他的可能性，剩下的可能性就是唯一的、真实的、客观的。”陈亮打着手势有些兴奋地说。

冯江盯着文斌足足看了十几秒钟，然后严肃地说：“这可是一个颠覆性的意见啦！前一阶段，社会上、网络上的信息和传闻，几乎是一边倒地认为是意外食物中毒。我们费了九牛二虎之力，好不容易才使网络舆情得到了稳控和平息。这下可好了，你今天突然冒出一个故意投毒，而且还是故意杀人，这不是又要‘一石激起千层浪’了吗？”

“我有不同的看法。”吴良义站起来，清了清嘶哑的嗓子说，“我认为文队长的分析有一个很大的漏洞。文队长说所有的食材和佐料在进入食堂之前都是不带毒的，我觉得这一说法过于武断。事实上到目前为止，我们只能判定食材和佐料在离开超市之前是不带毒的，至于佐料和食材在离开超市后是否被侵入了毒物、在哪个环节被侵入了毒物，这些我们都没有充足的依据来判定，有的只是张美娟、王小毛、张龙等人的一面之词罢了。”

“吴队副说得对，张美娟、王小毛等人的证词，目前的确只是一面之词，还没有其他证据来加以佐证。但是，我们现在的工作还只是处于侦查阶段，不是诉讼阶段，因此，我们要大胆地运用推理性思维来分析问题。”文斌吸了一大口烟，喷吐出一串烟圈，接着说，“我们假设问题出在王小毛身上。首先，王小毛是一个靠老婆卖淫来维持她吸毒的人，家庭生活极其艰苦。因此，他不可能毫无目的地去花钱购买亚硝酸盐。其次，如果王小毛是故意将亚硝酸盐混入食材里，以达到林业局员工中毒的目的，那么除非是有炊事员张福顺的默契配合，否则，他的目的是难以达成的。而张福顺中毒死亡这一客观事实本身，就足以推翻这种默契配合假设的成立。张美娟呢，问题是不是出在她身上呢？我认为更不可能。因为她作为食堂管理员，无论是出于过失还是故意，只要食堂出了中毒事件，她都逃脱不了追责。因此，从心理学的角度来看，最不愿意食堂出事的人，应当就是张美娟了。”文斌将烟蒂摁熄在烟灰缸里，接着说：“现在我们再说说驾驶员张龙吧。我认为张龙也是没有问题的。理由是：第一，张龙缺少无缘无故将亚硝酸盐带去食堂的原因和理由。第二，如果张龙故意携带亚硝酸盐到食堂伺机作案，那么他不会傻到提前十多分钟到食堂去，给人留下在场的把柄。这不符合犯罪心理学中的犯罪逃避心理特征。第三，张龙也中了毒，也是受害者之一，难道他是要害人害己吗？这个谁相信呢？”

“我承认，你分析得有一定的道理。大胆假设，小心求证，这没有错。但是，你的假设都是建立在排除了张福顺的基础上。难道问题不可以出在张福顺身上吗？如果问题真的是出在他身上的话，那还有什么可能性不存在呢？”吴良义反驳道。他习惯性地挠了挠右耳垂，高大的身躯压得椅子吱呀作响。

“关于这一点，我并没有否定。事实上，我所说的故意投毒性质，其中当然也包括了炊事员张福顺了，毕竟他是最有条件作案的嘛。”

“你的意思是说张福顺故意投毒，想和其他员工同归于尽？”陈亮满脸疑惑地问。

“你认为这种可能性不存在吗？”文斌反问道。

“我还有一个问题，”韩珂玉用手掌扇开从文斌嘴里喷过来的烟雾，“我总觉得张美娟这个人不简单，在她身上还有两个疑点无法解释。”

“我知道，你所说的疑点，一是指张美娟隐瞒了将半碗米饭倒给小黄狗吃的事；二是她一个这么有钱的富太太，为什么心甘情愿在机关食堂做管理员。对吧？”文斌问。

“对。”韩珂玉不得不佩服文斌的洞察力。

“这个问题我来解答，”吴良义晃着高大的身躯站起来，用沙哑的声音说道，“关于第一个疑点，那不算什么，顶多只能算是案件当事人，对某一个细节的重要性忽略了。因为毕竟她不是侦查人员嘛。关于第二个疑点，我曾经试探过张美娟，她虽然拒绝回答，但又透露出是因为涉及个人‘隐私’。对此，我的理解是：‘隐私’只是她做食堂管理员的深层次原因，‘自由’才是直接的原因。”

“此话怎讲？”韩珂玉、辛丹青、陈亮异口同声地问。

“这还不简单，张美娟为了‘隐私’而追求‘自由’，为了‘自由’而选择在食堂做管理员。”文斌一语道破。

“还是头儿厉害，什么事都在他的掌控之中。”吴良义竖着大拇指说。

“张美娟所说的‘隐私’，应该就是指和情人付明亮的幽会吧？！”陈亮有些恍然大悟地说。

“呵呵！你总算明白了。这就是张美娟那天没有说出来的答案。”吴良义爽朗地笑道。

陈亮有些不好意思地笑着点了点头。

“如果问题是出在张福顺身上，那至少有 4 种可能性。”冯江接过话来认真地说，“一是张福顺不小心将亚硝酸盐混入到饭菜里，导致自己和他人中毒；二是张福顺不小心将亚硝酸盐混入到饭菜里，导致员工们中毒，他知道后，迫于心理压力，自己再服毒自杀身亡；三是张福顺为了自杀，与员工们同归于尽；四是张福顺为了实现故意杀人的目的，采用与受害人同归于尽的方法。”

“凭我的直觉，我不认为张福顺会不小心将亚硝酸盐混入到饭菜中。毕竟他是一个有着几十年经历的资深老厨师，对食堂的卫生安全标准和要求，应当是了如指掌的。按常理说，他是不应该犯这种低级错误的。”文斌双臂抱胸分析道，眼神里充满了锐利的光芒。

“直觉？直觉能作为定案的依据吗？”陈亮满脸狐疑地问。

“不能！但可以作为侦查的辅助手段。毕竟‘直觉’来源于经验的累积，是模糊侦查中的灵感。这种灵感，有时候还真能为侦破案件提供思路、方向和途径，千万不可小觑喽！”文斌解释道。

多年的法制审核工作，使陈亮在思维定式上已固化了一种铁律，那就是以证据为中心，用证据说话。他刚调到刑侦部门工作，还领会不到在侦查过程中，为了搜集证据而使用的特殊技巧、方法和手段，甚至长年累月积累起来的经验。这是法制部门等一些非侦查部门的干警普遍存在的缺陷。

大多数同志经过议论后，纷纷点头，表示赞成文斌的观点。唯独辛丹青又提出了一个疑问：“说是故意投毒，这我同意。但投毒的目的是不是为了杀人，这个我认为值得商榷。我倒觉得投毒人的目的并不一定是要杀人，而是另有他图……”

“呃！我说丫头，人都死了两个了，还不是杀人？那要死多少才算是杀人呢？”韩珂玉立即反驳。

“不是还有 26 个人没有死吗？”辛丹青咕哝着说。

“那死了的两人又怎么解释呢？”韩珂玉望着辛丹青问。

“会不会是某种特殊的原因导致那两人死亡呢？比如说抢救不及时呀、身体体质特殊呀，等等。也就是说中毒未死是必然的，中毒死亡是偶然的。”辛丹青回视着他，辩驳道。

“是吗？那反过来是不是也可以这样认为，那 26 个人中毒未死，也可能是因为某种特殊的原因所致。比如说摄入的毒物量少呀，身体状况良好呀，等等。死亡是必然的，未死是偶然的。”

……

两个人你论我辩，针尖对麦芒，针锋相对，互不相让。

“哈哈哈！你们别再争论了。”吴良义爽朗地笑着说，“你们都理解错了头儿的意思了，头儿指的是中毒事件本身的性质。意思是说‘7·08’中毒事件，是一起造成两人死亡的人为的故意投毒案件。至于行为人的最终目的是杀人、伤人还是其他的，在案件没有侦破之前，是很难说清楚的。就本案而言，至少有一点是可以肯定的，那就是行为人的下毒行为，足以造成他人死亡。”

文斌做了个肃静的手势，说：“算你们说的都有道理。这就是投毒杀人案件与其他凶杀案件的不同之处。其他种类的凶杀案件，大多数是直接的暴力加害，往往表现为作案手段直观张扬，作案现场痕迹暴露无遗，损伤特征清晰明显，因此，案件性质很容易判断。自杀？他杀？还是意外事故？一目了然。而投毒杀人案件则有所不同，它们大多暴力性不明显，往往表现为作案手段隐蔽狡猾，作案现场痕迹模糊诡异，损伤特征隐晦难断，因此，案件性质不容易判断。自杀？他杀？还是意外事故？经纬难辨。”文斌停顿了一下，望着冯江说：“我们还是听冯局长给我们做指示吧。”

冯江抬腕看了看手表，临近午夜，时间已经很晚了。于是开始作总结。

“首先，我基本同意文斌同志的意见，将‘7·08’中毒事件定性为故意投放危险物质案件，也就是过去说的故意投毒案件。其次，为了确保社会稳定，我现在宣布一条纪律，请大家务必遵守。对今天所确定的这个案件性质的知情权，仅局限于在座的各位，任何人都无权对外宣传或泄露。在以后的侦查工作中，我们要采取‘内紧外松’的策略，决不允许人为地带来社会不稳定的因素。”

冯江说完，严肃地扫视了一眼整个会场。见大家都点了头，接着说，“毫无疑问，像这种具有重大社会影响的案件，打从调查工作一开始，我们就要往最坏处着想，就要把它当作刑事案件来侦办。只有这样，才不至于贻误战机。现在我们既然已经确定了这是一起故意投毒案，又是针对不特定的多数人的侵害目标，我们就应当集中精力，沿着此方向开展侦查工作。接下来，请文斌同志安排下一步工作。”

根据冯江的指示，文斌将工作思路做了一些调整，对下一步工作作了如下安排。

第一，围绕死伤人员与外界的矛盾纠纷开展排查，重点是围绕炊事员张福顺开展调查，从中发现作案动机或可疑线索。

第二，围绕林业局全体员工开展摸底排查，重点是案发当天没有到食堂吃中饭的人员，从中寻找有作案动机的人。

第三，围绕林业局员工与外部人员的矛盾纠纷开展调查，从中挖出有报复林业局群体的心理基础的人员。

第四，围绕社会高危人员开展排查。主要是寻找那些因个人诉求未能得到满足，从而迁怒于他人、仇恨社会的性格偏执的特殊人员。

十一 不想当英雄的英雄

案情讨论会一结束，文斌立即招呼辛丹青上车，匆匆忙忙地往永乐街道中心小学赶。

辛丹青一边发动车子，一边问："队长，出什么事了？要不要多叫几个兄弟呀？"

"没什么大事。我女儿萧萧去参加学校组织的夏令营活动，今天结束了。刚才班主任王老师给我连发了好几条信息，要我到学校去接。可我正在开会，哪走得开？叹！真是'屋漏偏逢连夜雨，船迟又遇打头风'啊！"

"啥？你怎么不早说呢？我可以去帮你接呀！"

"你不也在开会吗？大家都很忙。"文斌摇了摇头说。

"嫂子呢？"

"她？走了。"文斌苦笑着说。

"听说你们离婚了？可真有此事？"

"说离了，倒不如说是她赌气离家出走了。"

"哼！就算是离了，也不能不管孩子吧？这做人做得忒不地道了吧。"说完，辛丹青使劲地踩下了油门，汽车一路狂奔起来。

“也不能全怪她。谁叫我是一名刑警呢。”文斌口里这么说着，一段往事不禁涌上心头。这其中有幸福和快乐，亦有痛苦和烦恼。

早在10年前，文斌凭着强烈的敬业精神和超群的业务素养，仅几年的工夫，便成了一名令犯罪分子闻风丧胆的刑警队长。那时候，苏梦雅还是县人民医院的一名见实医生。

就在文斌队长刚刚上任后不久的一天晚上，县城东门的一声枪声，掠过夜空，打破了小城的寂静。

在市公安局的牵头组织、指挥下，文斌带领二十多名刑警和50名特警，正在对“东门帮”的29名犯罪嫌疑人展开集中收网行动。枪声，是因为一号追捕对象欧阳武明持枪拒捕，将冲在最前面的文斌击伤了。

“东门帮”是一个黑社会性质犯罪组织，头目叫欧阳武明。这个涉黑组织长期盘踞在县城东门一带，为非作恶，称霸一方，欺压残害百姓，严重破坏了当地的社会经济秩序和生活秩序。

按照文斌的部署，参战民警已将欧阳武明团团围在家中，形成了瓮中捉鳖之势。不料，欧阳武明十分狡猾，他在选择居住地时就已经考虑到了退路。他选择的居所是一栋双单元的4层楼房的三楼，两个单元之间是用隔墙隔开的，进出他家是通过1号单元楼梯道，而隔壁邻居家进出则是通过2号单元楼梯道，在楼下，1单元和2单元是不相通的。当民警把1单元的8户人家包围后，欧阳武明可以从临街的窗户翻爬到邻居家，然后通过2单元楼梯道逃跑。

在围捕过程中，潜伏在街道上的民警突然大喊“有人爬窗户啊！有人爬窗户啊！”听到喊声，文斌心里一惊，说了一声“不好”！便迅速朝楼房的另一头跑，意图绕到后面去封堵2单元楼梯道。

就在文斌刚刚赶到2单元楼梯口时，欧阳武明也正好从楼道里冲出来。见有人在前面堵路，欧阳武明二话不说，举枪便射，“怦”的一声枪响，文斌只觉得有一股灼烧和巨痛感穿透腹部，“不好，中弹了。”他忍着剧痛，使尽全身力气飞跃而起，使了一个标准的“侧身踹”擒拿术，将欧阳武明踹翻在地。几个紧随其后的特警扑过去将他制服，当场缴获仿六四式手枪一支。文斌也因为用力过猛，加上流血过多，一下子跌倒在地上。刑警们七手八脚地将文斌抬上车，火速送往医院。

经过医生的全力抢救，两天后，文斌苏醒过来了。

在住院治疗期间，当时还是主任医生的刘国贤每天一大早，都要带着见习医生苏梦雅前来病房查病问诊。

苏梦雅是县人民医院定向招录的医科大学毕业生，正在见实期。她身材高挑匀称，长相秀丽端庄，肌肤白净可人。特别是一双大大的眼睛，波光巡睃，眼神中不时流露出活泼、调皮的表情。

一天，刘医生因为要做一个大手术，无法下到病房，查病问诊的事就交给苏梦雅一个人代劳。

在护士长的陪同下，苏梦雅身穿一件十分合体的白大褂，手里拿着听诊器和病历夹，迈着医生特有的步伐，轻盈地走进病房。

文斌半坐半靠地躺在病床上，旁边站了两男一女。男的是一老一少。老的身着短袖警服，头发灰白，是个老警察；少的是个小伙子，他肩扛摄像机，正在对镜调焦，看样子是要准备摄像了。女的就不用介绍了，全县人民都认识，县电视台的新闻主播吴彤。

老警察是公安局政工科科长，他正在和文斌交谈。

“文队长你好，他们是电视台《法制在线》频道的记者。听说了你的英雄事迹，他们要来采访你。冯局长指示我们政工科协调这个事。你看如何？”

“我有什么好采访的。”文斌表情冷淡，大有拒人于千里之外的意思。

“文队长，你别误会。”吴彤接过话来，“我们电视台听说你带人把盘踞在东门一带十多年的黑帮打掉了，铲除了一个祸害社会的‘毒瘤’，你还为此受了伤，为宁溪的社会治安立下了汗马功劳。你是我们宁溪人民的骄傲，是英雄，是功臣。我们要把你树立为先进典型，开展正面宣传……”

“打住！打住！嘿嘿！吴记者，你要宣传公安干警和公安事业没有错，我举双手赞成。因为确实是有一大批优秀民警日夜战斗在打击犯罪、维护社会治安的第一线，‘白加黑、五加二’地忘我工作，默默地奉献。他们正在用自己的生命，换取社会的长治久安，正在用牺牲小家的幸福，换取千家万户的和谐安宁。你们应该去采访他们，去歌颂他们。”文斌打断吴记者的话。

“可你毕竟付出了血的代价。面对罪犯的枪口，你挺身而出，勇往直前，这是何等的英雄气概啊！”

“我是一名刑警，只是做了刑警该做的事而已。在那种情况下，任何一个刑警都不会退缩的。”

“可是我们已经来了，你就配合一下我们的宣传吧？”

“别说了，你们走吧，我要休息了……咳！……咳！”话还没有说完，文斌便不停地咳嗽起来。

苏梦雅见状，急忙走过去扶文斌躺下。

“对不起，病人身体还没有完全恢复，需要多休息。请你们先回去，改天再来吧。”苏梦雅在床边坐下来，一边给文斌把脉，一边回头说。

老警察和采访的记者终于走了，文斌对苏梦雅报以一个感激的微笑。

“谢谢你给我解了围！”

“谢什么呀。你也真是的，做了英雄又不让别人宣传，是想做无名英雄还是咋的？”

“别逗了，我不是什么英雄，我只是一名普通刑警。”

“我问你：刑警和英雄之间有矛盾吗？”

“当然没有。”

“那你还躲避媒体的宣传？”

“你是医生，对刑警这个行当并不了解。”

“刑警不也是警察吗？”

“你说得对，但也不完全对。刑警是警察，这没有错，但又是一个特殊的群体。

我们所从事的特殊的职业，决定了我必须具有特殊的品格和特别的素养。”

“你是说刑警的职业很特别？可我只听说过特警。请问刑警和特警有什么区别吗？”

“当然有呀。特警是维稳处突的一支作战部队，强调的是战术和技能，要求他们必须具有过硬的身体素质、过硬的军事素养和过硬的处突技能。刑警是侦查破案的队伍，强调的是逻辑思维和抗压能力，要求他们必须具有宽厚的胸膛、刚直的品性、坚忍的毅力、仁慈的胸怀和疾恶如仇的本质。当人世间的真、善、美触动他们的灵魂时，他们会感动，会带头举起正义之帜，摇旗呐喊，倡导光明；当人世间的假、丑、恶触动他们的灵魂时，他们会愤怒，会率先挥舞正义之剑，除妖降魔，所向披靡。所以说，刑警是一个要承受着巨大压力、只谈奉献、不计报酬的特殊群体。”

“你所说的巨大压力是指什么？”

“刑警的压力主要来自社会的期望、被害人的期盼和职业道德的认同。发了案破不了，心理上会有压力；罪犯锁定后却抓不到，心理上会有压力；罪犯归案后是否能诉得出去，心理上会有压力。可以这样说吧，他们每天都要面对破不完的案件和抓不完的罪犯，因此，他们每时每刻都要承受着巨大的心理压力。”

文斌的话，把苏梦雅带入到一个完全陌生而又十分惊奇的空间。在这个空间里，虽然看不到硝烟弥漫、战火纷飞的场景，但却充满了道魔相抗、正邪较量的惊险刺激。

望着眼前这个不想成为英雄的英雄——一个纯真而又朴实的男人，苏梦雅心里不禁升腾起一股崇敬与爱慕之意，以至于忘记了把脉的时间和脉搏的律动，三个手指捏着文斌的手腕竟一动不动。不经意间，一丝柔意和情愫从苏梦雅眼中漾出，温润了她的整个脸庞。

苏梦雅的一举一动没能逃过护士长的眼睛——咦！这小姑娘怕是要爱上这个警察了呢！

借着一腔敬仰英雄的热情，在护士长的撮合下，苏梦雅毫不犹豫地嫁给了文斌，第二年就有了女儿萧萧。

然而，苏梦雅哪里知道，一个优秀的刑警队长，要永葆他的英雄本色，靠吹牛拍马地混日子过是不行的，必须要付出巨大的代价。这个代价既包含了自己坚苦卓绝的精神和辛勤奋斗的汗水，也包含了牺牲友情、亲情和爱情，甚至是自己的生命。

文斌是个好侦查员、好刑警队长，但绝对不是一个好丈夫、好父亲。他一心扑在工作上，现场勘查、信息研判、搜集证据、缉捕罪犯、审讯斗智，几乎占去了他的全部时间和精力。因工作的原因，他很少在晚上 12 点钟之前回家，几乎就没有与家人团聚、共享天伦之乐的机会。特别是上了大要案件，更是几天几夜回不了家。对此，苏梦雅一开始还勉强能够忍受，虽然满肚子怨气，却也不好发作，毕竟是自己选择的嘛。可是，日子长了就出问题了。

也难怪，作为医生的她，一方面要尽心尽力地治病救人、尽好医德；另一方面又要接送女儿上学、照顾女儿的生活，还要为日夜奔波在外的丈夫担惊受怕。这辛苦自不必说，倒是长期的孤独和寂寞，在她心里刻下了一道深深的伤痕，几乎将她推向了抑郁症的泥沼。虽然婆婆有心想来帮她，但婆婆要照顾老病号的公公，已经够辛苦的了，所以，也只能是心有余而力不足。

随着时间的推移，苏梦雅心中的怨气早就变成怨恨了。时间越长，怨恨越深。日积月累的怨恨，终于有一天爆发了。

两个月前的一天，苏梦雅给医院留下了一份辞职报告，给文斌留下了一份离婚协议书，带着怨恨，带着悲伤，带着痛苦，义无反顾地踏上了南下工作的旅途。

文斌心里非常痛苦。他几次找到局长，想提出来换个岗位，好去广州把苏梦雅找回来。可是，每次话到了嘴边，又生生地被他憋回肚子里去了。文斌实在是放不下他一生所追求的刑侦事业……

车子快到学校门口了。文斌远远望去，影影绰绰地看到门卫室里有两个低头靠在办公桌上睡觉的女人。一个是班主任王老师，一个是年仅八岁的女儿萧萧。

文斌轻轻地敲了敲门，惊醒了王老师。

王老师一边轻手轻脚地来开门，一边用食指竖在嘴边做了个噤声表情。文斌满怀愧疚，对王老师轻声说："真是不好意思，给您添麻烦了！"

"嗯！没事。快抱文萧回家吧，我也要回去了。"

"我送您回去吧？"文斌一边抱起女儿，一边对王老师说。

"不用了，我自己骑电动车回去。"

回去路上，辛丹青一边开车一边问："队长，你明天怎么办呢？要不你就批我一天假，让我明天来陪萧萧吧？"

"不行！现在案件侦查到了紧要关头，无论如何我也不能从战场上撤兵的！"文斌用胡子拉碴的嘴亲了一下女儿的脸，接着说："明天清早我母亲会过来接，让她到奶奶家去住段时间吧。欸！又要辛苦她老人家喽！"

萧萧躺在爸爸怀里，被爸爸的胡子扎得有些痒，便动了动，侧了一下娇小的身子，继续睡。睡梦中露出了甜甜的微笑。

十二 死者家属

由于涉及的人员太多、背景又太复杂，因此，排查工作显得十分烦琐，无异于大海捞针。

为了尽快查明案情，冯江从全局抽调了十多名有办案经验的精干警力，补充到专案组，强化专案侦查工作。

文斌这个组负责调查中毒人员与外部的矛盾纠纷，也就是寻找与死伤人员相关联的直接的犯罪因果关系和作案动机。

文斌将调查组分成两个小组，一组查内，一组查外。这样，两个组的调查情况就能够随时沟通，互相印证，以提高工作效率。

内查小组围绕 26 个中毒人员和两个死者的家属，开展走访调查，力争做到逐户上门，人人过关，全力寻找足以报复他们的因果关系和作案动机；外查小组围绕中毒人员的亲朋好友、左邻右舍等关系人开展核查，全力寻找有可能报复他们的可疑人员。

然而，几天工作下来，虽然发现了一些矛盾纠纷，但都是一些赌气叫板、狗咬鸡毛之类的生活琐事，很难说会不会酿成投毒杀人这样的大祸。

文斌这是第三次找死者张福顺的妻子李小红谈话了。前两次都是安排车把她接到专案组来谈的，这次是登门造访。

张福顺的家位于白田村的东头，是一栋两层红砖瓦房。屋里家具齐全，摆设整洁，卫生干净，一看，就知道是那种勤劳治家的勤快人家。

房子右侧的一块晒谷坪上，有一间用竹篾编制的晒谷垫临时搭建的雨棚。雨棚下面摆放了一口乌黑粗糙的棺材，雨棚上面悬挂了一条黑布横幅，上面歪歪扭扭地写了“千古奇冤，入土难安”几个大字。

由于天气炎热，张福顺的尸体已经开始腐败了。

尸体腐败后所产生的液体，正从棺材粗糙的缝隙中渗透出来，发出一阵阵的恶臭气味，使人闻之作呕。

文斌当然知道，这就是当地民间传说的“停尸闹事”或“抬尸闹事”。

所谓“停尸闹事”活动，就是指当遇到有人意外死亡时，死者家属会以死因不明为由，故意将尸体或棺椁摆放在光天化日之下、众目睽睽之中，拒绝埋葬或火化，以此来给有关单位施加压力，从而达成自己的诉求。

虽然时间过去了十多天，但当警察再次出现在面前时，李小红还是忍不住悲伤地哭泣。毕竟是丧夫之痛嘛。文斌完全能够理解她此时的心情。

李小红与丈夫同年。也许是年轻时过于劳累，经常干繁重的农活，加上饮食又没有节制，以至于她长得粗腰肥臀，像男人一样高大壮实。

据李小红介绍，她是25年前与张福顺结的婚。婚后一年生了一个女儿，女儿现在已经出嫁了。二十多年来，夫妻俩在一起过日子，虽然也有磕磕绊绊的时候，但总体还是有感情的，家庭生活应当算是和谐幸福的。

“在林业局食堂做事前，你丈夫是做什么的？”待李小红的情绪稳定下来，文斌问道。

“你是说我男人吗？”李小红还不习惯用“丈夫”一词。

“对。”

“他一直是帮别人做饭。由于我男人为人厚道，做事勤恳，又烧得一手好菜，所以很多人都喜欢请他去烧饭做菜。”

“都有哪些人请他？”

“一开始的时候，主要是附近村民遇到有红、白喜事，需要办酒宴时，就会请他去做饭。后来由于城里的饭店、餐馆越来越多，需要的厨师也就越来越多。于是我男人就会到县城里的一些饭店去当厨师。近几年，他主要是在一些机关单位的食堂做炊事员。”

“你知道他在哪些单位的食堂做过炊事员吗？”

“我知道的有土管局、民政局和保险公司。去年年底才到林业局食堂做事。”

“你知道他为什么不在一个单位长期干下去，而要不停地换地方吗？”文斌总是不失时机地捕捉可疑信息。

“具体什么原因我也不是很清楚，但听我男人说，好像是单位换了新的领导，饭菜不合他的口味，所以就要换新的炊事员。也有个别单位是因为新来的领导要用自己熟悉的人，觉得熟人烧饭更放心，所以要换新的炊事员。”

“你们家有什么仇人吗？或者说与他人有过矛盾和纠纷吗？”

“没有。我男人为人谨慎，作风正派，从不与人争强斗胜。我呢，就是一个农村家庭妇女，平时又不大出门，惹不了是非。”李小红一脸诚实的表情。

“张福顺对厨师职业的态度如何？”

“嗯，那可是他的命啦！他非常喜欢这门职业。就连在家里时，只要一有空，就会翻一翻这方面的书。”说完，李小红从卧室里抱出几本厨艺方面的书籍来。有《湘菜汇编》《家常菜荟萃》《大众菜精选》《面食大王》等。

“这些书是谁买的？”文斌一边翻阅书籍，一边问。

“都是我男人买的。他有时候下班后会特意绕道到步行街去，看到地摊上有合适的厨艺书就会买回来。”

“你家里买过或使用过亚硝酸盐吗？”

“从来没有过。我男人是厨师，定期要参加卫生部门组织的食品安全培训。

他每次培训回来，都会给家里人说到这方面的事，说是在食品中毒事件中，亚硝酸盐中毒是比较多的。他反复提醒家里人千万不要去碰这种东西。”李小红抹了一把鼻涕。

“出事之前，你丈夫有什么反常的表现，或者有什么不对劲的地方吗？”

“好像没有什么地方不对劲。至少我没有感觉到。”

“你丈夫平时有什么习惯或嗜好吗？”

“不抽烟、不喝酒，不打麻将不玩牌。好像没有什么嗜好。”李小红扳着指头说，“哦，对了，我想起来了，我男人有一个泡绿豆水喝的习惯。”说完，李小红从饭桌上拿起一只搪瓷大茶杯给文斌看，“你们看，这就是我男人在家里每天泡绿豆水喝的茶杯。”

“泡绿豆水喝？”

“对。就是用烧开的水浸泡生绿豆，喝里面的水，说是这种水有清热解毒、保肝明目的功效。”

“他这个泡绿豆水喝的习惯在单位上也有吗？”

“这我就不清楚了。我从来没有去过他单位上。”

“你丈夫生前身体状况如何？”

“应该还好，从来没有发现有什么毛病。”

“你还记得你丈夫出事那天的情况吗？”

“记得。那天早晨七点多钟，他像往常一样，骑了摩托车去单位上班。临出门时对我说，好久没有吃糯米饭了，要我煮点豌豆糯米饭等他晚上回来吃。哪晓得我煮好了糯米饭，他却再也回不来了……”

说到伤心处，李小红又“嘤嘤呀呀”地哭起来了。

文斌说了一些安慰的话后，便向李小红明确指出：停尸闹事行为，不仅有悖于法律和道德，而且也是对死者不尊重的表现，必须尽快纠正。并向她保证，公安机关一定会把张福顺的死亡原因尽快查个水落石出，还死者家属一个公道。

虽然李小红口头答应了会尽快处理尸体，但文斌看得出，这只是表面答应而已，如果诉求得不到满足的话，她是不会去处理的。

从正面调查的情况来看，既没有发现有针对张福顺进行报复的因果关系或可疑线索，也没有发现张福顺有自杀的动机。

外查小组是由吴良义负责的。

吴良义是一个对工作极其认真负责的人。他认定的事，非要查一个水落石出不可。

吴良义跑遍了张福顺原来工作过的所有单位，终于找到了他的一个徒弟。

张福顺的徒弟叫宋冬祥，30岁，现在人寿财产保险公司食堂做厨师。据他说，10年前，张福顺就是在这里做厨师，也就是那个时候，他开始跟着张福顺学徒。后来因为发生了一件事，张福顺觉得不能原谅自己，便放弃了这里的高薪，转到工资更低的土地管理局食堂做厨师去了。

当问到发生了一件什么事时，宋冬祥一开始怎么都不愿意说。他说师父都已经不在人世了，做徒弟的不应该用陈谷子烂芝麻的事去给师父脸上抹黑。只可惜他遇到的是吴良义，要是别人也许就此作罢了。吴良义是什么人，他可是一个典型的不达目的不罢休的人。宋冬祥经不住他的软磨硬缠，最终还是讲出了事情的原委。

同周边其他县市一样，宁溪这个地方也有一个风俗习惯，那就是冬至腌制腊肉。

那年冬至，张福顺主动提出，要帮公司几位经理腌制一些腊味。办公室主任听说后，觉得这是拍领导马屁的绝好机会，很快买来了几十只番鸭和几百斤猪肉。在腌制过程中，没想到天气突然大变，连续几天雨水不断，空气中的湿度猛升，腌制好了的腊味无法拿到太阳底下晾晒，导致腊味不仅颜色不好看，而且散发出一股怪味。

面对这种始料不及的尴尬局面，情急之下，张福顺想起了学徒时听师父说起过，亚硝酸盐既可以防腐，又可以增色。于是，他便买了一些亚硝酸盐，用水溶解后，涂抹在腊肉上。这样一来，腊肉的颜色确实变红了，变得好看了，怪味也没有了，但是，由于他在使用亚硝酸盐时，没有精准计量，只是凭感觉下料，结果，经理们谁都不敢要这些腊味。

张福顺为了论证这些腊味是否有毒，就私下割了一块腊肉，乘着黄昏，跑到城郊的一个垃圾堆旁守候。一会儿，就有一条流浪狗活蹦乱跳地跑到垃圾堆里翻找食物，他将腊肉丢过去，然后蹲在远处观察。流浪狗闻到腊肉的香味，扑过去就大口啃起来。然而，不到两个时辰，流浪狗打了两个喷嚏，在原地转了两圈，便晕倒在地，抽搐了几下气绝而死。看着流浪狗的尸体，张福顺吓得出了一身冷汗。“这要是被人吃了，那还不闯下弥天大祸啦！”当天晚上，他和徒弟一起，悄悄地把腊鸭和腊肉拖到北门附近的一片山林里，挖个坑，全部埋掉了。第二天，他便收拾了东西离开了。走时，还没有忘记叮嘱徒弟，从今往后，再也不能碰那“可恶”的亚硝酸盐了。

事后，由于购买番鸭和猪肉的钱都是公司出的，受损失的是公家，几位经理怕事情张扬出去后影响不好，便悄悄地将这件事压下去了，谁也不再提了，就当从来没有发生过。

听了吴良义的调查情况汇报，文斌沉默了一会儿，然后说：“你调查到的情况恰恰可以证明两件事。一是李小红说张福顺在家里经常提醒家人，不要触碰亚硝酸盐这种东西。这说明李小红的证词是客观、真实的；二是在林业局食堂中毒事件上，张福顺不可能犯不小心将亚硝酸盐混合到饭菜中去的错误。”

“那你的意思是张福顺的嫌疑可以排除？”吴良义问。

“我不是这个意思。我只是认为可以排除他不小心将毒物混合到饭菜中去的可能性。至于他是自杀或者是意图谋杀，目前还没有充足的理由来论证。”

“那下一步怎么办？”

“你还记得张美娟说过的吗？张福顺对自己的厨艺很自信，很忌讳别人说他烧的饭菜不好吃。”

“当然记得，她的很多同事都提到过。”

“我们可以从这方面做些调查工作。重点是查明员工们在食堂用餐过程中，是否有因为饭菜不可口，而诋毁、嘲笑、责怪张福顺的情形。”

“你的意思是，要从这方面寻找张福顺的自杀或投毒的动机？”

“对！”

经过深入了解，大家一致反映张福顺烧得一手好菜，大多数时候都是色、香、味俱佳，非常可口，只是偶尔会有个别菜拿捏得不准，出现偏咸或偏淡的情况。凡是吃过他做的饭菜的人，很少有人说不好的。不过，由于他那秃头光溜溜的，没有一根毛，所以平时有时候大家会拿他来开玩笑。大家吃得一高兴，便会说“今天餐厅的灯光怎么这么亮呀”，张福顺知道这是大家在夸奖他饭菜烧得好吃，不但不生气，反而会高兴得眉毛上扬，一手摸着光头，一手端着茶杯，一副乐呵呵、心满意足的样子。有时候大家觉得菜有点偏咸或偏淡，便会开玩笑说“今天餐厅的灯光怎么变暗啦”，张福顺听后便会说“三个人三个胃，众胃（味）难调呀”，说完，嘴角下撇，脸拉得老长，一脸不高兴的样子。当问到具体哪一次因开玩笑使张福顺不高兴时，大家又都说不清楚。都说人多嘴杂，一笑而过，一笑而过而已，谁还会在乎一个玩笑呢。

另一名死者叫李湘妹，六十多岁，林业部门的退休职工。已经瘫痪在床两年多了。

李湘妹是因为吃了女儿谢雨农从林业局食堂买回去的饭菜中毒身亡的。法医检验结果也证实了这一点。也就是说，李湘妹的中毒身亡，与张福顺是一样的，都是因为吃了食堂里的有毒饭菜。

从表面上来看，似乎针对李湘妹投毒的概率几乎为“零”。一个瘫痪得连生活都不能自理的老太婆，值得什么人冒这么大的风险去投毒杀害？何况老太婆又不是林业局的在职员工，并不是每天中午都固定在食堂用膳，何时在食堂吃饭，何时不在食堂吃饭，完全是不确定的，是没有规律可循的。就算是有人要针对她投毒，那他在作案时机的选择上，也是很难做到准确把握的。

由此看来，对死者李湘妹这条线索的调查无须花太多的精力，只要做一些常规性的核查工作就可以了。

李湘妹共有 3 个子女。大的是儿子，两个小的是女儿。老大叫谢雨工，长期在上海经营铝合金门窗生意，一家人租住在上海，平时不回来，只有逢年过节才回家看望母亲。老二叫谢雨农，是林业局的临时工。老三叫谢雨兵，在永宁街道中心小学教书。

谢雨农住在永乐大桥北桥头的翠湖小区 2 栋 1 单元 501 室。

在林业局综治办主任胡广平的陪同下，文斌再次来到了谢雨农家里。

这是一套三室两厅的房子，屋里的装修色调偏深，暗红色的木质地板，配上一套暗红色的家具，显得有些古板和沉重，使人不免产生些许窒息和压抑感。

谢雨农在家，谢雨兵恰好也在她家。

谢雨农看上去比实际年龄要苍老一些，一米五左右的个子羸弱瘦小，憔悴的脸上皮肤苍白，娇小的鼻梁上架着一副栗色宽边近视眼镜，一双深邃的眼睛隐含着忧郁和不安，头发很随意地在脑后扎成了一个马尾巴，说起话来轻声细语的，声音就好像是从咽喉深处发出来的呢喃。

谢雨兵与姐姐谢雨农正好相反。一米六五以上的个子，丰乳肥臀，两片丰润性感的嘴唇配在一张端庄秀丽的脸蛋上，大可与香港某电影明星媲美。举手投足间，透露出一种教书育人的特有气质。

据谢雨兵说，谢雨农总认为饭菜是她从食堂买回家的，如果不去食堂买，而是自己回家做的话，母亲就不会出事了，为此，她心里面感到很内疚、很懊悔，情绪一直很低落。由于担心她想不开而做傻事，所以就过来陪陪她。

为了确保证人在不受外界干扰的情况下，真实、客观地作证，文斌决定与谢家姐妹分别谈话。于是，他请谢雨兵先到卧室里去，暂时回避。

看到谢雨农悲恸、愁苦的面容，文斌不忍心再去触动她的伤感神经，只好尽量选择温婉含蓄的词语向谢雨农询问。

“谢雨农，对老人家的不幸，我们深表同情。但人死不能复生，还望你节哀顺变。人生路还得走下去，生活还得要继续。你们家属不能一辈子生活在痛苦中，要尽快从痛苦中解脱出来，要坚强地走出生活的阴影，以一颗向阳之心去面对未来。”询问前，文斌说了一些安慰的话。

“谢谢你的安慰！你这样说我心里好受一些！”谢雨农不无感激地说。

“我们今天来找你，是有几个问题要向你核实，希望你能如实地回答。”

“好的，我一定如实回答。”

“对你母亲的死，你有什么看法吗？”

“看法……能有什么看法？这都怪我，千错万错都是我的错。我不该到食堂去帮她打饭吃啊！”谢雨农用纸巾揩了揩眼角溢出来的泪水，抽泣着说。

“这怎么能怪你呢？你又不是故意的。再说了，出事前，你也不可能预先知道食堂里的饭菜有毒呀。”胡广平在旁边安慰道。

“话是这么说，可我心里面感到内疚啊！”谢雨农哽咽着说。

“你也别内疚了。我们今天来就是要了解有关情况，好把问题查清楚。请你把帮母亲打饭的经过介绍一下，越详细越好。”文斌点了一支烟，平静地说。

“好的。那天因为没有人照顾我母亲，家里没有人烧饭，所以上班时我就带了一只塑料饭盒到店里。中午食堂开饭后，我到食堂里自己先吃了饭，然后用饭盒帮母亲打了一点饭菜送回家。没料到她吃了后就……”说到伤心处，谢雨农又“嘤嘤呀呀”地哭起来了，瘦弱的肩膀不住地抽搐颤动。

“是你母亲自己吃的饭吗？”待谢雨农情绪稍稳定后，文斌继续发问。

“不是的，是我亲手喂给她吃的。吃完后，我将饭盒洗干净，安顿好母亲睡下，然后就回单位继续上班去了。”

“你是走路还是坐车？”

“骑电动车。”

“后来呢？”

“到单位后，大约中午1点多钟，我就感到头痛、胸闷，呼吸困难。我同事黄书琴也说头痛，想呕吐。后来医院的救护车来了，把我们这些在食堂吃了中饭的人分批地送到医院抢救。我到医院后又吐又泻，不久就昏迷过去了。后来的情况就不知道了。”

“平时你母亲的中饭，都是由你从食堂买回去的吗？”

“不是。平时都是由我舅妈来护理她。我母亲是退休职工，每个月有两千元的退休金。在她患病瘫痪后，就用这退休金雇请了舅妈来护理，平时都是由舅妈在我家里帮她洗衣、做饭，照顾她。只有当舅妈要外出办事或者走亲戚没空做饭时，才由我到食堂打饭送回去给她吃。那天的情况就是这样子的，舅妈要去一个远房亲戚家奔丧，没时间买菜做饭，所以我就从食堂买了饭菜送回去给母亲吃了。”

“你还记得买的是什么菜吗？”文斌问。

“记得。买了二两左右米饭。菜是苦瓜和辣椒炒腊猪肉，红烧鱼因为有刺，所以没有买。舀了一两勺紫菜鸡蛋汤浇在饭菜里。就这些。”

“为什么用餐登记簿上没有你母亲的名字？”

“哦，因为我们在食堂吃中饭属于工作餐，是免费的，而我母亲不是在岗在位的员工，不能享受这个待遇，所以就不能签她的名字。”谢雨农轻声细语地说。

“从食堂买好饭菜后，到送回家给你母亲吃，这期间有别人接触过这份饭菜吗？”

“好像没有。”谢雨农想了想，摇了摇头。

“那么买饭菜之前呢，有谁接触过那个饭盒吗？”

“这个……这个得让我想想。我记得那天我从家里把饭盒带到单位上，放在一张电脑桌上。11点半钟左右，我拿了饭盒到食堂，放在案台上。我先自己打了一份饭菜坐在旁边的饭桌边吃，吃完饭后，我用这只饭盒打了一份饭菜就走了。我是从后院骑了电动车直接回的家，大致情况就是这样。在我印象中，好像没有什么人接触过这个饭盒。”谢雨农一边回忆，一边叙述着。

“你是说在你自己吃饭时，将饭盒放在案台上？”

“是的。”

“有谁碰过饭盒吗？”

“我不能确定，因我没有注意。”

“难道你自己不是用那只饭盒打的饭吃吗？”

“不是，我用的是食堂里的不锈钢餐盘。”

“你平时在食堂吃饭用的都是餐盘吗？”

“是的。”

“是什么样的饭盒？”

“是一只有盖子的特百惠塑料保鲜盒。白色。”

“你家里还有一些什么人？”

“只有一个女儿，今年15岁，刚刚参加完中考。”

“事发那天你女儿是怎么吃的饭？”

“哦，现在不是放暑假了吗，那天我女儿和几个同学去省城玩了。”

“你丈夫呢？他是做什么的？”

一提起丈夫，谢雨农眼睛一红，便又落下了几滴悲伤的眼泪：“我丈夫叫廖永恒，和我哥哥一样，也是做铝合金门窗生意的。5年前出车祸去世了。”

“很抱歉，不该提起使你伤心的事。但为了查明情况，不得不这么做了。希望你能理解。”

“嗯。没什么，都已经过去了。”

“你母亲的后事都处理好了吧？”

“还没有，母亲的遗体还搁在殡仪馆的冰棺里。”

“为什么？”文斌有些不理解。如果死者家属是为了“停尸闹事”的话，也没有必要把尸体存放在殡仪馆呀？因为殡仪馆本来就是存放尸体的地方嘛，而且还是要收费的哟！

“我母亲是吃了林业局食堂里的饭菜中毒身亡的，她的死与林业局是有关系的，林业局方面应当要有个说法。你们说对吧？毕竟是人命关天的大事呀！但至今还没有一个局领导出面来和我们家属谈。你们说天底下哪有这样的道理？”谢雨农轻声细语地说。

“你要林业局的领导跟你谈什么呢？”文斌想借此机会，了解死者家属的真实想法。

“出了这么大的事，责任单位总得帮我们这些受害者家属解决一些实际问题吧？”谢雨农抹了一把鼻涕说。

说来说去，还是要以死者的尸体作为筹码，向林业局提出自己的诉求呀！文斌心里想。

“合理的诉求，你们可以通过正当的途径向有关部门提出申请，但不能以死者的遗体作为解决问题的筹码。这是法律和道德所不允许的。你们要尽快地将遗体火化安葬。常言说得好：入土为安。我们应当敬重死去的人，早点将她的遗体安葬好，也就可以让她的灵魂早点在九泉之下安息嘛……”

文斌的话还没有说完，谢雨农又悲切地哭起来了。

听到姐姐的哭声，谢雨兵从卧室里走出来，坐在她身边，搂住她的肩膀安慰道：“姐，别哭了。女儿马上就要上高中了，你若哭坏了身体，还怎么照顾她呀！”说完，谢雨兵又面向调查人员，用一口标准的普通话说：“我们是法治国家，一切都得依法办事。去年我们学校的一名学生，在放学回家的途中自己到河里游泳，淹死了。当时我们学校认为其责任应当自负，与校方无关。但后来官司打到法院，法院还是判定校方有一定的责任，裁定学校承担了一定的赔偿。在我母亲中毒身亡的这件事情上，林业局是否有责任，我想，这应该是显而易见的了。你们说对吧？”

“看来你是语文老师吧。”文斌对谢雨兵说。

“是的。你怎么知道？”谢雨兵有些奇怪地问。

“如果是数学老师，恐怕普通话说得不一定会有这么标准，用词也不一定会有这么准确严谨。”

“真不愧是刑警队长，看问题就是不寻常。”胡广平在旁边竖起大拇指称赞道。文斌摆了摆手，接着说：“在你母亲中毒的这个问题上，林业局是否有责任现在还不好说。毕竟事情的来龙去脉到现在还没有搞清楚嘛。不过，依法办事、依政策办事，这是必需的。我建议你们把你们的诉求用书面的形式上报有关部门，相信有关部门会根据实际情况，给你们一个满意的答复的。但在这里我要特别强调的是，你们不能用母亲的遗体作为谈诉求的筹码，这是法律和道德都不允许的。请你们尽快将遗体火化安葬，以免她老人家的灵魂找不到安息之所。”

“好的，我们一定会积极地配合政府，妥善地处理好母亲的后事。不过，我们也有一个请求。我们总觉得母亲死得有些不明不白，希望你们能尽快地把事情查清楚，好让我们做家属的心里有个明了。”谢雨兵一边抚摸着谢雨农的肩背，一边说。

“那是当然！我们一定会尽快把事情查个水落石出，给你们一个公道。”说完，文斌向姐妹俩告辞。

文斌站起来走到门口，又突然转过身来问：“你母亲生前身体状况如何？”

“呀！身体不是很好。除了有脑血栓引起的瘫痪外，还有高血压。去年又检查出有心律不齐、室性早搏等毛病。”谢雨农回答道。

十三　夫妻

王强这个组负责对林业局其他员工进行排查，重点是案发当天没有在食堂吃饭、也没有中毒的那8个人。专案指挥部把他们列为第一批调查对象。

首先进入侦查人员视线的就是副局长黄波。

黄波41岁。高个子，方形脸，小眼睛，络腮胡。这个人的特点是工作能力强，但处事方法简单。属于典型的“能力有余，情商不足”的那种。平时说话嗓门大，性格脾气来得急。因此，他不仅在单位上得罪了不少人，就连在家里也是众叛亲离。曾经公开扬言要报复他的就有两人，一个是护林执法大队大队长黄才和，一个是他的前妻林红叶。

黄才和38岁，是护林执法大队负责人。

黄才和之所以扬言要报复黄波，是因为在他要提拔为副局长的关键时刻，黄波不怕得罪人，站出来直言反对，说黄才和身为护林执法大队长，竟然处理不了林权纠纷，遇到乱砍滥伐和破坏珍贵植物的违法行为，不仅不能挺身而出予以制止，反而躲得远远的，做他的“老好人”，像这样没有担当精神的干部，怎么能提拔呢？就这样，黄才和提拔重用的事泡汤了。从此后，两人势不两立。黄才和对他满肚子的怨恨，私下里曾多次扬言要他好看。

林红叶是个小学老师，十多年前嫁给黄波，有一个儿子。

就像许多失败的婚姻一样，黄波和林红叶两人的婚姻，从一开始就注定是要失败的。黄波性格急，脾气躁，而且一心扑在工作上，完全不顾家。这都还不是最紧要的，最紧要的是他常常把在单位上的不良情绪带回家里发泄，老婆孩子几乎成了他的“泄气筒”，动不动就指责怒骂，时不时地搞点家庭暴力。而林红叶又是一个事事计较、认死理的女人。面对男人的蛮横粗暴，一开始，她还勉强能够忍受，可时间一长矛盾就凸显出来了。两个人闹离婚闹了好几年了，直到最近闹上了法庭。

按理说，夫妻两人之间的矛盾，即使有怨恨，也只会怨恨对方，一般是不会牵扯到旁人的。可问题出在林红叶身上那就不同了。

林红叶是个爱钻牛角尖的女人，在她看来，丈夫之所以会变成这样，除了他的品性不好外，其工作环境不好也是一个主要的因素。正是因为丈夫在单位上工作压力太大，同事又不待见他，所以他才会把不良情绪带回家里，在家里发泄怨恨情绪，虐待家人。因此，林红叶在痛恨黄波的同时，也痛恨林业局，痛恨林业局的所有人。

据旁人反映，林红叶曾多次在不同的场合扬言要报复黄波，要报复林业局里所有的人，甚至要报复社会。

经过调查，证实黄才和本人不可能亲自作案。因为案发当天，他带了李友平、兰冬生两名护林执法队员到大山里巡逻去了。早上去的，晚上才回来，不具有作案时间，有不在场证明。

考虑到不能排除黄才和雇请别人作案的可能性，于是，调查组一方面调取了他的通话数据进行研判，另一方面围绕他的活动轨迹和现实表现展开调查。

正像黄波所说的那样，黄才和是一个典型的外强中干、胆小怕事的人。从外表看上去，人模狗样的，派头十足，其实内心却异常懦弱。别看他平时说话口气大，咋咋呼呼的，可一旦真的遇到什么事情，便像霜打的茄子一般——蔫啦！

从调查情况来看，黄才和应当不具备作这种大案的胆识和气量。查他的手机通话情况，也没有发现什么可疑的线索。

黄才和的嫌疑很快就被排除了。

对林红叶的调查，王强他们颇费了一番周折。

由于林红叶和黄波性格不对路、感情不合拍，长期闹矛盾，积怨太深，导致她心态发生了变异，性情变得特别偏执。面对调查人员的询问，她一会儿拍手大笑，一会儿又悲痛哭泣，着实让人琢磨不透。

“林红叶，关于林业局食堂中毒事件你有什么要跟我们说的吗？”王强故意引而不发地问。

“老天有眼啦！是谁帮我出了这一口恶气呀！”林红叶双手抱拳，一边朝天空中作揖，一边说。

“林业局出了这么大的事，你竟然幸灾乐祸？”王强不解地问。

“我当然高兴喽。只可惜让黄波那个‘短命鬼’逃过了一劫。”

“你和黄波的家庭纠纷，怎么能牵扯上毫无关系的其他无辜人员呢？”

“你们有所不知，黄波就是因为在单位上受了别人的气，才会在家里把气出在我和孩子身上的。所以说林业局里没有一个好人……我好命苦呀……大家都跟我过不去呀！”林红叶说着说着，就抽噎起来。

待林红叶情绪稳定下来，王强继续问：“7月8日，你在干什么？”

“7月8日……7月8日，哦，对，那天我和那‘短命鬼’在法院，法院的离婚裁定书就是那天开出来的。”说完，林红叶还从卧室里把法院的判决书拿出来给调查人员看。

“据我们所知，你曾经多次扬言要报复黄波及其同事，现在看来你的目的已经达到了。”王强含沙射影地问。

“那是离婚以前的想法。对于我来说，离婚就是最好的解脱。我虽然有过报复的念头，但在离婚前都没有去做，现在解脱了，就更不会去做了。”

调查组围绕林红叶的社会交往、案后表现以及毒物来源等方面，进行了更深层次的调查，最后排除了她的作案嫌疑。

考虑到林红叶的性格发生了一些变异，心理上有了一些不良的病态倾向，性情过于偏执，情绪容易激动，指不定什么时候就会给别人带来伤害，因此，王强还特意去了一趟县教育局，建议教育部门帮她调换岗位，由原来的教书岗位，调整为行政事务岗位。这样一来，她就不会每天面对学生，避免了她直接与学生打交道，从而有效地消除了学生受到伤害的潜在风险。

通过对黄波和黄才和的调查，证明 8 个未中毒的人员中就有 4 人没有作案时间，只剩下门卫张老三、食堂管理员张美娟、局长王海峰和综治办主任胡广平 4 人了。

有关对张美娟和王海峰的排查工作，韩珂玉带人早已完成了。张美娟是王海峰的妹夫付明亮的情妇，他们之间虽然有着千丝万缕的复杂关系，但所涉及的关系人，均已排除了作案嫌疑。

胡广平是一个“暖男”型的人物。他为人处世谦恭和善，心性善良慈悲，品行温暖向阳。在单位上，与同事相处和谐；在家里面，与家人相敬和睦。他的领导同事、亲戚朋友一致反映，他是一个乐善好施、诚信淳朴的大好人。

本着严谨、客观的侦查原则，王强几乎找遍了胡广平身边的所有人，进行了深入细致的调查，但终究未发现他有作案动机和其他可疑点。

张老三是王海峰的姑表兄。他原是水泥厂的工人，后因企业改制而下岗。

由于年轻时不懂得节制，张老三一逮住机会就胡吃海喝，终于吃出了糖尿病和脑梗。曾经有一次和同事打赌，赌吃红烧肉和生鸡蛋，他硬是往肚子里塞进了两斤红烧肉和 20 个生鸡蛋，一边吃还一边说：“反正有人出钱，不吃白不吃。”

由于糖尿病和脑梗的缘故，张老三做不了劳动强度大的体力活。于是，王海峰就利用职务之便，把他安排在林业局做了门卫。

“王海峰有恩于张老三。按常理分析，张老三不应当忘恩负义、恩将仇报，无缘无故地跑到林业局食堂去投毒，给王海峰惹来一个天大的麻烦？”王强这么推测。

接下来的调查，证实了王强的推测。张老三既没有作案动机和因果关系，也没有其他方面的作案条件，其嫌疑完全可以排除。

十四　重大线索

韩珂玉这个组协助林业公安分局，负责围绕林业局与外部人员的矛盾纠纷开展排查。

对于一个山区县来说，林业局固然是个很吃香的部门，但同时又是一个处于风口浪尖的单位。说它吃香，是因为宁溪县每年的竹木出售量都是全省最大的，靠山吃山嘛，作为林业行政主管部门，较之其他单位，自然油水就多了。说它处于风口浪尖，是因为山里乱砍滥伐的现象太普遍了，不去管属于失职。去管了又要得罪人。特别是最近几年，省林业厅多次派专家前来考察，发现了许多野生银杏树、红豆杉和香樟树等珍贵植物分布在全县各地。消息公布后，盗砍盗挖珍贵树木的案件便时有发生。为此，林业公安分局每年要查处大大小小的案件上百起。

韩珂玉调取了近五年来的数百起林业违法犯罪案件，设定了相应条件进行梳理，最后确定了两起案件矛盾比较突出。一起是易德贵盗挖香樟树案，一起是王新泽盗砍红豆杉案。

易德贵，男，42 岁，家住石桥镇黄田村。

易德贵的犯罪调查卷宗显示，他本来是一个老实巴交的农民，守着一亩三分地勤耕苦做。这几年，看到别人通过努力，都陆陆续续地脱了贫、致了富，眼红呀！怎么办？于是，他便动起了脑筋。动脑筋就动脑筋呗，可他动的却是歪脑筋。他坚信“马不吃夜草不肥，人不发横财不富”的歪理，妄想着能不劳而获、一夜暴富。

一年前的一天，易德贵打听到香樟树很值钱，于是就私自请来搬运工，利用夜深人静之机，将村东头的一棵直径近一米的香樟树挖出来，卖给了一个福建人，用于雕刻。

俗话说得好，“莫伸手，伸手必被捉。”易德贵脱手赃物后，赃款都还没有数清，就被林业公安查获了，被法院判了一年有期徒刑，缓期两年执行。易德贵不服，认为香樟树是野生的，没有实质意义上的受害人，他的行为不应当构成犯罪，为此，曾多次扬言要制造爆炸，“要炸死炸伤一大片”。

王新泽的情况也差不多。一年前的一天，王新泽跑到大山里偷砍了一棵野生红豆杉树。拿回家后加工成木茶杯、木饭碗等生活用品，私下里拿去销售获利。后被林业公安查处，不仅被判了缓刑，还被罚了款。他心里不服，曾扬言要往林业局食堂的水池里投放耗子药。

王新泽，男，51岁，原是宁溪机械厂的制模工，后来因企业改制而下岗。下岗后的他整日里无所事事，每天在公园里与退休老人打牌聊天。

在一次闲聊中，王新泽听别人说起，红豆杉树有抗癌防癌的功效，于是，他心里面就打起了鬼主意：“电视新闻上不是说我县很多地方都有野生的红豆杉树吗，我何不去搞些来卖呢？”说干就干，王新泽立即行动，偷偷窜到大山里砍来红豆杉树。他利用自己的制模技术，把红豆杉树加工成各种各样的茶杯和饭碗，暗中卖给公园里那些老头子、老太婆，从中获利。

韩珂玉派人调取了易德贵和王新泽近几个月的手机电子数据。经过研判，有了一个重大的发现：易、王两人之间，竟然有着频繁的通话联系。

易德贵和王新泽，一个是山里的农民，一个是县城的下岗工人，他们既不是亲戚，又不是朋友，可谓风马牛不相及的两个人，怎么会搞到一起呢？再看他们的通话时间和手机漫游轨迹，那就更加奇怪了，两人的通话时间大多是在晚上，有时候甚至是在下半夜，而且两人经常同时出现在同一个地方。

这是怎么一回事呀？难道是因为都对林业部门有怨恨，共同的复仇心态，促使他们密谋联手对林业局食堂下毒手？

凭着多年积累的工作经验，韩珂玉判断：两个毫无瓜葛、素不相识的男人，经常在三更半夜里通电话，并且碰头见面，其中必有蹊跷，一定有鬼，背地里肯定干了什么见不得人的事。

这个意外的信息，就像一针强心剂，让专案侦查人员兴奋不已。他们预感到专案侦查工作也许就此迎来一个拐点。

听说韩珂玉有重大线索汇报，文斌特意把专案组全体成员召集到指挥部开会。

“我认为易德贵和王新泽有合伙作案嫌疑。”韩珂玉在介绍完易德贵和王新泽的基本情况后，直截了当地说。

“你有什么依据？”文斌面无表情地问。

“依据是：第一，两人对林业公安的查处都不服，都有怨恨，说明他们都具有产生报复意图的因果关系。第二，两人对林业局的怨恨在本质上是相同的，都是因盗砍珍贵树木被查处，说明他们完全有可能形成同病相怜的共同犯罪心理。第三，两人都曾经扬言要报复林业局，说明他们都具有报复林业局的犯罪意愿。第四，两个素不相识的人突然之间有了联系，并且通话的时间段十分诡秘，说明他们极有可能在秘密地策划或者实施某种见不得阳光的事。”

韩珂玉的汇报，就像一缕春风拂过，给死气沉沉的专案指挥部里，带来了一丝凉爽和舒畅。

十多天来，案件侦查毫无进展，大家心里都十分焦虑、憋闷和烦躁。这下好了，调查工作总算有点眉目了，大家感到异常兴奋，脸上纷纷露出了笑容。有几个年青干警摩拳擦掌，决心要亲手将易德贵和王新泽抓捕归案。

文斌听完汇报后一言不发。他认真地看了一眼眉清目秀、英俊洒脱的韩珂玉，然后昂起头，手抱胸，双眼盯着天花板，默默地抽着烟。脸上毫无表情。

一支烟抽完，文斌把烟头往烟灰缸里一丢，习惯性地咳嗽了两声，把大家的注意力吸引过来："虽然珂玉同志的分析有一定的道理，但是，就目前情况来看，顶多只能说易德贵和王新泽有一些模糊的作案因果关系，其作案动机并不明确。另外，还有两个关键性的问题没有解决，那就是他们是否具有"7・08"案件的作案时间和作案工具？"

听到文斌这样说，大家便都陷入了沉思。会议室的气氛又逐渐凝重起来了。

王强扫视了一圈会场，见大家都不作声，便站起来说："从案发现场的情况来看，中心现场紧挨着大街，交通十分便利，车流和人流相当复杂。如果罪犯选择在运动中作案的话，完全能做到时间短、行动快，不易被人发现。加上周围的监控探头又都坏了，所以，我们现在很难从外围核查嫌疑人的作案时间。"

"那么作案工具呢？作案工具可是很特别的东西，如果少了它，那我们真是老鼠跌进砻糠囤——空欢喜了。"郭弘说。

"你们所说的作案工具，应当是指亚硝酸盐。前一阶段，我们围绕这个方面做过调查，但没有实质性的进展。"辛丹青解释道。

"既然通过外围调查难以查清，那就不如直接传唤易德贵和王新泽。我想，通过审讯，也许能解决这两个关键性的问题。"王强说完，坐了下来。

大家都望着文斌，等待他来拍板。

文斌又点上一支烟，吸了一大口，缓缓吐出几个大小不一的烟圈，然后朝着吴良义说："吴队副，你的意见呢？"

吴良义挠了挠右耳垂，沙哑着声音说："大凡侦查破案，最忌讳的就是情绪急躁。因为一急，就会乱了阵脚；一躁，便会影响规范执法。越是到了关键的时刻，越要保持头脑冷静，思路清晰。"

文斌看了一眼大家，接着说："易德贵和王新泽虽然具有作案的可能性，但就目前掌握的情况来看，顶多只能算是一般嫌疑，还算不上重大嫌疑。如果我们现在就把所有的‘宝’都押在这两个人身上，而忽视了其他方面的工作，风险势必太大。一旦这条线索被否定，那我们的侦查工作又将重新陷入极其被动的局面。”

“那下一步我们该怎么办？”韩珂玉朝前倾了倾身体问。

“我看这样吧，这条线索继续由珂玉这个小组去核查，其他小组的同志，还是按照原来安排的任务继续开展工作。”说完，文斌果断地挥了挥手“开工！”

“既然两条鱼游到一块了，那就干脆一网捞吧。”韩珂玉不仅下定了决心，而且做好了审讯易德贵和王新泽的充分准备。

韩珂玉把调查组分成三个小组，其中两个组负责同时分别传唤易德贵和王新泽，另一个组负责检查与这两个人有关联的一切场所。

面对侦查人员的讯问，易德贵和王新泽都显得异常紧张，惊恐表情特征十分明显。

韩珂玉采用含沙射影的提问方式询问王新泽。

“我不管你有什么理由，也不管你出于什么目的，你都应该把和易德贵之间的关系、合伙所做的事情说清楚？”

“唉！既然你们都知道了，那我也就没有什么好隐瞒的了。可我的确是因为生活所迫呀！”王新泽叹了一口气，垂头丧气地说。

“难道说你干坏事还有道理了？”

“我一个下岗工人，找不到事做，又没有其他的生活来源，总也要活命啦……”

“你先把自己做的事情说清楚了，然后再去谈你的理由吧？”见王新泽有些答非所问，韩珂玉紧追不放。

王新泽向审讯人员要了一支烟，一边抽着烟，一边讲述着他和易德贵合伙做的那些见不得人的事情。

王新泽和易德贵是在看守所里认识的。相同的经历，促使他们结成一对难兄难弟。从看守所出来后，两人之间便有了频繁的交往。由于都具有共同的偷盗心理基础，两人很快便结成了专门盗窃摩托车的同伙。一年来，他俩先后流窜 11 个县、市，疯狂作案一百多次，盗窃摩托车、电动车一百八十余辆，价值数十万元。并且盗、销一条龙，专业化、职业化犯罪特点非常突出。

当问到有关林业局食堂中毒事件时，王新泽和易德贵均表示不知情。据他们说，刚被林业公安查处时，心里确实不服，总认为不就是挖了一棵树砍了几根枝而已，怎么就要判刑呢？后来在看守所刑拘期间，经过管教干部的耐心教育、启发和帮助，才逐步认识到了自己行为的违法性，应当受到法律审判。错在自己，不在林业局。所以，从看守所出来后，那种仇恨报复的心理就慢慢地淡化了。再加上后来密谋共同盗窃摩托车，每天忙于踩点、作案、运输、销赃，任务也十分繁重，于是，也就没有时间和精力去考虑过去的恩怨宿仇了。

韩珂玉一方面要求王新泽和易德贵交代清楚 7 月 8 日的活动情况，另一方面，组织侦查人员对他们所交代的盗窃摩托车案件进行梳理和核查。

根据两人的供述和受害人的陈述，结合封城监控卡口、班车上的监控等电子数据，证明 7 月 8 日凌晨 3 时，王新泽和易德贵在 30 公里以外的邻县盗窃了两辆摩托车，得手后一人骑一辆，连夜骑了几十公里，进行异地销赃，直到下午 4 时才乘班车回到宁溪。由此说来，王新泽和易德贵并不具备林业局食堂投毒案件的作案时间。同时，在这两人的家里，除了搜查到了一些用于盗窃摩托车、电动车的作案工具外，并未发现亚硝酸盐物质。可见，这两人与“7・08”中毒案件并没有什么关系。

按照冯江和文斌的指示，韩珂玉把王新泽、易德贵系列盗窃摩托车、电动车案件，移交给了“三打击一整治”专项行动队，由他们继续侦办。

十五　三个嫌疑人

按照冯江局长和文斌大队长制定的侦查方向及工作安排，辛丹青组负责围绕社会高危人员开展甄别排查。目的是要查明所列管的社会高危人员是否有因对社会不满，为了发泄私愤、报复社会，流窜到林业局食堂投毒作案的可能性。

经了解，全县列管了社会高危人员 3 人，这 3 人分别是包细妹、高秋水、胡勇兵。

这三人之所以会被列入高危人员进行管控，都是因为他们不合理的个人诉求没有得到满足，从而怪罪他人、仇恨社会，多次扬言要报复他人、报复社会，经常无理上访，纠缠闹事。政府在他们身上花了不少的精力和财力，光去北京接他们就不知道有多少趟了。

对这种特殊对象的调查，辛丹青深感困难重重。这种对象往往表现为心理异常、性格孤僻、性情暴躁、思维逻辑紊乱，不讲道理或认死理。调查工作很难从正面突破，只能从外围着手。

辛丹青从有关部门调取了这三个人的工作档案，逐个进行了分析和研判。

第一个列管的重点对象叫包细妹，女，60 岁，住罗岸乡黎明村。

年轻的时候，包细妹也算得上是一个精悍强健的农村好劳动力，丈夫去世后，她一个人操持一个家，把家里打理得妥妥帖帖、有模有样。自从孙子出意外后，她就像变了个人似的。变得狂躁不安、夜不能寐，变得面目狰狞、肌瘦如柴，变得偏激固执、不可理喻。

话还得从几年前说起。一天，由于鼠患十分严重，邻居罗来财就在自己家里安装了电网，用于捕杀老鼠。碰巧的是，包细妹 5 岁的孙子与邻居家的女儿玩躲猫猫游戏，不知怎么的，孙子就跑到邻居家去了，不小心触电身亡。为此，法院以过失杀人罪判处罗来财有期徒刑 5 年。包细妹不服，认为法院执法不公，没有判罗来财死刑并立即执行，因此下定决心要与政府“斗争”到底，发誓说：“凶手一日不枪毙，‘战斗’一日不停止”，拦车、堵门、耍无赖，无所不做；缠访、闹访、进京访，样样俱全。一次，她拎着一桶汽油跑到县政府门口，扬言要自焚，被公安机关治安拘留了 5 天。从拘留所出来后，包细妹变本加厉，在原来控告法院执法不公的基础上，又加上一条“公安机关执法犯法、草菅人命”，要求国家赔偿。表现出典型的妄想性偏执心理，具有明显的个人极端暴力犯罪倾向。

包细妹的档案显示，自从孙子触电身亡后，儿媳妇林小芳由于过度悲伤，竟也离家出走，不知去向了。母子俩在同时失去两个亲人的打击下，精神压力太大，开始变得性情恍惚，思维错乱，出现了轻度的心理异变和精神障碍。

这种人认死理，完全接纳不了别人的意见。如果你是带着同情的心态给她做工作，她便认为你是好人，是她心中的上帝，从此每天纠缠不休，非把你整出个精神病来不可；如果你是带着批评的心态给她做工作，她便认为你是坏人，是她心里的魔鬼，从此后每天叫骂不停，非给你造出个恶魔形象来不可。辛丹青深知跟这种特殊对象打交道的难度和风险。不仅无法和他们交谈、沟通，弄不好还会惹祸上身。这不，宁溪县公、检、法、司和信访部门的头头脑脑，几乎被她告了个遍。

解铃还须系铃人。造成包细妹精神障碍的原因是失去了孙子和儿媳妇两个亲人。孙子已经死了，死人是不能复生的，但如果能够帮她把儿媳妇找回来，动员儿媳妇帮她再生个孙子，也许就找到了解决问题的症结。症结找到了，问题解决了，这调查工作不就有着落了吗？维稳工作中的风险也就能彻底化解了。

辛丹青心里打定主意，便开始着手为包细妹寻找失踪多年的儿媳妇。

为了获取到林小芳的蛛丝马迹，辛丹青果断地采取了4个方面的工作措施：一是安排人去找林小芳的母亲提取血样，做DNA检测后，录入失踪人员信息库进行比对；二是启动“疑似被侵害失踪人员”的调查程序，进行立案侦查；三是在重点区域开展人像比对工作；四是通过微信公众号向特定的区域发布协查函和寻人启事。

协查函和寻人启事发出后，很快就有了消息，广东警方发来公函，在广东的一家制鞋厂找到了一个叫林小芳的打工妹，通过DNA检验比对，确定这个林小芳正是专案组要找的人。

辛丹青连夜赶赴广东。

辛丹青给林小芳做了一番耐心细致的劝说工作后，终于将她接回了家。

包细妹见到林小芳时，激动得老泪纵横。当得知儿媳妇不再外出，准备为她再生个孙子时，老太婆因惊喜过度，竟差点儿没背过气去。待缓过气来，包细妹紧紧地拉着辛丹青的手，一边抹着混浊的泪水，一边不停地说：“恩人啊……恩人啊！”

接下来的调查工作就容易多了，包细妹把自己的所作所为，向辛丹青来了个“竹筒子倒豆子”，交代得一干二净。

据包细妹交代，黎明村和周边村庄先后发生的十多起耕牛猝死案，全是她干的，是她用老鼠药毒死的，目的是发泄私愤、报复社会。她诚恳地表示愿意接受法律惩罚。至于林业局食堂发生的中毒案件，她说她完全不知道，也不知道亚硝酸盐究竟是何物。

结合其他方面的调查，可以排除包细妹“7·08”投毒案件的作案嫌疑。

第二个列管的重点对象叫高秋水，男，58岁，住河东路179号。是一名退伍老兵，原是国有企业橡胶厂的工人，后因企业改制而下岗。

高秋水下岗后，不思进取，每天游手好闲，酗酒闹事，导致家庭破裂，妻离子散。为此，他把一切都归咎于企业改制，怪罪于政府。从此后便开始上访。有关部门按照国家政策，为他解决了低保、社保等问题，又组织有关部门对其进行精准扶贫。但高秋水属于典型的那种“端起碗来吃肉，放下碗便骂娘”的小人，贪婪之心永远都不满足，得寸进尺，无理取闹，曾多次扬言要报复社会。甚至携带用砖块做的假炸药包，跑到县政府去恐吓、威胁工作人员，要求政府无条件地满足其提出的无理诉求。

据调查，高秋水近期在政府的精准扶贫帮助下，已于今年5月份在郊区办起了一个养鸡场。同时，有关部门还通过他的老战友，对他进行耐心细致的劝说和帮教。高秋水的思想和情绪有了很大的转变。

工夫不负有心人。在党和政府的深切关怀和真诚感召下，终于有一天，高秋水一头扎进了“鸡窝”里，从此后再也不出来了。他每天吃住在养鸡场，一门心思地扑在那些小鸡崽上，再也没有工夫去搞串联上访了。

高秋水虽然有仇恨社会的心理，也曾经说过要报复他人、报复社会的过激言论，但在党和政府的扶贫政策感召下，其思想已经发生了根本性的变化，已经转变成为一个自食其力的真正的劳动者了。

经进一步核查，高秋水与“7·08”中毒案件也没有任何关联。

第三个列管重点对象叫胡勇兵，男，46岁，住永乐街办苍前大道55号，无固定职业。

几年前，胡勇兵在沿海地区帮别人开货车，因交通肇事罪被判处有期徒刑一年，并赔偿死者家属30万元。胡勇兵不服，向中级人民法院提起上诉。在中院维持一审判决后，他又向省高级人民法院提出申诉。省高院经过审核后，驳回了他的申诉。从此后，胡勇兵性格大变，变得异常的偏执与冲动，多次说要开车到人群密集的地方去撞人，多次扬言要实施极端暴力犯罪行为。

别看胡勇兵脾气暴躁、品性恶劣，但却是一个“外面成狗熊，屋檐充霸王”的角色。明明他的交通事故和官司都发生沿海地区，可他从来不敢在那里放肆，偏偏要回到千里之外的老家来闹事。

在申诉被省高级人民法院驳回后，胡勇兵不服，就回到老家，开始无理上访闹事。今天找县委书记，明天找县长，后天找街办主任，一天都没得消停。为此，宁溪县政法委多次召开协调会，但都因为胡勇兵提出的无理要求过于苛刻，而无法达成处理效果。胡勇兵提出：政府要帮他购买一辆货运车，还要帮他办好运输手续，帮他补办好被吊销的驾驶证，另外还要补偿他60万元现金。这样的要求谁能满足？不说这笔购车款和补偿款县政府难以承担，单这因为犯罪而被吊销的驾驶证的补办，就恐怕谁也做不到。因为那可是犯法的事呀。可胡勇兵却不这么认为。他认为政府官员不作为，故意刁难他，故意拖着不办。于是，心里的怨愤不断加重，对社会的仇恨不断加深，终于酿成了一场灾难。

7月8日早晨，也就是林业局食堂发生中毒事件的那天，胡勇兵从高全市的一家租车行租赁了一辆越野型汽车，窜到宁溪县城的一个学校门口。当时正值学生上学高峰期。见有许多小学生或骑自行车或徒步上学，他便加大油门，快速地撞过去。造成5人当场死亡，十多人受伤。直到所驾驶的车辆被一辆自行车卡住轮毂而侧翻在地。他自己也被卡在驾驶室里出不来，后被赶来的交警当场逮住。

辛丹青调阅了胡勇兵的案件卷宗，发现胡勇兵在学校门口作案的时间是早上7点多钟，并且案发后就被交警控制起来了。这个时间，与林业局食堂中毒事件的发案时间是没有交叉和关联的。

由此看来，胡勇兵也不具有“7·08”投毒案件的作案时间，应当排除其作案嫌疑。

经过调查，三个列入管控的重点对象的嫌疑，很快就被排除了。

在调查过程中，林业局局长王海峰向辛丹青反映了一条重要线索。

据王海峰反映，原红山林场的护林员李保定，因精神病发作，暴力倾向十分严重，经常肇事肇祸。被他伤害过的男男女女、老老少少不在少数。几年前，林业局曾出钱把他送到精神病医院治疗，病情有所好转。出院后，就再也没有去上班了，长期在家休养。目前也不知道他在干些什么，估计是处于失控或失管状态。

说心里话，辛丹青根本就不认为“7・08”投毒案，会是一个具有暴力倾向的精神病患者所为。但出于慎重考虑，她还是决定对李保定的基本情况作一番调查，围绕他做一些实质性的排查工作。

李保定，男，45 岁，老光棍，家里只有一个七十多岁的老母亲。

李保定之所以会成为老单身汉，一是因为家境不好，比较贫寒，没有哪个姑娘看得上；二是因为家族中有精神病遗传史，没有哪个姑娘敢进他家的门。李保定的父亲在很多年前，就是因为精神病发作，误把一头野猪当成家禽进行追赶，结果被野猪一头拱下山崖，一命呜呼了。

为了探个究竟，7 月 26 日傍晚，辛丹青估摸着李保定应当正在家里吃晚饭，便带领调查组的同志前往寻找，进行实地调查，准备正面接触。

李保定的家位于红山林场的一个山坳里，是一栋独立的老式平房。房子不大，也很破旧。青砖墙壁上布满了苔藓，灰色屋顶上长满了枯草，一派荒凉破败景象。

为了不打草惊蛇，以达到出奇制胜的效果，辛丹青故意将车停在两公里以外的地方，带领侦查人员徒步潜行，悄悄靠近李保定的家。

朦胧的暮色中，李保定的房子既没有灯火，也没有人烟。远远看去，活脱脱像是一座孤坟野茔一般，荒凉诡异，毫无生气。

辛丹青和陈亮、严松悄无声息地来到屋前，发现房门紧闭，屋里一片漆黑。一股类似于腐败动物尸体发出的恶臭气味，从破烂的窗户口飘散出来，使人闻之作呕。

辛丹青要陈亮上前敲门。

“咚咚咚。有人吗？”陈亮一边敲门一边问。

屋里没人回答，却传出三声“嚓！嚓！嚓！”的声音。

这声音听上去，就好像是有人在用刀斫砍动物的骨头。响声过后，便又陷入了一片静寂。

太奇怪了！辛丹青示意陈亮继续敲门。

“咚咚咚。有人吗？”

敲门声响过后，屋里又传出几声“嚓！嚓！嚓！”的斫砍声，但还是无人应答。

辛丹青大叫一声“不好”，便飞起一脚将门踹开。

在三支强光警用电筒照射下，一幅血腥恐怖的画面出现在眼前。一具老妇人的腐败尸体被砍成了几大块，零乱地丢在地上。一颗满头白发的头颅被搁置在宗族牌位下的神龛上。一个蓬头垢面、双眼无神的中年男子正蹲在地上，左手拿着一条人腿，右手握着一把菜刀，看样子正在用菜刀斫砍那条人腿。

看到这个场面，侦查人员迅即全明白了：李保定竟然把自己的母亲给杀害了，而且还正在肢解尸体。

趁着李保定在强光照射下的短暂发愣之机，辛丹青朝着他的下巴狠狠一脚踢过去，将他踢翻在地。陈亮冲上去用脚踩住他的右手手腕，飞快地将菜刀夺下来。严松掏出手铐迅速将他铐上。3 个人就像是平时演练过一般，配合得非常默契，动作一气呵成。整个抓捕过程不到 5 秒钟就完成了。

文斌和郭弘闻讯赶了过来，对杀人分尸现场进行了勘查。

这是一栋两室一厅的平房。中间是大厅，左右各有一间房。

大厅左边的房间，是老太婆的卧室，右边的是李保定的卧室。

李保定的卧室里有一张老式木床和一张小方桌。床上的物品还算整齐。方桌上有一本软皮笔记本，旁边有一支圆珠笔和四瓶绘画颜料，分别是红、黄、蓝、黑四种颜色。黑色的是墨汁。在其中的一瓶颜料中，插了一支毛笔。

笔记本上写了很多不连贯的话语。文斌仔细研究后，确定都是李保定从《圣经》上摘抄下来的，都是基督关于生与死的观点论述。

在床铺的对面墙上，贴了一张未画完的画。说是画，实际上就是李保定自己的随意涂鸦。

画面大致分为上、中、下三层。上面一层，以橙色为底，用绿色画了一些不规则的植物，用红色画了一个不规则的圆圈，旁边是一个身披紫色斗篷的老头。中间一层以黄色打底，里面有几个黑色的人物。下面一层以黑色打底，里面有几个黄色的人物。

陈亮对着画看了半天，也看不懂什么意思，便问："丹姐，你说这幅画画的是啥意思呀？我一点也没看懂。"

"你看不懂就对了。如果你看得懂，那说明你也有精神障碍了。"辛丹青回答道。

"我看未必。"文斌接过话来说，"虽然精神障碍者往往表现为思维逻辑紊乱，但他们毕竟还是有自己的思维。况且这种病情的发作，往往不是瞬间爆发，而是有一个逐步恶化的过程。所以他们的言行，有时候是能够体现出他们的思维的，只不过那不是我们正常人的思维而已。"

"我不相信一个有精神障碍的人，能画出什么寓意明确的东西来。"辛丹青说。郭弘和陈亮也都点头表示赞同。

"不见得。"韩珂玉不知什么时候也赶来了，他迅速扫了一眼桌子上的绘画颜料，又看了看墙壁上的画，接着说，"你们看，桌上只有红、黄、蓝、黑四种颜色的绘画颜料，但这幅画里面却出现了橙色、紫色和绿色，这说明李保定在制作这幅画时，知道用红色和黄色颜料调配出橙色，用黄色和蓝色颜料调配出绿色，用红色和蓝色颜料调配出紫色。你们认为一个对颜色调配如此清晰、准确的人，所画的画会没有一点寓意吗？"

"那你说这幅画表达了什么意思呢？"辛丹青问。

"究竟表达了什么意思我现在还说不上，但我想只要结合其他方面的因素来综合判断，是一定能找出它的寓意的。"韩珂玉一边说一边思考着。

"珂玉说得对。其实很简单，只要结合这本笔记本的内容来分析，就不难读懂这幅画的寓意了。”说完，文斌扬了扬手里的笔记本。

陈亮戴上手套，接过笔记本翻了翻，还是茫然地摇了摇头。

辛丹青拿过笔记本，随手一翻，便看到一句“肉体的死亡是度灵魂的复活。”

“这好像写的是宗教方面的东西吧？这与这幅画能有什么关联呢？”辛丹青像是在自言自语地说。

“对啰，你很聪明，知道这是宗教的语言。我再提醒你一下，这句话是基督教《圣经》中的话。明白吗？”文斌提醒道。

辛丹青又回头看了看画，突然眼睛一亮，说：“哦，我明白了。这幅画分为上、中、下三层、上面这层是指天堂，红色的圆圈是太阳，这个身披紫色斗篷的老头是上帝；中间这层是指人世间，这几个小黑人应当是指潜藏在人间的罪人，是要受到上帝审判的人，下面这层是指阴间，这几个小黄人应当是指想要复活的灵魂。”

“完全正确！”文斌竖起了大拇指，脸上露出了赞许的表情。

辛丹青有些不好意思地说：“队长，你别夸我了，没有你的提醒，我哪里想得到。”

“喂，还有我的功劳吧？”韩珂玉在旁边说。

“你呀，你就别凑热闹了噻，哪凉快哪待着去。”说这话时，辛丹青快速地瞄了韩珂玉一眼，眼神里充满了娇嗔之意。

“是！我一定找一个既凉快又惬意的地方，耐心地恭候师妹大驾！”说完，韩珂玉“哈哈哈”地大笑起来。

“喂！喂！你们先别乐，我有话要说。‘铁血丹青’，刚才你说什么来着，你对陈亮说：如果你看得懂，那说明你也有精神障碍了。陈亮，她是这么说的吧？”郭弘在旁边不怀好意地笑着说。

“唉，我说郭大秀才，你是在骂我呢，还是在骂队长呀？”辛丹青故意大声地说。

“哦，对不起，算我什么都没说。”郭弘轻轻地拍了拍自己的嘴巴，然后快速地扫了一眼文斌，见文斌低着头正往屋外走，便伸出拳头对着辛丹青龇牙咧嘴地说：“你这个死丫头，等着瞧，看我如何治你。”

辛丹青也伸出拳头，将大拇指朝下，然后朝郭弘撇了撇嘴，轻快地朝着文斌和韩珂玉的背影追去。

根据杀人现场的情况来分析，患有精神病的李保定应当具有双重或多重性格。他正在用母亲的头颅和尸块，布置其潜意识中的宗教祭奠仪式。

虽然，李保定具有很强的暴力倾向，并且把自己的生身母亲给杀害了，但是，像投毒杀人这种有预谋的案件，显然不会是他这种特质类型的人员所为。

果不其然，经过进一步核查，李保定的嫌疑很快就被排除了。

按照冯江局长和文斌大队长所定的四个方面的工作重点，至此，已基本上核查完毕。但是，案件侦查依然毫无进展。

侦破工作又一次陷入僵局。

十六 师傅

案情分析讨论会一直开到凌晨 3 点，到最后也没有研究出个所以然来。

文斌望着战友们一张张疲惫不堪的脸，心里感到焦虑与辛酸。但作为一个指挥员，这个时候是绝对不能在战友们面前流露出任何不良情绪的，否则，他的不良情绪将会迅速传导给大家，不仅会动摇大家的破案决心和信心，而且还会严重影响到大家的思维逻辑和工作作风。

文斌调整好心态，对大家说："依我看啦，虽然案情还没有查清，但我们前一阶段的工作还是有成效的。我们排除了很多可疑的线索，甄别了很多有嫌疑的人员，至少为我们后期的调查减少了许多工作量。我知道大家都已经很疲惫了，今天的会议就暂时开到这里吧。请大家回去后好好休息，养足精神，确保以饱满的热情和良好的精神面貌，投入到明天的调查工作中去。"

离开会议室，文斌的心依然是沉甸甸的，只觉得眼前一片迷茫，情绪也异常低落。他迈着沉重的脚步，漫无目的地在大街上走着。

走着走着，不知不觉间，文斌就来到了"7·08"中毒案件现场附近，一屁股跌坐在宁溪河边绿化带里的休闲长椅上。

从凌晨到黎明，又从黎明到天亮，文斌就这样静静地坐着，一支接一支地吸着烟。

早晨的宁溪河畔，虽然清静，但空气仍然有些闷热。长长的河道上，笼罩着一片浓浓的雾霭，看上去，就像是掩隐在一方巨大而又神秘的面纱里，叫人厘不清、看不透。

文斌已经坐了两个多小时。他一边吸着烟，一边思索着“7·08”中毒案件的每一个细节。眼看地上的烟头都快堆成小山了，可他脑海里依然还是一片空白，毫无头绪。

文斌不是瘾君子，但他有一个很不好的习惯，那就是一旦遇到难题，特别是疑难问题时，总是一边思考，一边不停地吸烟。

离案发时间已经过去了近二十天，破案的“黄金时段”早已消逝，可是，案件侦破工作还是毫无进展。案情就像眼前的迷雾一般，看不清，猜不透。文斌感到了前所未有的压力，心里无比烦躁。

“问题究竟出在哪儿呢？该想的都想到了，该做的也都做了，怎么就会找不到突破口呢？从表面上看，似乎很多人都有作案动机，可是认真核查起来，又好像谁都不具有作案动机。接下来该怎么办？我可是在冯局长面前拍了胸脯、立下了军令状的啊！这下可好，案子破不了，我怎么交差？我这不是要自己打自己的嘴巴了吗？”

文斌越想越懊恼，后悔当初不该在冯江局长面前拍胸脯表决心。

苦恼与焦虑之中，文斌突然想到了师傅林云涛。

林云涛是市公安局刑警支队支队长，以前当过文斌的大队长。

按规定，死了两个人的案件，不要说支队长要到场，就是市局分管刑侦工作的副局长也应当亲自到场的。但由于案件刚发生时，宁溪县委、县政府的主要领导担心会由此带来社会舆论炒作，于是要求在案情没有查明之前，对外宣传统一口径，将中毒事件归类于食物中毒和意外事故。这样一来，市局层面就无法掌握到确切的情况了。所以，市局也就没有启动“命案侦破分级管理机制”。

文斌硬着头皮给林云涛打了电话，坦诚地说了自己对案件性质的真实看法。林云涛并没有责怪文斌。因为他心里非常清楚，一个刑警大队长，级别太低，在基层办案中，除了对案件侦查具有指挥权外，几乎是不具有对外宣传的话语权的。

两个小时后，林云涛赶到了宁溪县。

林云涛 52 岁，穿一件茶绿色 T 恤短袖衫和浅黑色牛仔裤。他中等身材，长着一张轮廓分明的脸。一双和蔼可亲的眼睛里，目光慈祥而又敏锐。说话温文尔雅、不急不躁，行动决断果敢、雷厉风行。有句话叫作“静若处子，动若脱兔”。把这句话用在他身上，最合适不过了。

林云涛对现场勘查报告、尸体和其他物证检验鉴定报告以及调查卷宗材料进行了审核，认为前期所判定的中毒原因是正确的，办案程序方面也没有什么明显的瑕疵，调查工作方面也没有发现什么漏洞。事实上，专案组的前期工作给林云涛的印象是：思路清晰、考虑周全、行动迅速、作风踏实。无论是指挥调度、侦查实践，还是现场勘查、技术检验，都是无可挑剔的。

林云涛和冯江亲自召集专案组全体同志开会，重新讨论研究案情。

会上，各路人马纷纷回顾了前一阶段所做的工作。林云涛一言不发，认真地倾听着大家的汇报，时不时地在笔记本上做些记录。大家汇报完后，文斌作了归纳性的发言。

“从接到中毒事件警情，我们就敏锐地预感到事情的复杂性。所以一开始介入案件，我们在全力甄别意外食物中毒的可能性的同时，就紧紧地抓住了投毒杀人的这个假定性质开展调查工作。”文斌给林云涛点上一支烟，自己也点上并使劲地吸了几口，“按照办理投毒杀人案件的常规，我们既考虑了杀人的因果关系和作案动机，也考虑了投毒的因果关系和作案动机，甚至还考虑到了局外的牵连性的因果关系和作案动机。我们围绕四个方面开展了调查工作：一是围绕死伤人员与他人的矛盾纠纷进行排查，重点是围绕炊事员张福顺开展调查；二是围绕案发当天没有到食堂吃中饭的员工开展调查；三是围绕林业局与外部人员的矛盾纠纷开展调查；四是围绕重点人员开展排查。但是，所有的工作做完后，并没有发现重点嫌疑对象。到目前为止，案件侦破工作毫无进展。”文斌习惯性掏出一支烟叼在嘴里，用前一支尚未熄灭的烟蒂把火对接上，然后将烟蒂在玻璃烟灰缸里捻灭后才坐下来。

吴良义站起来补充说：“客观地说，前一阶段的工作并不是毫无意义的，我认为还是有些成效的。至少有6个方面的成效。第一，查明了导致中毒的物质是亚硝酸盐。第二，查明了不是食材和佐料从外面进来时，将亚硝酸盐带到案发现场的，从而否定了食物意外中毒的性质。第三，查明了亚硝酸盐是在案发现场突然出现的，从而可以确定这是人为的投毒案件。第四，基本上排除了社会重点人员的作案嫌疑。第五，基本上排除了外部人员因与林业局之间有矛盾纠纷而作案的可能性。第六，在调查本案过程中，带破了一大批其他刑事案件，抓获了几名重大犯罪嫌疑人。特别是辛丹青这个组，制服了正在杀人分尸的罪犯李保定……”

“可不管怎么说，案件到现在还没有破，这是不可否定的事实嘛！”文斌打断了吴良义的话。脸上露出了苦涩和尴尬的表情。

“对内部人员的排查方面，情况如何？这个才是工作的重点呢！”冯江提醒文斌说。

“我们也重点考虑了这方面的工作。可是，我们采用了铺地毯式的排查方式，费了九牛二虎之力对内部开展排查，不但没有找到重点嫌疑对象，就连相关联的蛛丝马迹都没有发现。”文斌苦笑着说。

“对炊事员张福顺的调查情况如何？”林云涛问。

“我们曾经一度怀疑问题就出在张福顺身上，毕竟他的身份很特别。从中毒现场情况来看，无论是意外食物中毒还是过失投毒，无论是故意杀人还是自杀，张福顺实施起来都是最方便、最有条件的。但是，经过调查，我们既没有发现他制造食物中毒方面的线索，也没有发现他有明显的杀人动机或自杀动机。当然，我们目前也没有足够的证据来排除他。由于张福顺在中毒事件中已经身亡，对他身上的一些疑点就只能听他妻子的一面之词了，无法进行深入核查。因此，张福顺的问题至今还没有彻底解决。”文斌介绍道。

“我曾经提出了一个观点，认为有可能是张福顺在烧饭做菜过程中，无意识地将毒物混合到了饭菜中，导致员工们吃后中毒。张福顺发现后，迫于心理上的压力，不得不服毒自杀。但这个观点也没有得到查证。”冯江补充道。

“你们对案件的性质是怎么看的？”林云涛启发性地提问。

“说实话，这也正是我们感到最困惑的地方。我个人认为故意投毒杀人的可能性更大，但也有同志存在不同的意见。如在张福顺的问题上，大家认为几种可能性都存在。”文斌实话实说。

“从侦查实践来看，大凡案件性质不能确定，往往是因为对案件现场没有吃透，不能客观、真实地重建现场。因此，我建议对案发现场作进一步勘查。”林云涛提议道。

听到林云涛说要重新勘查现场，郭弘站起来说：“林支队你刚来，有些情况你可能还不是很清楚。这个现场很特殊，张福顺在毒性发作前，对现场进行了全面的清洗，使现场遭到了彻底的破坏。如果要复勘现场，我担心会是月亮底下晒被子——白搭，断定不会有什么收获的。”

“从理论上来说，只要是犯罪案件现场，就一定会留有与犯罪相关联的痕迹物证，即使是遭到了破坏，也会有新的痕迹物证在现场形成。这就是‘物质不灭定理’和‘作用力与反作用力原理’。”林云涛强调说。

文斌看了看冯江，见他点了头，便说：“那好，我马上组织人员对现场进行复勘。”

“不用。这次是复勘现场，用不着太多的人参加，就你和郭弘陪我去就可以了。”林云涛对文斌说。

十七　再寻现场

林云涛和文斌带领技术人员重返案发现场，再一次对案件现场进行勘查。

封闭了二十多天的食堂大门，被缓缓地打开了。里面散发出一股发霉的油烟味。

看到有人进来，几只老鼠在灶台边上蹿下跳，忙不迭地逃窜。但有一群蟑螂，却表现得满不在乎，正三三两两地在餐桌上悠闲地散步……

根据郭弘介绍，现场的每一件家具，除了表面上蒙上了一层灰尘外，位置和形态基本上保持了原样。

林云涛站在前门口，扫视了一遍现场，选定了放置饭菜的案台作为重点勘查目标。

案台的材质为不锈钢，共分为两层，上一层是一整块留有 4 个圆洞的钢板平面，每一个圆洞上都搁置了一个不锈钢中号型盛菜盆。下一层是由若干根方型不锈钢钢管组合而成的平面。在该平面的两头，分别设置了两个固定热水瓶的钢丝架。很显然，上层是用来搁放烧好的菜和汤的，下层是用来放热水瓶以及一些闲置的锅碗瓢盆的。

文斌在旁边介绍道："案台上的这 4 个不锈钢盆子，就是案发当天用来装菜和汤的，其中靠大门口的那个就是装紫菜鸡蛋汤的。但中饭后，这些菜盆子都被炊事员张福顺清洗干净了。”

“热水瓶里面的水是什么情况？做了检验吗？”林云涛指着热水瓶问。

“我记得靠墙边的这两个热水瓶，当时水是装满的；靠外面的这两个，其中一瓶大约剩了一半的水，另一瓶只剩下了约三分之一的水。4个热水瓶里的水都提取了样品送去检验，但是，其结果恰似‘床底下点蚊香——没下文（蚊）’，均未检验出任何可疑物质。”郭弘一边用手比画一边回答。

“你们到达现场时，热水瓶里面水的温度如何？”林云涛一边思考一边问郭弘。

“噢，水的温度比较高。当时我打开热水瓶盖，用温度计测试了一下，发现4个热水瓶里面的水温都在80℃以上。”

“很好！你们对现场的勘查工作还是做得挺到位的。”林云涛赞赏地点了点头。

林云涛从郭弘手里接过强光勘查专用灯，朝厨房里面走去。

进入厨房，林云涛认真地巡查了一遍，尔后，蹲在厨房通往外面的下水道入口处，用勘查灯反复照射，仔细查看。很显然，厨房地面和下水道入口处都被冲洗得干干净净，找不到任何残留物质。

林云涛不甘心，总觉得还有什么地方被忽视了。他在判断出下水道的大致延伸方向后，便顺着它往外寻找。一路追踪，来到了后院的一个篮球场旁。

下水道在经过篮球场旁边时，可能是施工人员为了确保球场上的雨水排泄得更快，就在下水道上铺设了一种花格子式的预制水泥板。

看到这些花格子式预制水泥板，林云涛脸上露出了微笑。他招呼大家过来，把第一块水泥板撬开。

文斌向保洁员王荷花要来一把锄头，将第一块水泥板撬起来，结果发现下面淤积了一堆泥沙。这些泥沙是从篮球场上被雨水冲刷下来沉积而成的。

林云涛要郭弘将泥沙全部铲上来，进行仔细检查。

郭弘用镊子一点一点地翻动，仔细查看混合在泥沙中的物质。不过很遗憾，既没有发现紫菜残丝，也没有发现鸡蛋碎片，只找到一些被水浸泡过的生绿豆，还有一些辣椒籽、南瓜子、丝瓜籽和苦瓜籽。

文斌有些失望，准备动手把剩下的几块水泥板全部撬开来检查，但被林云涛阻止了，“不必了。能留住的物质，在第一堆泥沙处就会留住，不能留住的，后面的泥沙也未必就能留住。”

林云涛要郭弘把提取到的东西尽快送到理化实验室去检验，一有结果就立即报告。

林云涛又仔细检查了前门的铝合金玻璃门。他试了试弹簧的缩张力，只轻轻地一推，门就开了，一放手，门又自动回到关合的位置。门在开和关的过程中，只是发出了一点轻微的响声，完全不会引起旁人的注意。

经过测量，发现搁置菜盆的不锈钢案台，离前门只有 3 米 6。如果罪犯从前门进入食堂投毒的话，整个作案过程恐怕只需要几十秒钟就足以完成了。

厨房与吃饭的餐厅之间有一堵隔墙，中间只有一道过门相通。过门口靠墙有一把木椅子，文斌介绍说，每天开饭时，炊事员张福顺都会坐在这把椅子上，一边喝茶，一边看着大家用餐。

经过侦查实验，证实在厨房里烧饭做菜的张福顺，除非是有意识地探头向餐厅这边张望，否则的话，他根本就看不到不锈钢案台这边的情况。

林云涛和文斌又重点检查了与餐厅相通的小包厢。也就是张龙经常躲在里面看电视的地方。

小包厢大约二十平方米，装修比较简单，色调清新淡雅，布置简洁明快。进门右边靠墙，放了一张粉白色长沙发，沙发的对面墙上挂了一台超薄型电视机，中央摆放了一张 10 人席位的圆形餐桌，原木色。包厢的门为实木材质，无缝隙。经过反复试验后发现，如果房门在关闭的状态下，里面的人是很难察觉到餐厅里的一些轻微动静的。

由此看来，罪犯要潜入食堂里的不锈钢案台边投毒作案，如果选择的作案时机恰当的话，在厨房里做事的张福顺和在小包厢里看电视的张龙都是很难发现的，完全有条件做到神不知、鬼不觉。

中心现场勘查完后，林云涛又对现场外围进行了踏勘和走访。

食堂右边一墙之隔是竹木产品销售店，再往前就是松柏路与锦江大道交接处的“丁”字路口。食堂左边是3间门对大院内开的车库。紧挨林业局办公大楼的左边，是一片待开发的地块，经过该地块再往前，依次是民政局和环保局的办公大楼。

竹木销售店里摆放了各种竹、木材质的生活日用品，有各种各样的竹凉席和小巧玲珑的工艺品，还有各种各样的竹木家具。文斌介绍，这个销售店共有两个售货员，黄书琴和谢雨农。黄书琴是林业局的正式职工，也是销售店的负责人。谢雨农是临时工，是死者李湘妹的大女儿。

林云涛和文斌走进销售店，看到柜台边坐了一个女售货员，文斌介绍说是黄书琴。黄书琴看到他们进来赶紧搬来两把待卖的椅子，非常热情地请他们坐。林云涛环视了一下店内，便坐下来和黄书琴聊天。

“怎么店里就你一个人呀？”林云涛微笑着问。

“哦，本来是有两个人的，小谢因为她母亲去世了，在家里料理后事，所以没来上班。”

“谢雨农的母亲不是已经死了二十多天了吗，怎么还在料理后事？”文斌插进来问。

“具体什么情况我也不清楚。我猜想可能是因为谢雨农的母亲是吃了食堂里的饭菜中毒死的，与林业局或多或少有些瓜葛，所以她就赌气不来上班吧。”黄书琴有些谨慎地压低嗓音说，生怕被外面过路的人听到似的。

“她平时就是这样的一个人吗？”

“不是，她平时还是比较遵守工作纪律的。”

“那她是怎样一个人呢？”

“她这个人话语不多，遇事比较敏感，处理事情比较古板，灵活性要差一些。”

“比如呢？”

“比如在与顾客谈生意时，有时候喜欢认死理，不善于变通，使一些本来可以成功的交易最终黄掉了。”

“你是说她性格比较固执？”

“嗯，有一点吧。”

“请问你那天是在食堂吃的中饭吗？”

“是的，所以我也中毒了。”

“能谈谈那天的情况吗？”

“当然可以。记得那天是7月8日。那天谢雨农比我先来上班，我是9点钟左右来的。我到店里时，谢雨农已经把店里的卫生搞好了。那天上午店里也没有什么生意，好像就是有一对父子来店里问了一下餐桌的价格，嫌贵了，没买。上午11点半左右，我和谢雨农去餐厅吃饭。饭后，她回家去给她母亲送餐，我则回到店里继续上班。大约中午1点多钟，谢雨农回到店里。后来没过多久，我和谢雨农就开始头痛，呕吐。一会儿，就听到张美娟在食堂里大叫，说是张福顺得了急病，要送医院。再后来，我们就都被陆陆续续地拉到医院救治了。听医生说，我们是食物中毒。”

“你确定你们都是食物中毒吗？”

“是不是食物中毒我不知道，这只是听医生说的。不过，我们吃了中饭后都发了病这是事实，只不过病情有轻有重而已。有的到医院打了点滴就好了，回家了；有的则昏迷了好几个小时，差点没抢救过来。张福顺和谢雨农的母亲就为此丧生了。”

“你们的作息时间如何？”

“按规定是每天上午8点上班，中午在食堂免费用餐，不回家，下午5点半下班。”

“你在上班的过程中，发现过什么可疑的人或可疑的事吗？”

“可疑的人或可疑的事？没有发现。也没太注意。”

“食堂里发生过不正常的事吗？比如炊事员张福顺和管理员张美娟之间产生矛盾、发生争吵什么的。”

“没听说过。”

“张福顺是一个什么样的人？”

“他是一个做事很认真的人，特别看重自己的名声。如果听到有谁评论说他的饭菜烧得不好吃，他便会生气，发牢骚，说‘众口难调’之类的话。”

“张美娟呢，她又是怎样的一个人呢？”

“我们不在同一个科室，平时很少打交道，我对她不太了解。”

“哦，谢谢你！”

林云涛离开了竹木制品销售店，来到了大门口的门卫室。

门卫张老三看到文斌，笑呵呵地说：“哟呵！文队长来了，事情查得有些眉目了吧？”

“张老三，事情有没有眉目应当问你呀！你是门卫，大院内的安全不是由你负责吗？”

“哎哟！文队长，你可冤枉我了，我可是一个最讲原则的人啦！平时对进进出出的人，我把关把得很严的，从来没有放进过任何一个可疑的人。实话跟你说吧，牛皮不是吹的，大院内已经连续5年没有发生过偷盗案件了。为此，我还受到过县委政法委平安建设办的表彰呢。至于食堂里面的安全问题嘛，那就不属于我的职责范围了。”

“跟你开个玩笑呢。来，我给你介绍一下。”文斌指着林云涛对张老三说，“这位是我的顶头上司，市公安局刑警支队林支队长。”然后又指着张老三对林云涛说：“这位是门卫张老三。”

林云涛与张老三握了握手:“我有几个问题要向你了解,希望你能如实回答。”

“领导你问吧，我一定如实回答。”

“据调查人员说，他们勘查现场时，是从你那里拿的食堂钥匙。请问食堂的钥匙怎么会在你这里？”

“哦，是这样，那天食堂出事后，张龙开车把张美娟和张福顺送去医院。他们刚出大门不久，张美娟就打电话给我，说是刚才走得急，忘了锁食堂的门，要我帮助锁下门。于是我就到食堂里去，先把临街大门的卷闸门拉下来锁上，再从挂用餐人员登记簿的钉子上取下后门钥匙，将后门关上，用钥匙把门反锁上。所以钥匙就搁在我这里了。”

“你怎么知道钥匙挂在那钉子上？”

“是张美娟在电话里跟我说的。”

“你去食堂锁门时，看到过别人吗？”

“没有，食堂里面空无一人。”

“后来有谁来你这里拿过钥匙吗？”

“没有，一直到综治办的胡广平主任来找我，说是公安局的人要进食堂勘查现场。”

“你为什么没在食堂用餐？”

“我是因为年轻时没有管住自己的嘴，每天大吃大喝，以至于患上了糖尿病、脑梗死、高血压等病，医生不让我吃含有味精、脂肪油和口味重的菜，所以就没有到局里食堂用餐。平时都是由我老婆在家里烧好后送来。”

“你最近是否看到过什么可疑人员到食堂去？”

“办公大楼的大门是位于锦江大道和松柏路交接的拐角处，食堂大门位于锦江大道边，从我这里是看不到食堂大门的。除非是进大院走食堂后门，才要经过我这里。但从我这里经过的人基本上都是林业局的员工和家属，没有发现什么可疑的人。”

“7 月 8 日，也就是案发当天，张福顺来上班时有什么不对劲的地方吗？”

“唔——对，那天他是骑摩托车来的，跟往常差不多，看不出有什么不对劲的地方。”

“你觉得张福顺这个人怎么样？”

“我只知道他上下班非常准时，其他方面不清楚。我每天除了去倒开水，其他时间基本上不到食堂去。”

“7月8日你去食堂倒过开水吗？”

“去过。张福顺每天上班后，9点钟之前就会把水烧好。我每天都是9点左右去倒开水。”

“中途还会去倒开水吗？”

“不会。我用的是一只大号保温杯，一次可以装一斤半水，够喝一天的了。”

“你7月8日去食堂倒开水时，看到过其他人吗？”

“没有。当时只有张福顺在煮饭。”

“你还有什么要向我们反映的吗？”

“没有。”

“那谢谢你了！如果你想起什么需要向我们反映的，就及时与文队长联系。”

“好的。”

一看时间还早，林云涛便要文斌通知主办民警把调查材料和物证检验鉴定报告送到现场来，他决定结合现场勘查的情况，再仔细地研究有关材料。

十八　第二次分析会

林云涛和文斌回到专案指挥部时，已经是晚上 8 点多了。冯江局长和部分侦查人员还在会议室里等着他们。

“老哥，辛苦你啦！忙到现在还没有吃晚饭吧？”在非正式场合，冯江一贯称林云涛为老哥。

“嗯，还真没有。不过不要紧，早已经习惯了。”林云涛边说边在冯江旁边坐下来。

“我让辛丹青去炒几个菜来，我请客。”文斌从包里掏出 300 元钱交给站在旁边的韩珂玉，“珂玉，快去把丹青找来，你俩帮我到夜宵摊子去炒几个菜来。我们晚饭夜宵一块儿吃吧。”

“欸！我这个小师妹呀，也不知道跑到哪里去了，我一整天都没有看到她，打电话也关机。”韩珂玉虽然嘴里嘟囔着，但表情明显看得出对辛丹青的关爱和担心。他从文斌手上接过钱，忧心忡忡地往外走。

“且慢。你的小师妹呀，被我派到外地执行特殊任务去了。”说完，冯江瞄了一眼文斌，见他没有什么反应，便接着说，“我看这客呀，还是由我来请吧。”

冯江对着外面叫了一声：“罗科长，开饭了！”

听到冯江的召唤，警保科科长罗攸雅和派出所民警严松从车上搬来两个泡沫箱子。大家打开一看，里面装的是快餐盒饭。

冯江一边招呼大家吃饭，一边说："我知道大家忙得没时间吃晚饭，所以早就准备好了。"

吴良义边拿饭盒边开玩笑："局长，你下次请客能不能档次高一点喽？别每次都整快餐盒饭！"

文斌用筷子叉起一个饭团塞进口里，边咀嚼边说："谢谢局长！如果局长能再给我们整几瓶啤酒来，那就爽歪歪了。"

"想喝酒还不容易呀。如果你们把案子破了，我敢担保，冯局长一定会让你们喝个够。"林云涛故意用激将法说道。

"那是当然。案子破了，我私人请客，保证你们一醉方休，不醉不归。"冯江用手指轻轻敲着会议桌说。

冯江扫了一眼大家，不经意间，看到韩珂玉端着一个饭盒，眼望窗外，无心吃饭。便走过去拍了拍他的肩膀："突然少了一个跟你拌嘴的人，是不是有点不习惯呀？"

"没有，局长。"韩珂玉有点不好意思地笑了笑。

"我知道你是在担心她。放心吧，如果是有什么危险的任务，我会派你们两人一起去的。"说完，冯江又轻轻地拍了拍韩珂玉的肩膀，回到会议桌旁。

饭后，陈亮和严松协助罗攸雅快速把餐具收拾好，把会场打扫干净。

冯江招呼大家坐下来开会，开始讨论案情。

"林支队长，今天的现场复勘有什么重大发现吗？"冯江直截了当地问。

"现在还谈不上重大发现，不过……总归还是捕捉到了一些信息。这些信息看似不起眼，但足以解开我心中的一些谜团。"林云涛双手肘撑在桌面上，一边用手指轻轻揉着隐隐作痛的太阳穴，一边说。

"那就快给大家讲讲吧？"吴良义有些迫不及待。

在大家期待的目光中，林云涛站起来说："今天我参加了案发现场的复勘工作，也仔细审阅了前阶段的调查材料，昨天又听了大家的情况介绍。应该说，对整个案情有了一个全面系统的了解，也形成了一些个人的想法和观点。接下来，我就把个人的看法和观点拿来与大家进行交流。”

说完，林云涛离开座位，走到了一块靠墙的黑板旁，拿起粉笔，在黑板上一边书写，一边阐述着自己的观点。

林云涛先在黑板上写了“案件性质”四个字：“关于案件性质，大家认识不一，出现了各种不同的意见，但归纳起来大致有三种：一是认为张福顺无意地将亚硝酸盐混入到饭菜中，导致员工们吃了中毒；二是认为张福顺故意投毒，其目的可能是投毒杀人，也可能是自杀；三是认为其他人故意投毒。”林云涛点上一支烟，吸了一口，接着说，“我个人认为第三种可能性更大。理由很简单，经过大家的前期调查，证实了张福顺既不会马虎到犯这种原则性低级错误，又不具有故意杀人或自杀的动机。当然，在这里可能有人会问，我们也没有发现其他人有杀人或自杀的动机呀？我想，这是因为目前我们还没有确定嫌疑人的缘故吧，一旦确定了嫌疑人，只要定向深挖，准能找到其作案动机的。在这里我要提醒大家，侦查破案决不能固守一种思维模式一成不变，虽然更多的时候是通过作案动机去寻找嫌疑人，但有的时候也可以通过关联性来拟定嫌疑人，然后对其进行甄别，寻找其作案动机。”

见大家没有提出疑问，林云涛返身在黑板上写了“投毒点”三个字，然后说：“我要说的第二个问题就是投毒点。关于投毒点或者说毒物的载体，你们有谁能告诉我是哪儿吗？”

“从中毒的人数来看，我认为投毒点应当是在饭菜里。”王强摘下老花眼镜，很干脆地说。

“投毒点当然是在饭菜里。这一点是毋庸置疑的。但具体在什么饭菜里呢？”林云涛盯着王强继续问。

王强摇了摇头，表示不知道。林云涛又转向盯着文斌。文斌也摇了摇头。

林云涛抬起头望向大家，一本正经地说：“我今天仔细研究了前一阶段的调查材料，我认为投毒点是在汤里。也就是说，亚硝酸盐是投放在紫菜鸡蛋汤里面，员工们是喝了汤而中毒的。”

“啊！是真的吗？能这么肯定？”吴良义满脸疑惑地问。大家也都用惊奇、怀疑的目光看着林云涛。

“我知道大家不太理解，但等我把理由说清楚了，你们也就能够理解了。”

林云涛详细阐述了以下三个方面的理由。

第一，亚硝酸盐的形状是颗粒状或粉末状，跟食盐差不多。它的特性是易溶于水。而案发当天中午，林业局食堂共炒了三个菜一个汤，其中三个菜分别是清炒苦瓜、辣椒炒腊肉、红烧草鱼。张福顺是一个资深的老厨师，他当然知道做这三道菜基本上是不带汤水的，或者说只能带少量的汤汁。如果有人将亚硝酸盐投放在这三盆菜里面，少量的汤汁只能溶解少量的亚硝酸盐，而大量的粉末状亚硝酸盐则会集中在一块或被洒在菜的表面。试想一下，在那种公共的场所和公共的环境下，厨房里有厨师张福顺，小包厢里又有驾驶员张龙，有谁能做到从容不迫地用工具将亚硝酸盐搅拌均匀呢？更何况红烧草鱼还是不能搅拌的，一搅拌就都碎了，如果不搅拌均匀，又怎么能造成几乎所有的人都中毒呢？

第二，亚硝酸盐是一种不常见的有毒物质，平时一般人很难接触到。投毒人能想到使用这种物质来作案，那么事前一定对它的性能会有所了解。而只要稍作了解，就一定会知道亚硝酸盐的毒性和极易溶水性。当投毒人进入现场后，看到 3 盆只带汤汁的菜和一盆全是汤水的汤摆在一起时，潜意识里自然就会把汤当成首选的投毒点了。

第三，投毒杀人犯罪通常都是有预某的行为。现在我们假设林业局食堂投毒案中罪犯的行为是有预谋的，那么行为人在实施投毒行为前，不可能不考虑投毒点的选择。因为毒物投放在何处，这是事关投毒行为是否成功的一个至关重要的环节。罪犯为了达到投毒的目的，就应当合理地选择最佳的投毒点。从现场当时的情况来看，最佳的投毒点就是那盆紫菜鸡蛋汤。

由此推断，亚硝酸盐应当是投放在紫菜鸡蛋汤里。

“还有一种可能性，那就是在张福顺煮饭的过程中，将亚硝酸盐投放在煮饭的米汤里。这样也可以导致全体用餐人员中毒。”法医钟天提出了异议。

“噢，我忘了告诉大家。门卫张老三的小黄狗已经证明了饭里面是没有毒的。”吴良义解释道。

王强摘下老花眼镜在空中扬了扬，说：“我有一个疑问，如果是在配菜和炒菜这个环节将亚硝酸盐投入到 3 个菜的任何一个中，也能达到让所有吃了这个菜的人中毒的效果。”

“呵呵，你这么说就又回到原点了。如果要在配菜和炒菜过程中投毒，只有炊事员张福顺能做到，别人都无法替代。刚才在讨论案件性质时，就已经排除了张福顺投毒，怎么现在你又绕回去了？”文斌笑了笑说。

“虽然林支队长分析得有道理，但还是不能消除我对张福顺的怀疑，”吴良义双臂抱胸，沙哑着声音说，“我始终认为，到目前为止，还没有足够的证据来排除张福顺的作案嫌疑。”

“说下你怀疑张福顺的理由吧？”冯江面无表情地说。

“第一，案发当天，张福顺是第一个进入食堂的人，直到中毒事件发生时，他都没有离开过。在这个过程中，只有张龙和张美娟到过食堂，如果排除了他们两人的话，那张福顺就是唯一的嫌疑人了。第二，10 年前，张福顺在保险公司做厨师时，因使用亚硝酸盐做腊味，差一点酿成中毒大祸。因此，张福顺对亚硝酸盐的毒性是了如指掌的，一旦他心里有了犯罪意图，自然就会想到使用此类物质作案。第三，张福顺是资深老厨师，又是一个特别爱面子的人，一旦有人侮辱了他的职业，或者嘲笑了他的厨艺，就很可能促使他产生犯罪意图。第四，在所有的中毒人员中，除了李湘妹因病魔缠身而中毒身亡外，其他的人都没有事，单单身体状况良好的张福顺却中毒身亡了。这一点，如果不是张福顺自己投毒的话，又有谁能够做得到呢？”

“也许是亚硝酸盐沉淀在汤底，张福顺把剩下来的汤全部喝掉了，导致摄入量过多而中毒死亡？”陈亮问。

“那不可能，亚硝酸盐是极易溶于水的，不可能会有如此严重的沉淀物。”钟天叉开五指捋了一下油光晶亮的头发，解释道。

“吴队副看问题很准确，也分析得很透彻，但却忽视了一样，那就是犯罪现场。”文斌仰头喷吐出一股烟雾，“经过反复勘查和做侦查实验，基本可以确定，张福顺在厨房做事时，只要不是有意识地探视，很难看到餐厅里的情形。张龙虽然在餐厅旁边的小包厢里，但他如果关了房门的话，也很难感觉到餐厅里的动静。而张美娟在食堂里只待了几分钟就离开了。因此，不能排除其他人乘机溜进食堂作案的可能性。也就是说，张福顺并不是唯一的一个嫌疑人，嫌疑人可以是除张龙、张美娟、张福顺以外的任何一个人。”

“我认为你说的几种情形都是以‘只要’‘如果’为假设前提的，况且都是得不到印证的一面之词，还难以形成结论性的意见。因此，还无法说服我放弃对张福顺的怀疑。”吴良义据理力争，声音虽然沙哑，但铿锵有力。

见文斌和吴良义两人各说各理，谁也说服不了谁，冯江便站起来打断他们说：“我来说两句。你们两人说的是两种不同的侦查方向，我个人认为这两种可能性都存在。刚才林支队长说的也只是他的个人意见，我们应当听他把话说完，再来考量结论性的意见。”

说完，冯江朝林云涛做了个请的手势。

林云涛笑了笑，说：“大家不要急，请听我把话说完。等听我说完后，你们心里就一定会形成自己的想法的。”

于是，大家肃静下来，都望着林云涛，急切地等待着下文。

林云涛并没有理会文斌和吴良义的争论，也没有对他们的分歧意见作任何评判，而是在黑板上写了“作案时间”四个字，然后转过身来说：“我要说的第三个问题就是作案时间。你们有谁能告诉我准确的投毒作案时间吗？”

“这个问题我们已经查得很清楚了。经过我们反复的查证，罪犯的投毒作案时间应该是在上午8点30分至11点30分之间。考虑到亚硝酸盐是投放在已经烧熟的饭菜中，据张美娟说，炊事员张福顺通常都是在9点钟开始煮饭，10

点半钟左右开始炒菜。而驾驶员张龙是在 11 点 20 分之前到的食堂，他到食堂后舀了一碗汤喝，后来中了毒。因此，投毒作案时间可以锁定在 10 点 30 分至 11 点 20 分之间。”文斌一边推算一边说。

“有谁持有不同的观点吗？”林云涛望着大家问。

大家纷纷摇头，表示没有不同的观点。

“看来大家都认同文斌的观点，一致认为罪犯的投毒作案时间是在上午 10 点 30 分至 11 点 20 分之间？”

“对，我们是这么认为的。”文斌点了点头回答道。大家也都跟着点头。

林云涛从衣服口袋里掏出香烟，点燃后使劲吸了两口，然后说：“恰恰相反，我认为罪犯的投毒作案时间不是在上午 10 点 30 分至 11 点 20 分之间，而是在 11 点 20 分之后。准确地说，是在 11 点 20 分至 11 点 30 分之间……”

林云涛的话还没有说完，就被大家的议论声打断了，会场里顿时就像炸开了锅一样热闹。

很显然，大家对林云涛的观点都表示不能接受，还有相当一部分的同志完全不同意这个观点。韩珂玉就是这其中之一。

“林支队长，你刚才说亚硝酸盐是投放在紫菜鸡蛋汤里，这一点，我认为你的推理无懈可击，我完全赞同。但是，你推断罪犯的投毒作案时间是在 11 点 20 分到 11 点 30 分之间，这我不能赞同。如果亚硝酸盐是在 11 点 20 分之后投放的，那么又如何解释驾驶员张龙的中毒呢？毕竟他是在 11 点 20 分之前就到了食堂，也是在那个时候就舀了汤喝的呀。”韩珂玉站起来反驳道。

还有几个干警也想要站起来发言，被文斌制止了。文斌见大家情绪有些波动，场面有点乱，便连忙站起来，做了几个肃静的手势。

“静一静，大家静一静。大家不要着急。既然林支队这么说，那自然就有他的道理。还是请林支队给我们说一说理由吧。我们认真听就是了。”文斌说完，朝林云涛做了个请的手势，请他继续说下去。

“大家少安毋躁，请听我把话说完。”林云涛顺手从旁边拖过来一把椅子，坐下来说道，“从你们前期调查的情况来看，张龙的确是11点20分之前就到了食堂，并且在那个时候舀了汤喝，也中了毒。所以大家自然就会断定亚硝酸盐是在11点20分之前就投放到汤里去了。可是，大家有没有想过，其实张龙根本就没有中毒。”

“啥？张龙没有中毒？”听到林云涛的话，就连冯江局长都惊愕得睁大了眼睛。

“不对呀，张龙事实上是中了毒的呀！”

“是呀，张龙自己都说他中了毒，还在医院输了液。”

“对呀，张美娟也证实张龙中了毒呀！”

……

大家你一言我一语地介绍着调查掌握的情况。

待大家的议论声平静下来，林云涛接着说：“我分析认为，张龙其实并没有真的中毒。他所谓的中毒，只是一种心理上和生理上的本能反应而已。我把这种反应称为‘盲从性心理反应’。”说到这，林云涛故意停顿下来，从口袋里掏出香烟点上，优雅地吐着烟圈，脸上露出神秘莫测的微笑。

林云涛的话，犹如一颗炸弹爆炸一般，再次给会场带来了不小的动荡。

“这怎么可能呢？”

“这是真的还是假的？”

“难道张龙是没病装病？”

“难道是张龙这小子干的？”

……

冯江站起来望着大家，双手做了个往下按的手势，示意大家安静。

见大家安静下来后，林云涛站起来说：“我并没有说张龙就是投毒者，也没有说张龙是没病装病。我只是说他并没有真的中毒。有些细节可能大家忽视了。我反复研究了张美娟和张龙的证词，发现了几个奇怪的问题：一是张龙并不是主动发现自己中了毒，而是在张美娟的提示下才认为自己中了毒；二是张龙在以为自己中了毒以后，感到胃不舒服，想吐，这是条件反射。因为他觉得自己也是在食堂吃的中饭，别人都中了毒，自己也应该中了毒。当看到别人都在翻肠倒肚地呕吐，自然就会感到胃不舒服，也会感到恶心想吐。这实际上不是真的中毒反应，而是在外部环境的诱发下，所产生的一种盲从性的心理反应和生理反应；三是张龙输完液就立即回家了。这就更进一步证明了他本来就没有中毒。这就好比一个身体本来正常的人，在外部环境的影响下觉得自己生了病，跑到医院去看医生，医生给他打了一针后，说没事了，于是，他便轻轻松松地回家去了。”

“就算张龙没有真的中毒，那又如何能肯定罪犯的投毒时间是在上午11点20分之后呢？”韩珂玉问。

“这很简单。如果张龙真的没有中毒的话，那么，就可以证明他躲在小包厢里喝的那碗汤里面，并没有亚硝酸盐的成分。而前面我们又推断亚硝酸盐的确是投放在汤里面。因此，罪犯投毒的时间，只能是在他舀了汤进小包厢之后，至开饭之前。也就是11点20分至11点30分之间。”

经林云涛这么一解释和提醒，大家也都纷纷回忆起了一些被忽视了的细节。

“对，我想起来了，张美娟曾说过，张龙是在午睡中被她打电话叫起来的。一个吃了有毒物质的人，怎么能安稳地睡觉呢？”

“我也想起来了，医生说输完液后要他留在医院观察一段时间，可张龙觉得没啥事了，就直接回家去了。”

“难怪，别人都惊慌失措地赶往医院检查治疗，而他还可以镇定自若地开车送张福顺去医院，原来他没有中毒呀！”

……

在大家的议论声中，林云涛反身又在黑板上写下了“进出路线”4个字。

林云涛转过身来，正要分析罪犯作案过程中在现场的进出路线时，文斌站起来接过话头：“师父，关于作案进出路线的问题，我认为有两种情况。一种是有特定身份或有正当理由的人员作案，其进出路线是自由的；另一种是一般人员作案，进出路线则是特定的。前者如厨师张福顺、食堂管理员张美娟和驾驶员张龙，由于他们特定的身份，所以他们无论是从前门进出还是从后门进出，都是属于正常的，自由的。而无特定身份的其他人员如果要作案，则只能从临街的前门进出。因为从后门进出的话，必须要经过厨房。而案发时，张福顺正在厨房里炒菜。所以，从犯罪心理学的角度来分析，如果排除有特定身份的人作案的话，罪犯就不可能走后门，只能从前门进出了。”

“分析得有道理。我完全赞成。”林云涛予以肯定，“接下来我就要谈一谈张福顺的死亡原因了。”

“死亡原因？难道张福顺不是食入亚硝酸盐中毒身亡的？”冯江不解地问。

“毫无疑问，张福顺一定是食入了过量亚硝酸盐中毒身亡的。但我一直在想一个问题，张福顺身体没有什么毛病，抢救也算是及时的了，为什么同样是喝了含有亚硝酸盐的紫菜鸡蛋汤，别人都治愈了，他怎么就会不治身亡呢？”林云涛慢悠悠地说。

“你是说，张福顺除了从紫菜鸡蛋汤中食入了少量的亚硝酸盐以外，还应当通过其他的途径或手段食入了过量的亚硝酸盐，从而导致死亡？”文斌问。

“事实上，张福顺是否从紫菜鸡蛋汤中食入了少量的亚硝酸盐，这我还真不知道。因为我根本就不知道他是否喝了汤。调查卷宗中也没有任何一份材料涉及这个问题。但有一点我可以肯定，他一定通过了其他途径或其他手段食入了过量的亚硝酸盐。否则，如果他仅仅只喝了含有少量亚硝酸盐成分的紫菜鸡蛋汤，是绝不至于中毒死亡的。”

“如你所言，如果只喝了含有亚硝酸盐的紫菜鸡蛋汤仅会造成中毒，不至于造成中毒死亡的话，那么又如何解释李湘妹的死呢？”冯江反问道。

“李湘妹的情况可不一样。李湘妹生前身体状况很糟糕，患有脑梗死瘫痪、高血压、心律早搏等毛病。可谓病魔缠身、奄奄一息。这时候再食入亚硝酸盐，不死才怪呢。另外，李湘妹中毒后，是在几个小时后才被发现的，医务人员还来不及抢救，她就已经死亡了。”文斌分析道。

钟天和陈旭东两名法医也都点头表示赞同文斌的说法。

“有道理。可张福顺究竟是通过什么样的途径和手段食入了过量亚硝酸盐的呢？”冯江双臂抱胸，仰起头，眼望着天花板，自言自语地说。

会场里一片静穆，大多数同志都感到疑惑不解，脸上都是一副茫然的表情。

“哈哈！……我似乎有些明白了。”文斌脸带自信的微笑站起来说，“原来张福顺是喝了自己浸泡的有毒绿豆水中毒身亡的呀！”文斌突然想起在复勘现场时，林云涛要他撬开下水道提取生绿豆的情境，又联想到李小红说张福顺在家里有用开水泡生绿豆喝的习惯，顿时恍然大悟。

“对。从现在的情况来看，张福顺应当是喝了含有过量亚硝酸盐的绿豆水而中毒身亡的。”林云涛点点头说。

“你是说浸泡的绿豆水里有过量的亚硝酸盐？张福顺是喝了自己浸泡的绿豆水中毒身亡的？”冯江问。

“如果我没有分析错的话，应当就是这样的。”林云涛直白地亮明了自己的观点。

“可是我们在勘查现场时，并没有发现张福顺浸泡的绿豆水呀？”郭弘和韩珂玉都表示不理解。

“正是因为张福顺浸泡的绿豆水和茶杯都不见了，所以我就更加怀疑绿豆水有问题了。”林云涛坚定地说。

“如果是这样的话，那又怎么能排除张福顺自杀或故意投毒的可能性呢？”吴良义摸了摸右耳垂，沙哑着嗓子说。

王强一边点头，一边习惯性地把老花眼镜往下拉了拉，眼睛从镜框边缘上盯着林云涛寻求答案，额头上的皱纹犹如大山的沟壑一般更加清晰了。

“在杯子里浸泡绿豆，和往杯子里投毒，这是两个完全不同的概念。浸泡绿豆水的人不一定是往杯子里投毒的人，反过来，往杯子里投毒的人也不一定就是浸泡绿豆水的人。”林云涛解释道。

“你是说有人往张福顺浸泡的绿豆水里下了毒，张福顺喝了后中毒身亡？”

文斌故意重复性地问，以证明自己原来的主张。

“你说呢？”林云涛也故意反问道。

“呃呃，你们师徒俩又在打什么哑谜，说说下一步应该怎么办吧？”冯江松了一口气，笑着说。

“前面说了那么多，其实都是分析加推理。现在有一个很重要的问题，必须要尽快解决。”林云涛锁紧双眉，一脸严肃地说。

“你是指张福顺浸泡绿豆水喝的问题？”文斌不愧是林云涛的徒弟，只要师父一开口，就能领会到他的意思。

“对！当务之急，就是要尽快查明张福顺那天是否用开水浸泡了绿豆水喝，用的是什么器具，器具的去向等。”林云涛虚拳在桌面上敲了一下说。

“据张美娟反映，张福顺空闲之余会端着一只不锈钢保温杯。可我们在现场勘查时并没有发现这个杯子。因此，我认为这只不锈钢保温杯，很有可能就是张福顺用来泡绿豆水喝的杯子。建议下一步要重点寻找这只杯子。”文斌说。

“对，无论是张福顺自己作案，还是别人溜进食堂作案，都离不开这个不锈钢保温杯。”吴良义补充说。

“看来有必要在现场附近来一个彻底大搜查了？”冯江像是自言自语地说。

“可是，从发案到现在，都已经过去二十多天了，搜查工作能有效果吗？”韩珂玉不无担心地问。

“是啊！的确如此。可事情到了这一步，也没有别的办法了，只好‘死马当活马医’吧！”冯江苦笑着说。

十九　搜索

冯江亲自组织对现场及周围区域开展搜索。

搜索范围：以犯罪现场为中心，以 200 米为半径，向四周展开。

搜索目标：以不锈钢保温杯为主，能盛液体的一切器具，如饭碗、茶杯等。

搜索场所：一切能藏匿东西的处所，如阴沟、池塘、草丛、厕所和垃圾箱等。

冯江把特巡警和机关干警五十多人组织起来开会，部署搜索工作。

“想必大家都已经知道了，今天把大家召集起来，不为别的事，就是请大家来协助专案组，调查发生在林业局食堂的中毒事件。”冯江直截了当地说，“专案组决定以中毒现场为中心，在方圆 400 米的范围内，展开彻底的物证大搜索。有关具体工作要求，请文斌大队长给大家说明。”

文斌从公文包里拿出一沓照片，说：“我们要寻找的是一种不锈钢保温杯。根据目击者的描述，我们在超市里找到了同种类的不锈钢保温杯，我把它拍成了照片，现在发给大家，请大家按图索骥。另外，为了以防万一、保险起见，我把林业局食堂里所有的器具都拍成了照片，有茶杯，有锅碗瓢盆等，大家在寻找不锈钢保温杯的同时，还要注意寻找其他照片上同种类的器具。这里我要特别提醒大家的是，大家只管按照照片上的样式寻找，不论器具是否完整和破损，只要发现与照片上样式相同的器具，就必须立即向专案指挥部报告，由指挥部派专业技术人员前往提取。”

会议最后，冯江强调：“我们决定把搜索区域划分为八个扇形工作区，参加人员共分为八个搜索组，每一个党委班子成员带一个组。任务到人，责任包干。”

林业局机关食堂集体中毒案件，在宁溪县城家喻户晓，人人皆知。

由于案件久侦未破，社会上各种议论一直是沸沸扬扬、难以平息。有猜测案情的，有抒发同情心的，有谴责肇事者的……在这些议论中，还有一种负能量的声音，那就是质疑公安机关的破案能力。对此，公安局上上下下，无论是否参与了案件侦破，人人都感到了巨大的压力和耻辱。这次能够有幸参加大兵团作战，为专案侦查提供一些帮助，大家都感到特别兴奋，工作热情非常高。大家都铆足了劲，纷纷表示要抢头功。

人多力量大，柴多火焰高。只花了三天时间，所划定的区域就搜索完毕了。

虽然瓶瓶罐罐找到了不少，但却没有和张福顺的杯子相类似的。经过检验，也没有发现这些器具上带有亚硝酸盐成分。

难道死者张福顺生前没有用自己专用的不锈钢保温杯？可根据调查，证实他平时确实是使用过专用茶杯呀。抑或罪犯作案后，将投毒用的不锈钢保温杯丢到街上的垃圾箱里了，被环卫工人收走了？

环卫工人每天都是天不亮就到各个点上去收集垃圾，然后全部拖运到郊外的垃圾处理场。

文斌带人赶到垃圾处理场，一看，心里拔凉拔凉的，垃圾堆积如山，臭气熏天，要想从中找到某一件可疑的物品，那真是难于上青天啊！

环卫工人向调查人员提供了一条线索，说是有一对老夫妻，每天下午都会到街上的垃圾箱里翻找，捡拾一些能卖钱的东西。说不定这个保温杯就是被他们捡拾走了都有可能。

文斌抱着试试看的心态，派人在街上的垃圾箱边蹲守这对老人。

果不其然，下午 4 点多钟，一对老夫妻步履蹒跚地从宁溪大桥桥头方向走来，老头挑着两个大编织袋，里面塞满了废纸壳、塑料袋和矿泉水瓶子，老妇手持一根带钩的细铁棍，一边走，一边搜寻着街边的垃圾箱。

文斌把这对老夫妻请到办公室，了解有关情况。

老头姓王，老妇姓胡。两人都是年过花甲的人了。

据老人家讲，他们本来有一个儿子，几年前患了癌症，听医生说，可以通过做手术予以治疗。于是，老两口东挪西借，凑了一笔不小的费用，送儿子到上海的一家医院做了手术。可手术后不到半年，儿子归天自己又欠下了一屁股的债。为了还债，老两口不得不做起了拾荒者。老两口每天下午都要沿着宁溪河两岸拾荒，逐个垃圾箱里进行翻找。

文斌把物证目标照片给老两口看，询问他们是否见过。老两口反复端详照片后一致摇头。老两口说，他们每个季度处理一次可回收垃圾，最近三个月以来所捡到的瓶瓶罐罐都还搁放在家里，等到下个月拿去卖。

文斌派人赶到老两口家，把他们捡到的器具全部提取送去检验，经过检验，未发现粘有亚硝酸盐等有毒物质。

看到老两口家境困难，生活清苦，债台高筑，文斌心里感到有些酸楚，决定设法帮帮他们。

然而，警察的工资太低了，单靠他一个人的能力，那只能是心有余而力不足了。有句话最能反映警察这个行业的清苦：官衔不高，想的事多；收入不高，干的活多。

文斌思来想去，没有其他的办法，只能组织大家捐款了。于是，文斌在专案组的微信群里发起了捐款倡议，专案组的同志又将微信转发到局机关微信群里，机关干警又将微信转发到自己的亲戚朋友微信圈里。就这样，微信倡议书很快就在社会上传播开了，并立即得到了响应。不仅干警们纷纷踊跃捐款，就连社会各界的一些仁义之士也纷纷献出爱心。大家你五十我一百的，把钱交到王强那儿。

第二天，文斌和王强将六万六千三百元捐款交到老两口手里，表达了公安干警和社会各界的一点关爱之心。老两口感动得热泪盈眶，连连说"好人啊……真是大好人啊……"

这件事的社会影响很好，但侦破方面，虽然启动了多警种联动机制，动用了大批的警力，可寻找浸泡绿豆水的器具工作仍然以失败而告终。

侦破工作又一次陷入僵局。

二十　卧底

自从接受了冯江局长交办的特殊任务后，辛丹青心里就感到特别别扭。

“离都离了嘛，还犯得着去把她找回来？天涯何处无芳草，再找一个不就得啦？”辛丹青心里着实有点不痛快。

辛丹青心里说的那个“她”，不是别人，正是文斌的妻子苏梦雅。

那天，冯江局长悄悄把辛丹青叫到办公室：“交给你一个特殊的政治任务。你出趟差，去广州把苏梦雅接回来。”

“为什么？”辛丹青不懂冯江的意思。

“还能为什么？不就是去把她找回来，好让他们夫妻两人重归于好吗！”

“这可能吗？男女感情这个东西，哪是旁人能够左右得了的？”辛丹青一脸老到的样子。

“依我看啦，他们闹离婚不一定是感情上的问题。应当是因为文斌一心扑在工作上，照顾不到家里，所以苏梦雅才会赌气提出离婚的。对此，我这个当局长的，心里内疚啊！所以，我有责任设法再撮合他们，竭尽全力挽救他们这个家！”

“既然她心里面已经有了摆脱这种现状的想法，那我们又如何能把她接得回来呢？退一步说，即使能接得回来，又何以见得她一定就会和文斌队长和好呢？”辛丹青还是不理解。

“这个你就不用操心了。我已经协调有关部门把苏梦雅调到卫生局去了，是八小时工作制的行政岗位，不用再加晚班了。这样一来，她就有足够的时间照顾女儿了。”

“冯局长，你怎么能肯定他们两人闹离婚不是因为感情方面的问题呢？”

“应当不是。我了解过，苏梦雅在很多场合，只要说到家长里短方面的事，眼神中都会时不时地流露出对家庭和丈夫的热爱，只不过都是稍纵即逝而已，紧接着就会被失望与哀怨代替。这说明她内心深处还是对文斌和家庭有感情的，只不过对他的工作岗位和工作狂的做派表示极度不满而已。”

“为什么派我去？”

“因为你是女人啦！女人的心事，只有女人最懂吧。不是吗？”

辛丹青不再说什么了。她心里虽然有一百个不愿意，但无论如何，局长交给的任务还必须设法完成。

由于是秘密任务，辛丹青不敢擅自对外张扬，只好单枪匹马地开展工作。

辛丹青先是到苏梦雅的娘家，向她母亲索要了一张全家福照片和苏梦雅在广州的地址，然后独自一人登上了南下的高速列车。

辛丹青风尘仆仆地赶到广州一家私立医院，向院长说明了来意，要求把苏梦雅接回家。

院长看了看她的警官证和工作介绍信，先是叹了口气，然后无奈地摇了摇头。

据院长说，苏梦雅在这家医院只做了一个多月便离开了。走的时候跟同事们说，她认识了一个电子商务企业大老板，那老板要带她去赚大钱。当时同事们都很羡慕她。第二天，同事们再打电话与她联系时，便发现她的手机关机了。从此后，就再也没有人见过她了。

“你的意思是说苏梦雅失踪了？”辛丹青惊愕地问。

“可以这么说吧。反正从她走后，就再也联系不上了，也没有人再看到过她。”

“向公安机关报了案吗？”

“没有。”

“为什么不报案？”

“我们以为苏梦雅受过高等教育，人又非常聪明，无非是想排除干扰好赚大钱而已，绝不至于出什么意外的。所以就没有去报案。”

院长把辛丹青领到门诊部，找到了和苏梦雅一起坐门诊的黄医生。

黄医生和苏梦雅是医科大学的同学。

据黄医生反映，苏梦雅一到广州，没有几天就后悔了，经常在同事面前流露出想家的情绪。工作之余，常常偷偷地拿出与丈夫和女儿的合影来看，有时候还边看边悄悄地抹眼泪。黄医生曾经劝过她，如果想家就回去呗，千万不要因为赌气和争面子而毁了自己的幸福，毁了家庭的幸福。但苏梦雅说，她丈夫是个刑警，每天没日没夜地工作，完全顾不上家，所以她必须要设法赚笔钱，回去后好请个家庭保姆，以缓解家庭压力。

“她没有跟你们说起过她和丈夫离婚的事吗？”辛丹青有点奇怪地问。

“从来没有说过。”

“看来苏梦雅心里面还是放不下做刑警的丈夫啊！”辛丹青心里这么想着。

电子商务企业大老板？带去赚大钱？——天底下竟然有这等好事？莫非又是天上掉陷阱吧！

辛丹青感到事情有些蹊跷，职业的敏锐性，使她迅速做出了判断：苏梦雅很有可能是上当受骗，落入了非法传销组织的魔窟。

辛丹青向黄医生要了苏梦雅在广东的电话号码后，立即打“的”赶到市公安局合成作战中心，寻求支援。

对苏梦雅的微息聊天记录进行分析研判后，发现她在失踪前，与一个网名“创业星外客”的人联系过。两人在网上讨论过有关电子商务如何赚大钱的问题。苏梦雅的手机电子数据显示，最后关机的地点是在城北的一个很大的城中村里，但具体地址不清楚。

所有的迹象表明，苏梦雅应当是陷入了某一个传销组织的窝点，而且被罪犯控制住了，完全失去了人身自由。

据城北派出所的徐文龙所长介绍，这里的传销窝点一般都设在城中村里。原因是因为那里的地形十分复杂，监控设施落后，有利于传销组织隐藏。由于犯罪分子十分狡猾，反侦察伎俩非常高明，不仅窝点布置得十分隐蔽，使公安机关难以发现，而且还在各个路口都设有暗哨，使公安机关的清剿行动往往以失败告终。

为了摸清传销窝点的详细地址和内部情况，为打击犯罪、解救人质创造条件，辛丹青决定深入虎穴，做一回卧底。

考虑到自己和苏梦雅互不相识，辛丹青只好通过照片将她的长相熟记在心里，然后把照片、手机和警官证一并交给了徐文龙所长保管，并和徐所长商量好了联络方式。尔后，便开始行动。

辛丹青购买了新的手机和电话卡，用“创业地球人”的网名，通过微信，主动与“创业星外客”联系，一边与其讨论传销公司的经营模式，一边通过合成作战中心查询对方的登录地址，发现对方的登录地址在福建。很显然，“创业星外客”本人并不在传销窝点，而是在异地遥控指挥传销组织的经营活动。由此看来，这个人的身份很特殊，绝对不是一般的传销组织成员，他在组织中的地位应该相当高，很可能是属于总管或者大经理一类的角色。

非法传销活动，一般有两种类型：一种为传统型，一种为新型暴力型。

传统型非法传销活动，是指以推销产品、提供服务等经营活动为名，按照一定的顺序和层级发展下线，骗取财物，扰乱经济社会秩序的行为。

新型暴力型非法传销活动，并不是法律意义上的非法传销活动。它只是在经营形式上套用了传销模式而已，实际上在犯罪性质上已经发生了根本性的转变，完全具备了恶势力集团犯罪或者黑社会性质组织犯罪的法定特征了。

新型暴力传销组织一般都有很多个层级。最高层的叫总管，总管属下管理了多个片区的多条经营线，也就是管理着所有片区的所有传销窝点。总管下面设有大经理和小经理，负责管理一个片区的所有传销窝点。经理下面设有大主任和小主任，负责管理一个传销窝点。用他们的行话来说，一个传销窝点就是一个“家”，所以在他们的内部，一般称呼主任为“家长”。主任下面设有业务代表，也就是屈服于传销组织的暴力强制购买了虚拟的产品、被迫加入到该犯罪组织中的人员。大小主任和业务代表，实际上就是执行者，也就是打手。业务代表下面设有“业务员”。所谓“业务员”，实际上就是指那些刚刚被骗来的新的受害人。

传销组织的管理人员和业务代表们，往往以谈恋爱、交朋友、介绍工作、合伙做生意等为借口，在网上发布信息，诱使一些不明真相的人上当受骗。他们将受害人骗到传销窝点后，立即没收其身份证和手机，将他们身上的钱财洗劫一空，并限制其人身自由，逼迫他们购买虚拟的“产品”。受害人稍有不从，便会遭到暴力殴打，甚至被活活折磨至死。有些受害人不堪忍受这种生不如死的生活，只好利用上厕所的机会上吊自杀，或者跳楼自尽。

在与“创业星外客”的网聊中，辛丹青充分利用曾经办理传销案件所积累的经验，果断地指出对方所说的经营模式中的漏洞，引起了对方的极大兴趣。临了，辛丹青故意挖苦道：“看来你们还只是一群雏鸡，合作的价值不大啊！”完后，便不再理会对方了。

辛丹青用的是欲擒故纵之计。“创业星外客”果然中计，见“创业地球人”不再理会他，便频频发来微信，纠缠着不放。

“‘创业地球人’，你说我们是不是特别有缘分啦！就拿我们的网名来说吧，都是那么的巧合，那么的有意思啊！一个是‘创业地球人’，一个是‘创业星外客’。如果我们能够合作的话，那可真是天地相融、阴阳相通，一定能够创造出惊天动地的辉煌业绩的。”

……

“你说的不就是运动比赛场上的强强联合吗？但不瞒你说，你们要补的课太多了，我可不能冒这么大的风险去和你们合作。”辛丹青见对方已经游进渔网，便开始收网捞鱼了。

“那这样吧，我出丰厚的报酬，先聘请你来帮我们全体员工上堂课，合作的事以后再说吧。如何？……求你了？”

“这样呀，那我可以考虑。请问你们是什么公司？”

“天豹生物科技有限公司。”

“啊！天豹生物科技有限公司？那可有点名气呢！不过，据我所知，这个公司是在天津，它怎么会在广州呢？”

“那是我们的总部。我们公司在全国各地都设有分公司。我是负责福建和广州片区的。广州的分公司成立时间更长，已经比较成熟了，福建的正在筹建。你就先到广州分公司来授课吧。”

“好吧，谁叫我们是同行呢。不过我现在还在深圳，只能明天坐动车过去了。”

最后双方约定，第二天上午11点半钟，在火车站碰头。

第二天上午11点，辛丹青悄悄地潜入车站，躲在角落里等待时机。当11点半钟火车进站后，她动作敏捷地混入到出站旅客中，不慌不忙地往站外走。

来接站的是一个上身穿白色衬衣、系黑色领带的四十多岁的男人。他自称叫阿刚，是天豹生物科技有限公司广州片区的经理，受总管的委托来接站，说总管在福建那边开辟了一个新的经营片区，要晚一点才能赶过来。

阿刚带辛丹青在车站附近找了间大排档饭馆，点了一荤一素两个菜，对坐下来吃饭。辛丹青本想借着吃饭的机会，向阿刚多了解一些犯罪组织的情况，可阿刚犹如旁若无人一般，只自顾自地低头吃饭，对她提的问题既不作答，也不表态，脸上毫无表情。辛丹青讨了个没趣，只好象征性地扒了几口饭。

饭后，阿刚结完账，一声不吭地走出饭店，拦了一辆出租车，钻进了副驾驶室。

辛丹青也只好默默地紧随其后，坐上了车。

出租车上路后，阿刚并不告诉司机要去的目的地，而是一会儿“左拐”、一会儿“右拐”地向司机下达简短的指令。就这样，出租车一路左转右拐地往城北方向走。辛丹青心里当然清楚，阿刚这是在玩反跟踪游戏。

估计快要到目的地了，辛丹青便悄悄打开微信高德地图，不停地向徐文龙所长发出微信地址。

出租车在阿刚的指挥下，穿街走巷，左绕右拐，经过一口池塘边，最后停在了一座废弃的工厂厂房大门口。

辛丹青在下车的一瞬间，偷偷地接通了徐所长的微信，并打开了拍照功能。下车后，她右手握着手机，故意张开小指头装着捋头发，一边装着咳嗽，一边用大拇指快速地按动了拍照功能键和发送功能键。然后，很自然地将手机丢进挎包里。

阿刚突然走了过来，依然面无表情地说：“对不起，教授，我们这行的规矩想必你一定懂得，麻烦你把手机交给我暂时保管。”他的语气冷得令人战栗。

“这个规矩我当然懂，要不然我还有什么资格来给你们授课呢？”说完，辛丹青从挎包里拿出手机，动作麻利地拆开，拔出电话卡，然后手一扬，将手机和电话卡一起抛到池塘里去了。

阿刚见状，先是一惊，愣了一下，然后盯着辛丹青的眼睛，阴冷地说：“不愧是教授级别的，做事情就是老到，生怕我们从你的手机中获取商业秘密。”

听口音，阿刚应该是福建安溪一带人。他身材非常瘦削，白色衬衣就像是挂在衣架上一般，里面显得空落落的。脸型颧骨凸出，下巴溜尖，脖子又细又长。可能是由于长期从事替人“洗脑”和暴力训导工作的缘故，他脸上的表情显得异常僵硬，眼睛里隐含着一丝冷峻、阴暗和毒辣的光芒。

出租车走后，阿刚走到大门边，按了按门框上的红色按钮。过了一会儿，沉重的铁门缓缓地移开了一条缝。辛丹青跟着阿刚走了进去。身后，铁门又牢牢地关上了。

辛丹青心里非常清楚，她只要踏进了这个门，除非有人来解救，否则就别想全身而退了。暴力传销组织是绝对不会轻易地让任何知情人随意离开的。进到这里来的人，要么被“洗脑”后变成新的犯罪组织成员，成为他们的犯罪工具；要么宁死不屈而被伤害致死，或者在绝望中自尽。现在只能祈祷徐文龙所长接收到了她发出去的微信地址和照片了。

在二楼的一间简陋的会议室里，里面坐了四五十个人，有男的，也有女的；有年纪很轻的，看上去只有十五六岁，也有年纪较大的，看上去有六七十岁。

阿刚指着站在主席台边的一个三十多岁的人，面无表情地介绍说：“这位是公司主任阿黄。”又指着坐在第一排的3个男青年说：“这几位是公司的副主任。”指着第二排的5个男的、3个女的说：“这几位是公司的业务代表。其他的都是公司的业务员和新来的兄弟。”

辛丹青一边给大家打招呼，一边快速地观察着每个人的状况。她很快就看出来了，那几个所谓的主任和业务代表，无非是用白衬衫和黑领带把自己装扮成白领族而已，实际上就是该组织的小头目，是一帮打手。而那些所谓的业务员和“兄弟”，应该就是被新骗来的受害者。传销组织成员使用各种手段将他们骗来，然后控制其人身自由，一边对其进行“洗脑”，一边采用暴力和威胁手段，强迫其从事非法传销活动，使他们成为非法传销组织的奴隶。

阿刚引着辛丹青走上主席台，还是面无表情地介绍说：“这位就是总管请来的电商大师‘创业地球人’老师，她是来给我们讲解金字塔式营销商务的专家教授，让我们以热烈的掌声欢迎教授给我们授课。”阿刚说完，那几个主任、业务代表和部分已经走入歧途的业务员，都兴高采烈地鼓起了掌，坐在后面的业务员和新来的“兄弟”，则只有几个人有气无力地鼓了掌，大多数都是面无表情地张着一双茫然的眼睛，不知所措。

辛丹青扫视了一眼全场，立即看到了苏梦雅，她就坐在最后一排中间的位置。

看上去，苏梦雅的精神状态很糟糕。脸色苍白，反应迟疑。一双忧郁的眼睛，望着布满铁栅栏的窗口一动不动，似乎在反省和谴责自己的幼稚和冲动。

辛丹青凭着磨炼出来的高强的记忆力，把在侦办非法传销案件中所研究掌握的各种营销策略、经营方式、层级管理、资金运作等，添油加醋地胡吹一通，直听得那几个所谓的主任呀、业务代表呀一愣一愣的，全都佩服得五体投地。

授完课后，辛丹青伸手向阿刚要授课费。

“亮仔，我和你们总管说好了，授课费五万。请你把钱给我，我还要赶到别的地方去授课呢。”

“噢！是这样，我们总管在来的路上，他要我们把你留下来，吃了晚饭再送你回去。”阿刚不冷不热地说。眼睛里依然充满了阴冷、毒辣的光。

“总管什么时候能到？”

“应该快到了。他说了会赶过来陪你吃晚饭的。”

“哦，是这样呀，那好吧。”

辛丹青嘴里虽然这么说，但心里面却在想：“也好，等人到齐了，可以一网打尽。”

辛丹青是个胆大心细的侦察员，她完全知道自己现在的处境。要想彻底剿灭这个犯罪组织，成功解救出人质，同时又确保自己的安全，就必须对这个犯罪窝点的情况查清、摸透。只有知己知彼，才能百战不殆。于是，她利用等候大总管的这点空闲时间，向阿刚提出了参观公司的请求。阿刚虽然心里很不情愿，但看在她的课讲得十分精彩的份上，还是满足了她的请求，领着她到公司的各个功能区转了一遍。

公司办公用房共有6间，分列于走廊的两边。

走廊左边是一排两层的楼房，二楼是一个大会议室，一楼有3间房，全是宿舍。靠大门的一间最大，里面隔成两间，一间为女业务员寝室，一间为男业务员寝室；位于中间的一间，是大小主任和男业务代表的寝室；最里边的一间比较小，是阿刚和总管的寝室。但总管有事才会来，平时就阿刚一个人住。女业务代表们没有单独的寝室，都被安排在女业务员的寝室里住。

走廊右边是一排一层的平房，也有3间房，依次是食堂、教育训练室和办公室。

辛丹青在阿刚的陪同下，一一参观了每个房间，全面了解了它们的使用功能。

食堂里摆了3排吃饭用的桌子，没有配椅子。看来公司员工们吃饭是站着吃的。一个年近六十的老头正在做饭。辛丹青走过去一看，发现老头做的是红烧土豆。

寝室里，经理和总管的床铺是简易沙发床，主任和业务代表们睡的床铺为木制双层床，其他员工睡的都是通铺。所谓通铺，就是指在水泥地板上依次摆放草席子，员工们一个挨着一个睡。

辛丹青逐个寝室巡视了一遍，发现无论是管理人员的床铺还是员工的床铺，上面的东西都摆放得整整齐齐。特别是床上的被子，完全是按照部队的要求，叠得四四方方，棱角分明。

“看来这传销组织的管理还是相当严格的。”辛丹青心里这么想。

在阿刚和总管的住房里，辛丹青注意到后墙设置了一个比较大的壁柜。

按理说，一个这么大的壁柜，足够放置大家的衣物了，可是，阿刚和总管的衣物却都叠得整整齐齐，放在床上的枕头边。这是为什么呢？难道是公司的管理规定吗？如果公司规定衣物不能放进衣柜里，那又何必打造这么个大壁柜呢？辛丹青觉得有点匪夷所思。

参观完宿舍，阿刚陪同辛丹青来到了教育训练室。

所谓教育训练室，实际上就是传销组织成员实施暴力管教的场所。对那些通过说教而无法达到洗脑目的的对象，传销组织成员便使用暴力，对其进行惩治、威胁与恐吓，迫使其就范，乖乖地成为他们传销的工具。

在教育训练室的中间位置，摆放着一张长方形桌子，桌子上依次摆放了一个装满白色粉末的塑料袋、一沓表芯纸、一扎橡皮筋、两卷卫生纸和两副锃亮亮的不锈钢手铐。在后墙角落里，摆放了两只大号塑料水桶，一只上面贴了个“素”字，另一只上面贴了个“荤”字。

对室内摆放的这些东西的用途，辛丹青当然不陌生，曾经有多个暴力传销组织的头目向她作过详细的交代。

这袋白色粉末的外包装上，虽然印了“毒品”二字，但实际上只是白面粉。不过在员工们面前，组织头目和打手们从来都不说那是白面粉，而是故意把它说成是毒品。说是如果有那个员工不听话的话，就会被强行灌毒，使其吸毒上瘾而不能自拔。目的是想用威胁的手段，逼迫受害人就范。

表芯纸也是用来惩罚不听话的员工的。对那些不肯屈服的员工，则把他们捆绑在地，一边往他们脸上贴表芯纸，一边往表芯纸上淋水，使其窒息难过，不得不屈服。

橡皮筋主要是针对不听话的男性员工用的。对那些不听话、不愿加入传销组织的男性员工，高管们会强行把他的裤子扒光，然后强制猥亵，待其生殖器勃起后，再利用橡皮筋的伸缩张力，对准其生殖器使劲地弹击。轻者，会造成受害人的身心伤害；重者，会造成受害人的生理功能丧失，导致终生无后。

卫生纸的使用手段就更加残忍了，名字叫作“点天灯”，就是将卫生纸卷成长条，塞进受害人的两个鼻孔里，然后把露在外面的一端用火点着，使烟雾慢慢地吸入受害人的鼻腔和胸腔，对受害人进行非人性的折磨与摧残。

墙角这两只塑料水桶的使用功能，在电影里面经常能够看得到，是国民党军统保密局，对待中共地下党员惯用的审讯手段，其手段之残忍、方法之恶毒，令人发指。暴力传销组织的头目和打手们，在经过对所有不听话的员工进行评判后，挑选那些他们认为属于累教不改、冥顽不化的对象，进行惩罚。先是在贴了“素”字的水桶里注满清水，然后由几个打手将受害人的头强行按在水桶里，进行窒息折磨。这叫作吃“素”。如果还不屈服的话，便往贴了“荤”字的水桶里灌满屎和尿，再将受害人的头强行按在其中，直到对方屈服为止，这就叫作吃“荤”。组织头目和打手们通过这种惨无人道的暴力手段，一方面逼迫受害人屈服听话；另一方面起到杀一儆百、震慑其他受害人的效果。

辛丹青虽然侦办过多起非法暴力传销组织案，也知道犯罪组织的暴力性和残忍性，可这会儿，面对眼前各种各样的暴力工具，想象着恶魔正在用它们对无辜者进行伤害、折磨和摧残的画面，尤如身临其境一般，仍然感到有些毛骨悚然，心惊胆寒。

参观完教育训练室，阿刚把辛丹青带到了一间办公室。

这是暴力传销组织管理人员的办公室，里面摆放了几张办公桌，每张办公桌上有一台笔记本电脑，墙角有一个中型保险柜。据阿刚介绍，所有新加入的人员，都要将身份证和手机交上来，锁在保险柜里，统一保管。

阿刚给辛丹青拿了一瓶矿泉水，然后交代一个青年去叫外卖。

正在这时，外面有铁门开启的声音。不一会儿，一个大腹便便的矮胖子，手里拎着一个公文包，大摇大摆地走进办公室。

阿刚看到矮胖子进来，叫了一声："总管好。"便要介绍辛丹青。

矮胖子抬手制止，微笑着对辛丹青说："不用介绍了，你一定就是'创业地球人'。"

辛丹青点了点头，说："你一定就是'创业星外客'了。"说完，两人握了握手。

矮胖子自称姓李，约莫五十来岁，身高一米六左右，圆脸蛋，双下巴，短脖子，水桶腰，大屁股，走路外八字，说话沙喉咙，脸上堆满了奸佞虚伪的笑容，眼神中流露出奸诈犀利的光芒。

矮胖子不愧为老江湖，刚刚落座，便滔滔不绝地说个不停。什么如何发展会员啦、如何提成返点啦、如何蓄满资金池然后转型搞实业啦，等等。

辛丹青表面上假装在认真地听，还时不时地插上一两句非常专业的行话，但心里面却十分着急，她急切地盼望着徐文龙所长和派出所的同志能早点出现。

也不知道过了多久，挂在墙上的门铃突然响了起来，阿刚冲过去按下了可视键，小型显示器上出现了一个送外卖的小伙子，阿刚回头对矮胖子说了一句："安全。是送外卖的。"说完，一边关闭门铃，一边对门外叫了一声："阿黄主任，快去大门口接外卖。"

站在办公室门口的阿黄应了一声，便跑去开大门了。

辛丹青听到门铃声，一开始还以为是派出所的人在按门铃，心里既兴奋又紧张，心想："总算来了，看来这个徐所长还算是个聪明人，懂得根据微信照片找到这栋房子。"可后来听到阿刚说是送外卖的，便又大失所望。

"按照时间推算，如果徐所长收到了我发出去的微信照片的话，应该早就来了。现在看来，徐所长可能是没有收到信息，或者说虽然收到了，却还没有发现和阅读。"想到这里，辛丹青立刻感到一股寒气袭来，透心的凉。一丝不安和恐惧感油然而生。

"救人不成，反倒自己身陷魔窟。看来今天是凶多吉少了。"辛丹青心里产生了一种不祥的感觉。

透过有铁栅栏的窗户，望着西边天空中的血色残阳，和院墙上那被余晖拉得长长的两个挥舞木棒的身影，辛丹青感到无比的孤独和无助。

"要是师兄在就好了！"面对如此困境和危险之地，辛丹青自然而然地就想到了师兄韩珂玉。他们两人虽然在工作中经常发生争论，互不相让，但他们在争吵中逐渐相互信任，在辩论中逐渐相互亲近。每当她遇到困难和危险时，韩珂玉总是第一个赶到身边，给她鼓励，给她攻克难关、战胜困难的勇气和决心。此时此刻，辛丹青心里想到师兄和其他战友，禁不住一汪委屈的泪水就要涌出，但她立即清醒过来，现在可不是哭泣和发牢骚的时候。此时，如果一不小心暴露了自己的身份和目的，那无疑是把自己往死神怀里送。情急之下，她赶忙抬头望向天花板，生生将泪水憋回肚子里去了，心里默念："没有过不去的坎，没有克服不了的困难。师兄和战友不在，我辛丹青照样行！"

二十一　黄副局长

吴良义是一个认死理的人。只要是他认定的事，就必须查出一个自己满意的结果来。

早在第一次案情讨论会上，吴良义就提出了一个观点。他认为林业局食堂中毒事件，问题就出在厨师张福顺身上。为此，他一直没有停止对这条线索的追踪。

在吴良义看来，张福顺在很多年前，就有过一次不慎使用亚硝酸盐造成损失的惨痛教训，虽然在正常情况下，他不可能再次犯同样的错误，但是，这并不等于就可排除他在外因的诱使下突发性产生犯罪意图，从而使用亚硝酸盐来投毒作案。毕竟，他作案是最有条件的。因此，只要找到了他自杀或故意杀人的原因和动机，一切问题便都迎刃而解了。那么如何才能找到张福顺作案的原因和动机呢？最简单的方法，莫过于让当事人吐露心声。可是张福顺已经死亡，死人是不会开口说话的。所以，只能根据外围调查来寻找。从目前调查的情况来看，张福顺特别爱面子，也特别看重自己在厨艺方面的名声，容不得别人说三道四。也许，这就是他自杀或故意杀人的原因吧。在某个特定的场合，如果有人侮辱了他的职业或他的厨艺，必定会驱使他心生愤怒和怨恨。这样一来，驱使他自杀或故意杀人的动机不就产生了吗。

沿着这个思路，吴良义带领陈亮，重点走访了局长王海峰和综治办主任胡广平。

据王海峰说，张福顺曾经找他反映过一件事，说是副局长黄波故意刁难他，说他炒的菜连猪都不会吃。当吴良义追问究竟是怎么一回事时，王海峰又说具体情况他也不是很清楚。反正张福顺向他反映情况后，他也没有当一回事。因为他心里非常清楚，黄波这个人性格耿直，一贯说话直来直去，从不拐弯，所以得罪了不少人。为此，每次开民主生活会时，其他班子成员都会提醒黄波，给他提意见。但江山易改，本性难易，好不了三天，他的本性又会暴露出来。

胡广平说，自己是负责综合治理工作的，也就是平安建设和社会治理工作。因工作关系，他必须要对林业局干部职工的情况有所了解，特别是对机关的三十多名干部职工，更是要全面掌握他们的基本情况。否则的话，一旦机关内部发生矛盾纠纷，他就无法有效地开展疏导与化解工作了。

胡广平介绍说，在机关这些干部职工当中，虽然也有个别人偶尔会在用餐时与张福顺开开玩笑，说他炒的菜不合口味，偏咸偏淡的，但都会注意说话时的场合、语气和氛围。真正说话伤人的，只有副局长黄波了。曾经有一次，黄波批评张福顺，说他炒的菜客人不喜欢吃。为此，张福顺连着几天心里不痛快，多次向胡广平诉苦，说："胡主任，你是最公正的人，你来评评理。黄副局长说我炒的菜客人不喜欢吃，你会相信么？就算客人真的不喜欢吧，提出来就是嘛，我还可以改正呀？可黄副局长却硬要说我炒的菜连猪都不会吃。这不是生生地打我的脸吗？我炒了几十年的菜，都是给人吃的，他却说连猪都不吃，那些吃了我炒的菜的人，究竟是猪呢还是人呢？这明摆着是不讲道理嘛！"

在对待黄波和张福顺这件事情上，胡广平并没有采用什么应对办法，只是姑且听之，顺便给张福顺做些疏导和劝解工作。他不好以综治办主任的身份加以评判和决断，毕竟黄波是副局长嘛！

为了更进一步地了解有关情况，吴良义便去找黄波本人。

找到黄波时，他正在“茗缘”茶楼里和几个朋友打麻将。吴良义和陈亮刚走到楼下，就听到黄波大吼大叫的争吵声。

“你打八万，我胡了。什么？没打？你扯淡！你明明打的是八万，我牌都倒下来了。你太要赖了，太不要脸了。我发誓再也不和你打麻将了，要是再和你打麻将，哪只手打那只手就会断……”

吴良义走进麻将室，打断黄波的话：“淡定！淡定！黄副局长，别动不动就断手断脚的，这话要是传到你老爹耳朵里，他老人家还不操家伙来教训你啦！”

“欸，你不知道，他这个人太要赖了。明明放了炮，等我把牌倒下来了，他又反悔。你说这麻将还怎么打？”黄波指着朋友，依然扯着嗓子叫。

“不好打就别打了，反正也是娱乐嘛。黄副局长，我们到旁边的房间里谈点正事吧？”

“呀？我……我这走不开呀！我一走，这里不就成了三缺一吗？”黄波火气尚未全消，脸色依然有些难看。

“怎么的？难道要我检查一下你们手机里的微信支付交易账单？”吴良义虽然声音有些沙哑，但却掷地有声，不失威严。

“不用，不用，嘿嘿。散伙，散伙。”黄波招呼其他三个朋友散伙，然后跟着吴良义、陈亮到楼下的一间茶室里。

“黄副局长，知道我们找你为什么事吧？”吴良义单刀直入地提问。

“当然知道。林业局食堂出了这么大的事，我身为副局长，哪能不知道呢。”可能是刚才的火气还没有全消了的缘故吧，黄波的脸上依然带有愠色。

“咱们也不用兜圈子，干脆一点，说说你和张福顺的关系吧。”吴良义习惯性地用大拇指和食指摸了摸右耳垂说。

“什么？和张福顺的关系？我和他能有什么关系？”说到张福顺，黄波的眼神有些茫然。

“真的一点关系都没有？”

“他一个厨师，我一个副局长，不沾亲、不带故的，完全不搭架，能有什么关系。”

“你们之间就没有发生过一点矛盾纠纷什么的？”看来这黄波果然是一个出口伤人、心不记仇的人，吴良义心想。

“噢，你是说这个呀？你不说我还真给忘掉了。”黄波笑了笑说。

“说说吧，啥情况？”

“那还是两个月前的事了。那天，市林业局派了一个半年工作检查组来我局搞检查。由于海峰局长出差在外，就由我来接待，是在我们局里食堂吃的晚饭。由于大家酒兴很高，推杯换盏的，不一会儿工夫，便喝得一个个‘乌龟’不认得‘王八’了。酒喝高了，话也就多了。大家你一言我一语，一会儿聊天，一会儿说地，东拉本扯的，也没有个谈话主题。”

“具体聊了些什么？”

“这哪能记得，胡吹乱侃的，瞎聊呗。”

“那为什么又会与厨师张福顺发生矛盾呢？”

“哦，是这样，张美娟按照接待标准，安排张福顺炒了几个菜，其中有两个很特别的蔬菜，一个是炒南瓜花，一个是炒红薯梗。由于大家都喝醉了，思维就没有逻辑性了，说话也就胡言乱语了。于是，就有人用筷子敲着盘子说南瓜花和红薯梗以前是猪都不吃的东西，现在我们还把它当宝贝。当时我也喝得有些迷糊了，误以为是客人不满意饭菜的安排，于是在离开食堂时，就对张福顺啰唆了几句。可能张福顺听了不高兴，事后就到海峰局长那里打小报告，告我的黑状。”

“你当时跟张福顺是怎么说的？”

“具体怎么说的我现在也记不清了，反正当时我想要表达的一个意思就是：他不该炒一些连猪都不吃的菜给客人吃，丢了咱们林业局的脸。至于怎么表述的，我完全没有印象了。”

“后来这件事是如何解决的？”

“解决？我不觉得有什么需要解决的。机关食堂不是私人家的厨房。在私人家里，想吃什么就做什么，无论是否好吃，也无论是否营养，都是自己家里的事。机关食堂则不同，它相当于单位的一个门面，接待工作的好坏，将直接影响到单位的形象。像这种有可能带来误会和负面影响的菜类，本就不应该上到机关食堂的桌面上来。”

“你是说这件事后来就不了了之了？”

“也不叫不了了之，因为本来就没有事。”

“张福顺也是这么认为的吗？”

“他怎么认为的我管不着，我也不想管。当然，我一点都不在乎。因为我做的一点都没有错。”

“你是如何看待张福顺的炒菜手艺的？”

“说实在话，张福顺的炒菜手艺确实不错，一点都不亚于大饭店里的掌勺大厨。”

“你是如何看待林业局食堂中毒事件的？”

“我认为这就是一起饮食中毒的意外事件。类似于网上流传的某学校食堂毒蘑菇中毒事件、某企业食堂植物农药中毒事件一样，没有什么大惊小怪的。”

走出“茗缘”茶楼，陈亮就急不可待地问：“吴哥，刚才为什么你一说要检查他们的手机微信支付交易账单，他们便立即散伙，黄波也就老老实实地跟着我们走？”

“你以前在法制部门工作，与社会面打交道少，不了解江湖上的规矩，所以你看不出道道。”

“江湖规矩？吴哥快给我讲讲呗！”陈亮睁大眼睛，表现出极大的兴趣。

“麻将这玩意儿，就是为赌博而生的。打麻将的人，几乎没有不赌钱的，只不过赌的大小不同而已。你看刚才那个场面，4个人兴致那么高涨，气氛那么紧张，争吵那么激烈，一定是有金钱输赢在支撑。而桌面上和旁边的凳子上既没有看到现金，也没有看到4个人随身带的包包，所以我敢断定，他们是通过手机微信支付平台来支付赌债的。”

“哦！我明白了，他们是怕我们从手机微信支付交易平台上提取到他们赌博的证据，给他们带来麻烦，所以才老老实实地配合我们的调查？”陈亮恍然大悟。

“对啰！呵呵！年轻人就是学得快！”吴良义打了一个响指，爽朗地笑着说。清脆的响指声几乎盖过了他那嘶哑的说话声。

二十二　尸检

林云涛专程去了一趟医院，找到刘国贤院长，详细了解了当时抢救中毒人员的情况，还与参与抢救的医生进行了座谈，然后又调阅了中毒人员的诊断书和医院当天的监控视频。

据医生介绍，当时送医院抢救的共有27人。在抢救过程中，除张福顺死亡以外，还有两人昏迷，3人半昏迷，其他的都只是头痛、恶心、呕吐、腹泻。有个别中毒比较轻的，打完点滴后就回家去了。黄书琴是下午3点半钟左右苏醒过来的。谢雨农是在下午4点左右苏醒过来的，她是昏迷的人中最后一个苏醒过来的。

离开医院后，林云涛在法医钟天的陪同下，又前往殡仪馆，对李湘妹的尸体进行了重新检验。

李湘妹的尸体早已从冰冻室移到了旁边的法医解剖室。经过一天一夜的解冻，尸体的僵硬已基本上缓解了。

林云涛见尸体没有解剖，便质问钟天为什么不解剖。钟天解释说，不是不解剖，而是死者家属不同意解剖。死者家属认为死因非常明确，没有解剖的必要。林云涛听后皱了皱眉头，不再说什么了，低下头开始检查尸体。他重点检查了死者的眼结膜、全身皮肤以及大小便是否失禁。一边检查，一边不时地与钟天讨论有关症状和细节。

就这样，两人一边检查，一边研讨，完全忘记了时间。直到殡仪馆的同志提醒他们快到午夜了，两人才收工。

林云涛和钟天回到专案组时，文斌和王强正在调度当天的调查工作进展情况。

会议室里汗气弥漫，乌烟瘴气，熏得人几乎睁不开眼。

烟雾里，干警们一个个都是脸色灰暗，双眼充血。由于汗水多次浸染，穿淡色T恤的人衣服上呈现出一片片土黄色的斑痕，穿深色T恤的人衣服上则留下了一条条弯弯曲曲的盐渍。他们有的在嚼槟榔提神，有的在啃饼干充饥。

林云涛一边坐下来，一边调侃地说:“哎哟！怎么搞得汗味酸臭、乌烟瘴气的，感觉好像到了地下赌场一般？”

文斌苦笑着说：“何止是地下赌场，简直就是地下烟馆啊！你看，一个个灰头土脸、无精打采的样子……啧啧。”文斌用右手指尖敲了敲桌子：“哎哎，我说兄弟们，都打起点精神好不好，要注意点形象嘛！”

见大家依然一动不动，文斌便站起来准备骂人了，林云涛急忙拉住他：“你没辙，还是看我的吧。”

林云涛一边从公文包里往外拿笔记本，一边自言自语地说：“羌笛何须怨杨柳，春风已度玉门关。”

听到林云涛吟诗，郭弘立即接口：“原本是‘春风不度玉门关’，到你这里变成了春风已度玉门关。看来林支队长这边的工作一定是羌笛悠扬、春风拂面了！”

听到郭大秀才这么一解说，大家便都兴奋起来了，一个个打起精神，睁大眼睛望着林云涛。

“呵呵，师父你这招还真灵啦。”文斌抓住机会拍林云涛的马屁。

“知道大家早已是久旱盼甘雨、盛夏望春风，所以我特意赶来给你们送一点‘甘雨’、吹一缕‘春风’。”

文斌一边给林云涛点烟，一边回头对大家说：“从现在开始，只有师父可以吸烟，大家都不准吸，我带头禁烟3小时。要不然啦，这浓浓的烟雾还不把‘春风’给冲散了、把‘甘雨’给熏没了？”

“哈哈！说哪里话呢？你这分明是只许州官放火，不让百姓点灯嘛！别听他胡扯，该抽的还是抽，别理他。”林云涛喷出一股烟雾，笑呵呵地说。

“师父，你这‘甘雨’和‘春风’究竟是怎么一回事呀？”

林云涛用手掌将眼前的烟雾扇散：“案件发生后，由于客观方面的原因，刑科所的同志只对物证做了定性检验，并未做定量检验。因此，我们也就无法直接判定每个中毒人员所摄入的毒物量是多少，而只能根据每个人的中毒症状，来判断其食毒量。我和钟法医去了一趟医院，找当时抢救的医生进行了座谈，又审阅了每个人的诊断书，后来又去了一趟殡仪馆，对李湘妹的尸体进行了复检。你们猜怎么着？”

为了提高大家的兴奋点，林云涛故意卖了个关子。

“难不成有重大发现？”王强手举着老花眼镜问，脸上的皱纹因惊奇而显得更加清晰。

正在这时，钟天端来了两盒已经泡好了的方便面：“哎！哎！你们先别急嘛！我俩还没有吃晚饭呢。总得让我们吃点东西先填饱肚子再说吧。”

文斌赶紧接过一盒方便面递给林云涛：“对不起，师父，不知道你还没有吃晚饭。”说完，又回头对着钟天大声说：“你真是个榆木脑壳，师父没吃饭你也不打个电话告诉我一声？”

“不怪钟天同志。是我们忙得忘了时间，忙完后又急着赶来参加你们的工作调度会，所以才误了餐。”林云涛一边搅拌着面团，一边说。

林云涛三下五除二就把方便面吃掉了，然后拿起一瓶矿泉水，“咕咚咕咚”灌了几大口，用手背揩了一下嘴唇，说：“经过反复比较，我们发现了一个非常奇怪的情况。死者李湘妹的中毒症状，与张福顺高度相似，而与其他人的中毒症状，则有着明显的差异。其他人无非是呕吐、腹泻，指甲和嘴唇有轻微的青紫，而李湘妹除了全身皮肤青紫外，还伴有严重的眼结膜充血和大小便失禁。这些都是属于重度中毒的症状，因此，我们有理由怀疑，李湘妹所食入的毒物量，可能比其他人要多得多。”

“你是说，李湘妹不是因为身患重病，在毒物的刺激下加速死亡的，而是因为食入了过量的毒物，直接中毒死亡？”文斌不愧为刑警队长，思维相当敏捷，反应非常快。

“也许前者只是辅助原因，后者才是主要原因。”林云涛说。

“咦，我有点被你们搞糊涂了。李湘妹身患重病，这是客观事实，食入了亚硝酸盐，也是客观事实，中毒身亡更是客观事实。怎么现在还出现了主要原因和辅助原因呢？”王强晃动着手里的老花眼镜问。

“林支队长的意思是说，李湘妹除了从紫菜鸡蛋汤里食入了亚硝酸盐以外，还通过其他途径食入了过量的亚硝酸盐，从而导致中毒死亡。”文斌代林云涛解释道。

“其他途径？像张福顺一样吗？”韩珂玉问。

“差不多吧。”林云涛点头回答。

“那会是什么样的途径呢？”王强皱着眉头问。

“李湘妹吃的饭是谢雨农送回家的，那是不是就意味着这其他途径与谢雨农有关联呢？”文斌分析道。

“现在还不能下这样的结论。不过，至少有理由把谢雨农作为调查对象，对其开展调查工作。”林云涛说。

“我看未必。天底下哪有亲生女儿害死母亲的？再说了，中毒死亡的又不只是李湘妹一个人，还有张福顺。如果说李湘妹的死与谢雨农有关的话，那么又如何解释张福顺的死呢？”吴良义表示反对。

“我也觉得这像是天方夜谭的事。”韩珂玉也摇了摇头说。

“从李湘妹的中毒症状来看，她应当不止食入紫菜鸡蛋汤含的亚硝酸盐。这怎么解释呢？”钟天在旁边插话说。

“就算是这样，我也觉得不一定与谢雨农有关。也许还有我们没有想到的其他情形吧。”吴良义坚持自己的意见。

“大家静一静，听我说两句。”文斌站起来说，“我觉得我们要尊重科学，尊重客观事实。既然从法医学的角度已经认定李湘妹是吃了过量的亚硝酸盐中毒身亡的，那我们就要尊重这个事实，就要在这个前提下，调整好我们的工作思路，组织安排好下一步工作。从目前情况来看，不能说这件事与谢雨农没有半点关系，毕竟李湘妹吃的中饭，是她亲手送回去的。至于在哪个环节出了问题，现在恐怕谁也说不清楚。因此，我们完全有必要围绕谢雨农展开调查。退一步说，即使通过调查最后排除了她的嫌疑，也是好的嘛。前一阶段，我们调查了那么多的对象，不都一一排除了吗，难道现在还在乎多一个谢雨农？你们说对吗？”

大家交头接耳议论了一番后，都纷纷点头赞成。

见大家的意见基本上统一了，林云涛便建议从 3 个方面开展调查：一是围绕谢雨农的生活经历和家庭背景展开调查，看其是否具有犯罪心理基础和作案动机；二是围绕谢雨农案发前的活动轨迹展开调查，看其是否具有作案条件；三是围绕毒物的来源展开调查，看其是否具有作案工具。

根据林云涛的建议，文斌对下一步工作进行了分工调整。

考虑到一个人的身心健康，最容易受到影响的年代是童年、少年和青春发育期。从谢雨农的陈述简历中可以看出，她的童年和少年都是在红山林场度过的，青春发育期是在高全市交通技工学校度过的。于是，文斌和王强商量，由王强带人前往红山林场，调查她小时候的成长经历和在县城工作的经历，由文斌带人前往高全市，调查她在交通技工学校读书时的经历。至于吴良义，文斌安排他继续围绕张福顺开展更深层次的调查。

二十三　红山林场

红山林场原是国有林场。位于宁溪县北部，崇山峻岭，竹木成林。

早在20世纪七八十年代，林场拥有职工三百余人，几十户人家。

林场行政办公大楼位于场部中心，是一栋两层砖混结构楼。职工们的住房分列于办公楼的左右两侧和后面。整个场部的房屋设计布局，充分体现出众星拱月的寓意。

企业改制前，林农们在林场党支部的领导下，植树造林、修竹伐木，过着轰轰烈烈而又安居乐业的集体生活。那时候，林场还建办了一个竹木生产加工厂，所生产的竹凉席、竹地板等生活用品，销往全国各地，远近闻名。场部还建有集体食堂、职工俱乐部和林场小学，真可谓人丁旺盛、气象万千、管理有序。随着2008年集体林权制度改革的实施，大部分林地分配到了林农手上，林农们获得了充分的林地经营自主权，原来的那种集体劳动和集体生活的格局被彻底改变，取而代之的是林农自主经营、自我管理、自负盈亏。从此后，集体林场的行政管理和社会功能，也发生了变化，由原来的全面领导，变为督促指导；由原来的行政管理，变为对砍伐销售指标的调控与审批。

谢雨农就出生在这里。

在谢雨农很小的时候，父亲就去世了。父亲是在上山搬运毛竹时，被山坡上滑下来的一根毛竹直接刺进胸膛，当场死亡的。

父亲去世后，母亲李湘妹带着 3 个孩子，屎一把、尿一把的，日子过得实在是有些艰辛。

苦也好，累也罢，最终还是把 3 个孩子拉扯大了。

对于一个年轻守寡的女人来说，辛苦和劳累都算不了什么，真正难以承受的，是孤独和寂寞。这不，随着时间的推移，李湘妹一颗驿动的心早就按捺不住了，一刻都没有停止过对异性情感的憧憬和向往。

谢雨农 14 岁的那一年，一天她放学回到家，发现家里的门被母亲从里面闩上了，怎么推都推不开。她以为母亲生病在床，不方便起来开门，便绕到屋后，从母亲住房的窗户外面朝里查看。窗户玻璃上，本来是贴了一层报纸的，用来遮挡光线，由于年代已久，报纸的边沿部位出现了不少的翻卷与破损，露出了一些不规则的洞眼。谢雨农靠近窗户，透过这些破损的洞眼往屋里窥视，不料，屋里的情景令她大吃一惊，只见母亲光着身子，骑坐在一个同样光着身子的男人身上，仰着头，挺起胸，一边呻吟，一边不停地摇摆颤动。见此情景，谢雨农顿时感到一股既羞愧又恶心的情绪涌上心头。她发疯般地往林场外面跑，一口气跑出了 5 里地，跑到一条小河边，“哇”的一声，便开始搜肠刮肚地呕吐起来。呕吐完后，脚一软，便瘫坐在草地上。

“这算什么呢？这不就是大人们在吵架时常说的‘偷人’吗？这个女人怎么会这样？怎么连这么龌龊的事情都做得出来？……那个男人更不是什么好东西，竟跑到我家里来勾引良家妇女！……真是一对狗男女，坏透了！我恨你们！”谢雨农在心里面不停地诅咒着。

也不知道在河边坐了多久，不知不觉间，天就暗下来了。

谢雨农仿如迷失的羔羊，恍恍惚惚的，不知道要干什么，也不知道要往哪里去，脑袋里面一片空白。

夜色中的山林，景色已不像白天那么光鲜了。远山近林，花卉草木，都被黑夜紧紧地包裹住，树木、竹林、沟壑，一切都变得模糊不清起来。忽然，有一股疾风穿林而过，树林里便顿时发出了一阵阵低沉幽冥的“呜！呜！”声，随之，山影开始浮动，树木也不停地摇摆，周围的一切都在战栗飘移，似乎有无数虚幻的幽灵在涌动，在哭泣。刹那间，谢雨农仿佛置身于魔鬼的盛典上，到处是妖影幢幢，魔声呜咽，谢雨农感到非常的无助，非常的孤独和恐惧，同时，又充满了无比的怨恨和愤怒。

谢雨农顺手从旁边摇摆不定的树枝上扯下几片树叶，搓揉成一团，将嘴角粘的呕吐物胡乱地擦了擦，便一把将树叶团甩在地上，站起来用脚狠狠地踩了踩，一边踩，一边说：“我恨你们！恨你们！”说完，抬头辨了辨方向，跌跌撞撞地往回走。

谢雨农回到家时已经是晚上 9 点多钟，哥哥和妹妹都已经吃过了晚饭，正在昏暗的灯光下做作业。母亲见她这么晚回来，非常生气，二话不说就开始破口大骂：“你又死到哪里去了？你还晓得要回来呀？家里的事你是一点忙都帮不上了……”

谢雨农毫无表情地呆坐在饭桌旁，一副精神恍惚、失魂落魄的样子。任凭母亲怎么骂，她都是一言不发。到后来，她干脆把书包一丢，爬到床上用被子蒙住头，不再理睬。

那个跑到谢雨农家里去“勾引”李湘妹的男人不是别人，正是林场的会计任成仁。

任成仁大李湘妹半岁。妻子得癌症去世后就一直单身。

李湘妹和任成仁生活在一个林场，工作在一个单位。一个死了老公，一个死了老婆，两人同病相怜，惺惺相惜，久而久之，便你情我愿的，私下里干起了“偷情”勾当。但是，苦于家庭和社会压力，两个人不敢公开，都是背地里你来我往，暗中做着“掩耳盗铃”之事。

李湘妹和任成仁的奸情，使童年的谢雨农心里蒙上了一层梦魇般的阴影。

从那天开始，她就变了，变得性格孤僻，变得不愿和人说话，变得不愿在人多的场合露面。学习成绩也是一再下滑，以至于后来只能勉强考上一个职业技术学校。

一转眼十几年过去了，李湘妹的3个孩子也长大成人了。老大谢雨工，和别人合伙做铝合金门窗工程；老二谢雨农，交通技工学校毕业后，经人介绍，到了公交车站做临时工，当了一名跟车售票员；老三谢雨兵，师范专科学校毕业后，做了一名小学老师。到最后，家里又只剩下李湘妹孤身一人了。

为了掌握自己的命运，提高自己老年的生活质量，李湘妹咬了咬牙，拿出了所有的积蓄，在县城买了一套两室一厅的房子。一不做二不休，干脆把老相好任成仁接过来一起过日子了。

虽然没有儿女在身边，但两个老人家住在一起，相敬如宾，互相体贴，彼此照顾，日子过得也算是有滋有味。

正所谓岁月近黄昏，夕阳无限美。

现实总是与梦想相差甚远。交通技工学校毕业时，谢雨农的想法非常美好，希望毕业后能找到一份轻松的工作，过上安逸的日子。可走上社会后才发现，现实是多么的残酷。在现实生活中，既轻松又赚钱的工作确实有不少，但那可不是什么人都能得到的。像谢雨农这种没有任何社会背景的人，只能是奢望。最后，就连到公交车站做临时工这样的事，都还得求人帮忙。

跟车售票员的工作是非常辛苦的。早上，天还没亮就得跟车出发，要到晚上9点多钟才能下班回家。每天要跑好几条线路。工作强度比正式职工要高几倍，可是收入却比正式职工少得多。

谢雨农咬紧牙关坚持了两年，但最终还是带着辛酸和委屈，赌气地离开了。这以后，她还到过一些其他部门和企业打工，但都是因为太辛苦，收入又不高，所以干不了多久便又会离开。总而言之，她总是扎不下根、定不下心、沉不下身，穷折腾。

谢雨农自叹命运不济，但又无可奈何。她深深地感到，一个弱女子，如果仅靠自己辛苦打拼，苦日子怕是永远熬不到头。思虑再三，还是找个男人嫁了吧，也许成家后，生活会有所改变的。后来，在哥哥和嫂嫂的张罗下，谢雨农嫁给了同样做铝合金生意的廖永恒。

婚后，谢雨农一门心思跟着丈夫做起了铝合金门窗生意。经过几年的打拼，夫妻俩在县城里买了房子，生活过得也还算平稳。

自古红颜多薄命，正当谢雨农感到生活充满希望时，不料，丈夫突然出车祸去世了。谢雨农再次感叹命运不济。这不怪天，不怪地，要怪只能怪自己命不好。伤心之余，她只好把所有的懊恼和怨恨，深深地埋在心里，独自承受，从不外露。

一个妇道人家，要独自支撑铝合金门窗生意谈何容易。于是她改弦易辙，又做起了临时工的行当，经一个远房亲戚介绍，到林业局竹木工艺品销售公司做了销售员。

一天闲来无事，谢雨农和同事黄书琴谈起了母亲和任成仁同居的事，黄书琴煞有介事地说："这你可要多长个心眼。我听别人说，像他们这样同居的话，由于他们在生活上相互照顾，你们做儿女的又没在身边，没有尽到赡养的义务，将来打起官司来，这套房子就有可能判为他们两个人的共同财产，你们做子女的都没有份了。"

"啊！有这样的事？"

"有呀！这样的事例，在电视上、网络上经常都能看到。"

仔细回忆了一下，谢雨农还真感觉到好像是在那里看到过这一类的新闻报道。

"可是……他们又不是夫妻，是不正当的男女关系，属于'通奸'。难道'通奸'也要受到法律保护吗？"一股莫名的忧虑情绪，在谢雨农心里油然而生。

"咦！两个老人家都是单身，住在一起，相互之间彼此有个照应，这也算不得是'通奸'吧，是么？现在很多大城市里都时兴这个呢。人家还有一个很时髦的词呢，叫什么来着？叫……哦，对了，好像是叫‘抱团养老’吧。”

“抱什么团？养什么老？我可有证据证明他们是通奸呢。”

“你有什么证据？”

“二十多年前，还是在我十四五岁的时候，我亲眼看到过他们在我家里偷情。你说这算不算是证据？”

“那只能证明他们曾经有过不正当的男女关系，并不能证明他们现在住在一起就是通奸啦。”

“哦，是这样……”

说者无心，听者有意。谢雨农听了黄书琴的话，心里犯起了嘀咕。“这还了得。如果真是这样的话，那不是让外人白捡了个便宜吗？不行，绝对不可以！无论如何，都不能让这个老不死的家伙从母亲那里拿走半分钱财！”

于是，谢雨农以尽一份孝心、照顾母亲为由，软磨硬泡地把母亲接到了自己家里，让母亲和自己住在一起生活。并把任成仁从母亲住房里赶了出去，不准他再踏进家门半步。

李湘妹心里虽然一百个不愿意，但终究经不起家人的反对和旁人的劝说，只好极不情愿地搬到大女儿家里，和谢雨农母女俩生活在一起。

天有不测风云，人有旦夕福祸。两年前的一天清晨，李湘妹早早起来烧饭。由于潮气重、地面湿、鞋底滑，加上她刚刚起床，睡意还未全消，懵懵懂懂的，一不小心脚底下一滑，就重重地摔了一跤。这一摔不打紧，竟把个原本就有脑血栓的老太婆摔成了半身不遂。从此后，李湘妹就瘫痪在床，生活不能自理了。

母亲瘫痪后，一开始由谢雨农照顾起居饮食、吃喝拉撒。但仅仅几个星期下来，谢雨农就明显地感到吃不消。也难怪，一个娇小柔弱的女子，既要照顾瘫痪的母亲，又要照顾读中学的女儿，还要按时上班，确实难以应付。后来兄妹三人一商量，决定用母亲每个月仅有的两千元退休金，雇请一个保姆来伺候。于是，就请了舅妈来做全职保姆，专门照顾母亲。

二十四　外调

交通技工学校，一所为公路客运行业培养人才的学校，坐落在与宁溪县相邻的高全市郊区，占地面积上百亩，属于小中专性质，学制两年，但毕业后不包分配。

早在二十世纪八九十年代，这所学校还是比较红火的，每年招收学生达到了五百余人。学校设置了机械维修、交通运营服务和交通管理 3 个专业，还设置了路政管理培训中心。近几年，由于专业化大学不断增加，加上私立驾校行业如雨后春笋般蓬勃兴起，这种小中专性质的技术学校自然受到了冲击，慢慢地被淘汰了。现在，校门口虽然还悬挂着“交通技工学校”的牌子，但里面只有一个农机公司和一家机动车驾驶员培训学校。农机公司是市政府农业局的内设机构，驾校是别人租赁场地办的私立培训学校。原来的交通技工学校早已是名存实亡了。

文斌和韩珂玉在高全市公安局刑侦大队同行们协助下，费了九牛二虎之力，总算在一个偏远的农村中学，找到了谢雨农当年的班主任郑中华老师。

郑中华现在是农村中学的语文老师，虽然只有 58 岁，但已是两鬓斑白、满头霜雪了。

据郑中华介绍，他以前在交通技工学校当教师，教的是基础理论课。进入21世纪后，由于专业性的大学不断增多，加上4S店汽车维修行业的兴起，交通技工学校就再没有生源了。因此，早在2005年，高全市教育委员会就宣布交通技工学校停止办学，将学校原有的教师全部分流到各个中小学校任教去了，学校员工则被安置在与交通运输部门有关的其他单位上班。

“郑老师你好！我们是宁溪县的公安民警。我们今天来找你，是想了解有关谢雨农的情况。她曾经是你在交通技校任教时的学生，不知道你是否还记得她？”文斌介绍完自己的身份后，第一时间提出问题。

“啊！谁？谢雨农？宁溪县的那个女学生？”郑中华瞪着一双惊愕的眼睛反问道。

“对，就是她。看来你还记得。”

“嗯，当然记得。如果你们问的是别的学生的话，也许我没有印象，可能会想不起来，或者说要慢慢回忆才能想起来。但是，对这个学生，我可是终生难忘啊！”郑中华不无感慨地说。

“是什么原因使你对谢雨农的印象竟如此深刻？难道是因为她非常优秀、非常出色的缘故吗？”

文斌和韩珂玉感到十分惊讶。相隔这么多年了，郑中华竟然对谢雨农还能记得这么清楚，印象还是那么深刻。

“正相反，她既不优秀，也不出色，学习成绩并不好，表现也只是一般般。”

“那……那又是为什么呢？”

“欸！是因为在她身上有一个谜，我一直不能破解。这个谜，时不时地触动着我的神经，使我感到不安，感到战栗。它就像魔咒一般，整整困扰了我近二十年啦！”郑中华长叹了一口气，摇了摇头说。

听了郑中华的话，文斌和韩珂玉内心里既感到震惊，又暗自兴奋。

文斌掏出香烟，给郑中华点上：“郑老师，不瞒你说，我们在她身上也发现了一些不解之谜，而且这些谜还可能与她的学生经历有关联，所以，我们才不得不大费周折地来找你。既然你说到她身上有一个谜，那我们的谈话就从这个谜开始吧？”

“好的。记得那是 1999 年夏天的事。”郑中华吸了两口烟，眼神变得凝重和幽远起来，“那年暑假期间，谢雨农和另外一个叫王春碧的同学自愿放弃休假，要求留在学校值班，看护校园……”

“你等会，我打断一下。这个留校看护活动，是学校组织的还是学生自发的？”

“所谓留校看护，实际上就是留守值班的意思，是学校组织的活动。学校搞这个活动的初衷，一是照顾那些路途遥远、家庭经济条件差的学生，因为在假期里留校的学生，不仅吃饭是免费的，而且还有少量的生活费发放；二是学校也需要有人值班，以防止附近的居民到学校里来偷拿财物。当然，这个活动不具有任何强迫性，学校完全是按照学生自己的意愿来安排的。”郑中华解释道。

“有人数上的规定吗？”

“有，一般每个班控制在 3 人以下。”

“你还记得谢雨农和王春碧当时要求留校的原因吗？”

“记得。王春碧是湘西人，路途遥远，如果回去的话要花不少车费，舍不得，所以要求留校。谢雨农的家虽然是在相隔不远的宁溪县，但由于她与王春碧关系亲密，自己主动要求留下来陪她。放寒假时她们就是这样留守护校的。”

“这留守护校不是很正常吗，有什么奇怪的呢？”韩珂玉问。

“奇怪的不是留守护校本身，而是在留守护校期间发生了一件奇怪的大事。”

“哦，是这样。你接着说，发生了什么奇怪的大事？”文斌不动声色地问。

“就在暑假结束的前一天早上，谢雨农匆匆忙忙地跑到值班老师那里报告，说是王春碧服毒自杀了。值班老师跟她到女生寝室一看，发现王春碧身上衣着整齐，直挺挺地躺在床上，嘴角边有一条已经干涸的血迹印。看样子已经死亡多时了。”

“呀！学生自杀？”韩珂玉感到震惊。

“凭什么认为是自杀呢？”文斌问。

“因为在靠床的桌子上，有一个小塑料袋，塑料袋旁边有一个空玻璃杯，杯子底下压了一份遗嘱。值班老师报案后，公安民警赶来了，对现场进行了勘查，对尸体进行了检验，对遗嘱进行了文字鉴定，最后认定王春碧是服老鼠药自杀的。”

“自杀的事情不是经常都有发生吗？这也没有什么奇怪的呀？”文斌不以为然地说。

“我不是说自杀事件本身有多奇怪，而是觉得一个在校学生，好端端的怎么就会自杀呢？”

“你怀疑王春碧不是自杀？”文斌试探着问。

“不不不，对公安机关的调查结论我丝毫不敢怀疑。但我总觉得，王春碧的死，似乎与谢雨农有着某种联系。”郑中华若有所思地说。

“此话怎讲？”文斌饶有兴趣地问。

“我是她们的班主任，对她们最熟悉了。王春碧长得像个男孩子，性格也像个男人，平时大大咧咧的，生活中充满了阳光。这样一个人，怎么会去自杀呢？我看不出她有自杀的理由，除非是……”

“除非是什么？”

“除非是……除非是迫不得已。”郑中华咬了咬牙，下定了决心似的，才把心里话说出来。

“不是有遗嘱吗？遗嘱里面应该写了她自杀的原因吧。”文斌提醒道。

“唉！怪就怪在这份遗嘱上啊！”郑中华回忆道。

“你是说那份遗嘱有问题？”文斌问。

“我也说不清，反正我觉得有哪里不对劲。”郑中华摇了摇头说。

“你还记得那份遗嘱的内容吗？”

“记得，遗嘱是抄写了徐志摩《再别康桥》诗中的一个片段，我背诵给你们听。”

悄悄的我走了，
正如我悄悄的来；
我挥一挥衣袖，
不带走一片云彩。
——永别了，我的康桥。

“这遗嘱没有落款吗？”文斌问。

“有的。落款是‘爱你的，王春碧’。”郑中华回答。

“可是，这也看不出王春碧的死与谢雨农有什么关系呀？”韩珂玉还是满脸疑惑。

“有一点我还没有给你们介绍。这谢雨农和王春碧是同班同寝室的同学，两个人一起上学、一起下课，一起去食堂吃饭，双双进，双双出，关系比亲姐妹还要亲。那次王春碧留守护校，谢雨农宁肯放弃暑假，主动留下来陪她，足见两个人的关系非同一般。所以，我实在想不通，两个关系那么好的人，同住在一间寝室里，在事前没有任何征兆的情况下，怎么就会其中一个人自杀了呢？这太不可思议了吧。”郑中华一边摇头一边叹息。

“是不是王春碧的家里发生了什么变故，才导致她想不通而自杀呢？”文斌尽量从各个方面给郑中华一些启发。

“没有呀。公安民警做了这方面的调查。那段时间里，她家里没有发生任何异常的事情呀！”

离开中学，文斌和韩珂玉直奔高全市公安局刑侦大队档案室，调阅了当年的案卷。

案卷显示：1999 年 8 月 29 日晚，交通技工学校暑假留守护校学生王春碧，因服用毒鼠强（四亚甲基二砜四氨）中毒身亡。调查结论为：服毒自杀。理由有 4 条：第一，死亡现场留下的遗嘱，是王春碧亲笔所写。第二，装毒鼠强的小塑料袋上，只有王春碧的指纹。第三，尸体上无任何机械性损伤，可以排除在外力控制情况下服用药物。第四，中心现场除了谢雨农和王春碧的新鲜足迹和指纹外，未发现第三人的。

文斌重点审阅了遗嘱和谢雨农的证明材料。

遗嘱的纸张双面都印有浅绿色的写字行矩线。其中一条边不规则，有手工撕裂的痕迹。很明显，这张纸是从某一本日记或笔记本上撕下来的。

谢雨农当时的证词显示：她和王春碧在食堂吃过晚饭后，一起到了学校后山，沿着石级散了一个小时的步，然后回到寝室。其他同学都回家休假去了，寝室里只有她们两人。大约晚上 10 点多钟，她感觉到有些疲劳，就先睡觉了。这时，王春碧还在看书。第二天早上起来，发现王春碧已经死了，便赶紧向学校值班老师报案。

从案件卷宗材料来看，也看不出有什么疑问。但郑中华老师的话，却总是在侦查人员的耳边回响。

傍晚时分，天空中忽然下起了大雨。燥热的地面上，被雨水一浇，滋滋地往外冒着热气。热气再与雨水相混，便形成了一层浓浓的雨雾。雨雾吞噬着扬起的灰尘，使冥冥的暮色更加显得灰暗和朦胧。车窗外，远山近水、村落田野，全部笼罩在一片模糊的雨雾中。

汽车在雨雾中穿行。韩珂玉一边谨慎地驾车，一边试探着问文斌："队长，你觉得王春碧的死与谢雨农有关联吗？"

"有不有关联我现在还不敢说。但我觉得郑中华老师说得没错，这个案子最奇怪的地方就是那份遗嘱。从表面上来看，遗嘱似乎并没有涉及任何自杀的原因和动机，但仔细推敲后，便会发现其中的奥秘。"文斌双眉紧锁，眼神中闪烁着智慧的光芒。

"是吗？我怎么没有看出来。"韩珂玉自顾自地背诵了一遍遗嘱："悄悄的我走了，正如我悄悄的来；我挥一挥衣袖，不带走一片云彩。——永别了，我的康桥。”韩珂玉摇了摇头，一副茫然不解的表情。

“你要看透遗嘱的奥妙，首先就要了解徐志摩写《再别康桥》这首诗的寓意。”文斌掏出香烟准备点燃，但瞄了一眼韩珂玉，便决定放弃了。因为他知道韩珂玉是烟酒不沾的好男人。

“没事的，队长你抽吧，帮我也点上一支。”文斌的动作没能逃过韩珂玉的眼睛。

文斌点上一支烟递给韩珂玉，然后自己也点上一支，大口地吸着。

韩珂玉双眼盯着汽车前方，装模作样地抽了一口烟：“我只知道徐志摩的诗大多数是表达爱情和自由的。难不成王春碧的死与爱情有关？”

文斌凝神思索片刻，说：“徐志摩的这首诗表达了作者对康桥的爱恋，对往昔生活的憧憬，对眼前的无可奈何的哀怨。王春碧之所以选择这首诗作为诀别人生的遗嘱，说明她当时正面临着困境，内心充满着矛盾与痛苦，企求在临死之前，用徐志摩的诗来表达心中的伤痛和哀愁，以及对现实生活的无奈和逃避。我猜想，这也许就是她自杀的原因和动机吧。”

“可这一切与谢雨农又有什么关系呢？”韩珂玉还是不明白。

文斌盯着韩珂玉看了几秒钟，似乎在思考该如何回答他的问题。沉默了一会儿，然后说：“在搞清楚了王春碧的自杀动机后，我们再来看看遗嘱的落款。遗嘱的落款是：爱你的，王春碧。你从这个落款中能领悟出什么含义吗？”

“这太明显了，不就是表现出了王春碧对某种事物或某个人的深爱嘛。”韩珂玉不假思索地问答。

“那你把这个落款与遗嘱的全部内容结合起来看，能得出一个什么样的推断？”文斌一步一步地启发道。

“哦！让我想想……王春碧深爱着某种事物或某个人，但又无法面对现实的残酷，只好放弃和逃避，以死来做个了断。”韩珂玉眨巴着眼睛分析道。

“你分析得很有道理。这个落款，正好揭示了王春碧自杀动机的本质啊！”文斌点了点头说。

文斌吐出一串烟圈，凝望着车窗外茫茫的夜色，自言自语地说："王春碧究竟爱什么爱得这么深？爱得非要死去活来？"

"队长，听你这么一说，我似乎明白了。我认为王春碧是因为爱情纠葛而产生怨恨，因为怨恨而产生厌世；因为无奈而选择逃避，因为逃避而选择自杀。你说对吗？"韩珂玉突然有了醍醐灌顶一般的感觉。但这种感觉只是稍纵即逝，换之而来的便是无限的迷茫，"说心里话，我无论如何都想不通，王春碧的自杀，究竟能有谢雨农什么事呢？"

"是呀。别说你想不通，我也想不通啊！看来要彻底破解谢雨农身上的谜，我们还不得不再费点儿心血，多找几个她的老师和同学进行调查了。"文斌苦笑着说。

文斌和韩珂玉找到高全市教育局，要求调取当年交通技工学校的学生花名册。不过很遗憾，教育局由于办公大楼多次搬迁，导致部分学生的花名册丢失。无奈之下，文斌想到了交通技工学校的原校长。

校长早已退休在家。当问及学生花名册时，他说这些事不属于他管，建议他们去找当时的教务处主任彭老师。

彭老师虽然也已经退休了，但由于他工作认真负责，在退休之时，把当年的备份资料全部带回了家，用一个帆布袋子装好，再用一个老式樟木箱子锁上，妥善地保管起来了。

从花名册中，文斌轻而易举地找到了当年与谢雨农、王春碧同寝室的另外4个女学生，这4个女学生分别是：冷雨晴、熊芳、宋美丽和张小君。这4人中，除了冷雨晴是清江县人外，其余三人均是高全市本地人。

文斌和韩珂玉兵分两路，韩珂玉留在高全市，设法寻找到同寝室的其他同学调查，文斌则驱车前往清江县找冷雨晴调查。

二十五　闺蜜

1998年9月，学习成绩较差的谢雨农，和许多对高考失去信心的学生一样，无可奈何地报名进入了不包分配的交通技工学校。名义上是继续深造，实则是为了混一纸职业技术学校的文凭而已。

谢雨农读的是交通运营服务专业，与王春碧、张小君同班，3人同寝室。同寝室的还有冷雨晴、熊芳、宋美丽三人，但这三人和她不是同一个班，熊芳和宋美丽虽然与她专业相同，但却比她高一届，冷雨晴虽然同届，但学的是交通管理专业。

据和谢雨农同寝室的另外4个女生介绍，当时学校的条件比较差，每个寝室里都住了6个学生。寝室里共有3张床，每张床分上铺和下铺。王春碧、谢雨农、冷雨晴3人睡上铺，熊芳、宋美丽、张小君睡下铺。王春碧和冷雨晴的床铺靠近窗户，谢雨农的靠近房门。

新生入校的那天，谢雨农早早就到了学校。报到后，按照学校的安排，她找到了自己的寝室——女生寝室403室。

寝室里有3张床共6个床位，都是上下铺的简易木制床。学校里已把每个人的名字贴在相对应的床位边，学生报到后，只要对号入座便是了。

谢雨农按照学校的安排，找到了自己的床位。是靠近房门的上铺。

谢雨农正要把行李搁置到床上，比她高一届的女生宋美丽走过来拦住她：“喂！新来的，你睡下铺，我睡上铺。”

“为什么？我看了报到表，上面明明写的是我睡上铺的嘛。你看，这上面还贴了我的名字呢。”看到宋美丽盛气凌人的架势，谢雨农有些怯怯地说。

“先来后到嘛，这是规矩。”宋美丽脸上露出一副大姐大的表情。

谢雨农看了看她，见她不像是在开玩笑，便一边往下铺搬东西，一边说：“既然你是师姐，那你说了算喽。”

正在这时，跪在床上整理东西的王春碧从床上跳下来，指着宋美丽的鼻子大声说：“你凭什么？”

“凭我是师姐呀！”

“师姐又怎么样？床铺是学校早就安排好了的，你这样强占硬要，是讲规矩吗？你这是在破坏学校的规矩。再说了，你作为师姐，本来就应该关心师妹才对呀，怎么还欺侮师妹呢？”王春碧重重地“哼”了一声。

“我又没有和你争床位，有你什么事呀？真是多管闲事。”宋美丽看着身材、长相和发型都像个男生的王春碧，不免心里有些发怵，态度明显软了下来。

“我也是新来的，要不你和我换一下？”王春碧有点得理不饶人。

“不用了……不用了，美丽是跟她开玩笑的啦！别当真，别当真。”熊芳赶紧过来打圆场，并连连向宋美丽使眼色，暗示她冷静。

“呃，开不起玩笑是吧？开不起就不开喽。”宋美丽自知理亏，见熊芳搬来了下台级的“楼梯”，便赶紧顺势而下。

“我们能住在同一个寝室，说明我们有缘分。无论睡上铺还是下铺，从今天开始，我们就是姐妹了，你们说对不对？”张小君在旁边提议道。

“呵……哈！对！……对！……对！说得好！缘分，缘分。”熊芳和冷雨晴附和着说。

就在大家转身忙于整理自己的物品时，谢雨农偷偷向王春碧投去了一份深情的感激目光。

从这件事后，谢雨农和王春碧的关系就变得十分亲密了。两个人一起去上课，一起回寝室，一起去食堂吃饭，一起去洗澡，成双成对，形影不离。

又是一个阳光灿烂的日子。学校演艺厅里正播放着《绿岛小夜曲》歌曲——

这绿岛像一只船，
在月夜里摇啊摇！
姑娘呀，你也在我的心海里飘啊飘。
让我的歌声随那微风，
掀开了你的窗帘；
让我的衷曲随那流水，
不断地向你倾诉。
椰子树的长影，
掩不住我的情意。
明媚的月光，
更照亮了我的心。
这绿岛的夜已经这样沉静，
姑娘哟，你为什么还是默默不语。
……

伴随着这美妙轻曼的音乐，一个娇小玲珑、身材匀称的姑娘正在心无旁骛地翩翩起舞。只见她形态妩媚，动作轻盈，表情专注，如痴似醉。

在玻璃镜墙脚下的木地板上，坐着一个头发剪得很短，样子酷似男孩子的姑娘。只见她双手抱膝、目不转睛地望着舞者，脸上洋溢着满满的微笑，眼神里充满了纯真的情意。

跳舞的姑娘正是谢雨农。坐在地板上专注地观看的姑娘便是王春碧。

交通技工学校的学习是轻松的。学生们都知道学校不包分配，所以学习上都不太认真，都有混日子过的想法。

别看学习成绩普遍都不好，但学生们的课余生活却异常丰富。学生们自发地成立了篮球队、羽毛球队、乒乓球队、舞蹈团、合唱团等等，五花八门的团队样样俱全。全校学生几乎人人都参加了一个团队，有的甚至同时参加了几个团队。

谢雨农和王春碧也不例外，一个参加了舞蹈团，一个参加了乒乓球队。

由于两人参加的不是同一个团队，所以无法在一起活动和训练。不过，好在所有的活动和训练都是在课外时间里进行的，因此，她们还是有机会在一起。当王春碧参加乒乓球训练活动时，谢雨农就在旁边帮她拿衣服，就像是她的跟班；当谢雨农参加舞蹈训练时，王春碧就坐在旁边帮她拿衣服和鞋子，似乎又成了她的守护神。

在同学们的眼里，谢雨农和王春碧既是同学，又是挚友，更是闺蜜。两个人关系十分密切，相互之间不分彼此。难怪同学们在背后都开玩笑地说，她们就像是一对正在度蜜月的小夫妻。

二十六　同性恋

冷雨晴和谢雨农虽不是同班，但同届。两人年纪也差不多。毕业后，她通过努力，考进了清江县交通局。后调到了县政府接待处，现已任接待处处长。

可能是注意保养和调理的缘故，看上去，冷雨晴比实际年龄要小得多，一头染成棕色的头发，衬托出一张白皙光润的俏脸，一双深邃的眼睛，流露出柔和、真诚的光辉。说话时，不时地用纤细的手指将右边鬓角的发丝挽到耳后，动作优雅而不失妩媚；笑起来，嘴唇微抿，眉梢微扬，笑容含蓄而不失纯真。

"典型的江南美女。难怪能当接待处处长。"这是文斌看到冷雨晴时的第一印象。

据冷雨晴介绍，谢雨农是一个性格比较孤僻的人，除了王春碧以外，她几乎不与其他同学交往。平时为人处世疑心重，不太愿意信任别人。

"你是说谢雨农生性多疑，不信任别人？"文斌有选择性地提出问题。

"唔——对。可以这么说吧。"冷雨晴歪了歪头，思索了一下才回答。

"你能举个例子吗？"

"当然可以。记得是在一个梅雨季节里，由于连续数日的淫雨霏霏，导致寝室里到处回潮，壁柜里的衣物、床上的被褥都是潮乎乎的，就连书架上的书籍，都飘散出了发霉的味道。有一天，天突然放晴了，大家纷纷把衣物拿到户外去晒。王春碧见谢雨农还没有回寝室，就顺手帮她把被子搁到阳台的栏杆上晒了，之后就赶去参加乒乓球社团活动了。谢雨农回到寝室后，发现被子被人放到阳台上晒，你猜她怎么着？”

“还能怎么着？表示感谢呀！”文斌脱口而出。

“对呀！如果换做是别人，感激都来不及呢。可谢雨农却不是这样，她怀疑是有人故意找机会来翻动她的物品。只见她一副疑神疑鬼、失魂落魄的样子，一会儿看看枕头底下的东西，一会儿翻翻床上的其他物品，甚至连壁柜上的锁都检查了一番。后来，宋美丽实在看不下去了，就提醒她不要再到处查看了，别人没有动她的东西，是王春碧帮她晒的被子。她这才作罢。”

“除了王春碧，谢雨农还有其他的朋友吗？”

“应该没有。”

当文斌做好询问笔录准备离开时，冷雨晴突然拉了一下他的胳膊，有点不好意思地说：“呃！文大队，还有一件事……我不知道该不该讲？”

“只要是与谢雨农有关的，不管什么事，你都应该向公安机关反映。”文斌重新坐下来。

冷雨晴抬起一双羞涩的眼睛看了看文斌，随即又低下头，双颊早已泛起了红晕，轻声地问：“涉及别人的隐私也要讲吗？”

“如果对查明案情有帮助的话，你就应该据实反映。我们公安机关办案是有纪律的，‘保密’是对我们侦查人员的基本要求。你完全可以放心。”文斌解释道。

“哦！是这样。”冷雨晴又低下头，眼睛盯着脚尖一动不动，双手十指不停地相互搓揉，似乎还在考虑要不要把事情告诉调查人员。

文斌耐心地等待着，一边抽着烟，一边观察着冷雨晴的表情。他心里非常清楚，这个时候绝对不能给她施加压力，一旦加压，她很可能会在高压气氛下产生多一事不如少一事的想法，从而改变主意。

过了好一会儿，冷雨晴才慢慢地抬起头。她做了个深呼吸，似乎下定了决心一般，然后悄声地说："我……我怀疑她们之间是同性恋。"

"谁？你说谁？"文斌有些惊讶地问。

"谢雨农和王春碧。"

"是吗？你有什么根据？"

"也许是我的判断错误，但我感觉是这样。"冷雨晴有些不放心地说。

"不要紧，你说说看，说错了也没关系。我们一起来分析分析吧。"文斌鼓励她说下去。

"事情是这样的。由于曾经发生过宋美丽争夺床位、王春碧打抱不平的那一档子事，谢雨农和王春碧两个人的关系就非同一般了。两个人双双进，双双出，俨然就是一对热恋中的情人……"

"两个女生关系比较好，走得比较近而已，这并不能说明什么。"文斌打断她的话。

"你说得对，这的确不能说明什么。可是，后来发生了一件奇怪的事，使我不得不这么想。"

"发生了什么奇怪的事？"文斌紧追不放。

"这件事我……我还真有点羞于启齿呀！"

冷雨晴双眼望向窗外，一边回忆，一边讲述着一个藏在她心里近二十年的故事。

故事发生在第二个学期入夏的那天。

俗话说："夏吃荷包蛋，雷公打不烂"，高全市当地村民有入夏吃荷包蛋的习俗。

这天，学校食堂里油炸了很多荷包蛋，学生们都抢着买。谢雨农个子小、决心大，费了九牛二虎之力，总算挤到前面抢到了 3 个。她把其中的两个给了王春碧，自己吃了一个。王春碧问她为什么？她说王春碧胆子小，怕打雷，所以就让她多吃一个，壮壮胆。

深夜，同学们都已经陆陆续续进入了梦乡。这时，一阵狂风刮过，紧接着，雷声由远而近地滚来。冷雨晴因为怕打雷，所以一直辗转反侧，难以入眠。当然，睡不着的还有一个人，那就是王春碧。

别看王春碧样子像个男生，可胆子却非常小，她从小就怕打雷闪电。

突然，一道雷电闪过，窗外传来一声穿云裂石的炸雷声，王春碧吓得大叫了一声："哎呀！我的妈呀！"便一骨碌从床上爬起来，纵身一跃，跳到谢雨农的床上，倏的一下就钻进了被窝，紧紧地抱住谢雨农，把头埋进她的怀里。谢雨农知道她怕打雷，便迎合着把她紧紧地搂住。

一开始倒没什么，可时间一长便出事了。由于王春碧的头紧贴在谢雨农的胸部，嘴里呼出来的热气正好对着谢雨农已经发育成熟的乳房，一阵一阵的热流，从乳头上传来，随着血液的奔流，传导到大脑，传遍到全身，不停地拨动着她那情窦初开的心房。

随着王春碧的又一个搂抱动作，谢雨农终于情感暴发了，她只觉得有一股对性的渴望冲动，正充盈着大脑。性欲，犹如魔鬼一般，不停地啃噬着她的情感意识，撞击着她那脆弱的心灵。她侧过身子，温柔地把王春碧的头托起来，急促地喘了两口气，嘴里发出一声轻柔的呻吟，便将嘴唇紧紧地贴在王春碧的嘴唇上，舌头温柔地探入她的口中。在她的挑逗下，王春碧也春情大发，一只手搂住她的肩膀，亲吻着她的嘴唇，另一只手不停地轻抚着她的乳房……

这一切，正好被冷雨晴听了个详细。

从这以后，两个人就基本上是同床睡了。即使是炎热的夏天，也是如此。

"谢雨农和王春碧之间的同性恋还有谁知道吗？"文斌打断冷雨晴的回忆。

"应该没有。我也是因为睡在上铺才偶然发现的，这件事我没有对任何人说起过。"

"你认为王春碧的死与她们的恋情有关联？"

“这个……这个我就不知道了。”

“这件事你当时向警察说过吗？”

“没有。”

“为什么？”

“因为当时我还是个学生，还是个姑娘，加上那个年代又不像现在这样开放。像同性恋这种龌龊的事，那时候根本就说不出口呀，即便是说了，恐怕也不会有人相信的呀。”冷雨晴脸上再次露出了羞涩的表情。

“请你再回忆一下，王春碧死后，谢雨农有什么反常的表现吗？”

“我不知道什么是反常的表现。我只知道在王春碧死后，谢雨农很伤心，整个人就像变了一个人似的，变得更加沉默寡言、忧郁寡欢了，变得更加不愿意搭理人了。经常一个人躲在被窝里哭，有时候还会被噩梦惊醒。”

“王春碧死后，她家里来了人吗？”

“好像只有王春碧的父亲来了。尸体火化后，王春碧的父亲就带着骨灰盒回去了。当时学校出于人道主义，还给了她家里几千块钱的补偿款。”

“当时谢雨农与王春碧的家人见了面吗？”

“见了。记得当时谢雨农哭得很伤心，跪着对王春碧的父亲说，王春碧是她最要好的姐妹，王春碧不在了，就由她来做他的女儿。并发誓说以后每年的清明节，都要去湘西老家给王春碧扫墓。”冷雨晴一边回忆一边说。

“你说的这些情况还有谁知道吗？”

“当时同寝室的几个女生都看到了。只不过她们不知道谢雨农和王春碧之间的同性恋的事，所以她们不像我那样特别关注而已。”

“你知道王春碧的父母是干什么的吗？”

“这我就不知道了。好像是农村的。”

“还有最后一个问题，王春碧是否有男朋友？”

“好像没有。反正我从来没有发现过，也从来没有听人说起过。”

“好，今天我们就谈到这里，谢谢你给我们提供情况。另外，对今天的谈话，希望你不要对任何人说，以免带来网络炒作或不良的谣言。好吗？”文斌提醒道。

“好的。”冷雨晴点了点头，接着说，“文大队，我也不知道我这样做究竟是对还是不对？也许在别人的眼里，会认为我这是在揭别人的短，是不道德的行为。要真是那样的话，我就于心不安了。”

“你想多了。你只是再现了真实的客观事实，为公安查案提供帮助，并没有违背自己的良心。”

“嗯，你这样说，我心里轻松多了！”

二十七　湘西

文斌和韩珂玉碰头后，将调查情况进行了汇总。

从调查情况来，有三点是可以肯定的。一是在校期间，谢雨农的学习成绩并不好，表现也只是一般；二是谢雨农的性格孤僻、心性多疑；三是谢雨农和王春碧之间的关系由闺蜜演变成了同性恋。

虽然，王春碧和谢雨农是一对同性恋人，但她的自杀行为是否与谢雨农有关联？有着什么样的关联？关联到了什么样的程度？现在依然难以推断。毕竟还不能排除其他的可能性。

为了彻底查明这其中的奥秘，文斌觉得有必要去一趟王春碧的老家，找她的家人了解有关情况。

请示了冯江和林云涛之后，文斌和韩珂玉马不停蹄地登上了西去的列车。

王春碧的老家位于湘西一个较为偏僻的山区。村子不大，只有二十多户人家。

按照惯例，文斌应当先找村主任了解有关基本情况后，才好去找死者家属调查。可碰巧的是，王春碧的父亲竟然就是村主任。

“老村长你好！我们是宁溪县公安局的侦查人员，我姓文，他姓韩。我们来找你，是想了解有关你女儿王春碧的一些情况，希望你能如实地向我们反映。”

虽然事隔这么多年，可一提起女儿，老村长仍然流下了两行伤心的眼泪。他哽咽着介绍了王春碧小时候的情况。他说王春碧从小就是一个性格开朗、心地善良的好孩子。

“老村长，王春碧是怎么到高全市交通技工学校读书的呀？”坐下来后，文斌问。

“因为我女儿读书成绩不太好，不愿读，想辍学。后来在报纸上看到交通技校招生的广告，她说想去，所以就让她报名去了。可谁知道，这一去，就再也没有回来了……”

说到伤心处，老村长又忍不住地哭泣。

“你知道你女儿是怎么死的吗？”

“不知道。听高全市公安局的同志说是服毒自杀的。”

“你知道她为什么要自杀吗？”

“不知道。”

“你女儿出事前，有过什么反常的表现吗？”

“我又不在她身边，哪里会知道呀？”

“难道她出事前就没有跟家里联系过？比如写信或打电话等。”

“没有。”

“你女儿从家里拿过耗子药去学校吗？”

“从来没有过。”

“你女儿有什么朋友吗？”

“我知道的有一个，名字叫谢雨农，是宁溪县人，和我女儿是同班同学，住在同一个寝室。”

“她们是什么样的朋友？”

“关系很铁的朋友，属于‘闺蜜’一类吧。”

“你是怎么知道的呢？”

“在入校后的第一个寒假期间，我女儿写过信回来，说是为了省车费钱，决定留守护校，不回家过年。还说有一个叫谢雨农的同学主动留在学校陪她。”

“王春碧出事后，谢雨农来过你家吗？”

“来过。开头几年来得比较多，几乎每年清明节都会来。后来她成家后，特别是有了孩子后，来得就比较少了。”

“她每次来都干些什么？”

“一是来看望我们，二是来给我女儿扫墓。”

“最近一次来是什么时候？”

“让我想一想。从她生了小孩后只来过一次，哦，我想起来了，是去年清明节来的。记得这次来，她说过她丈夫出车祸去世了。”

“你们之间平时有联系吗？”

“我女儿刚出事的那两三年联系多一些，她经常会写信来问候。自从她成家以后，联系得就比较少了。近几年基本上没有什么联系了。”

“你还记得她上次来的情形吗？”

“大致还记得。”

“麻烦你详细地给我们讲一讲？”

“好的。记得她好像是傍晚到我家的。带了一些她老家的土特产，有黄年糕、土米粉、长寿面等。晚上在我家里住的。第二天，也就是清明节，她先是到后山为我女儿扫了墓，然后又到我腌制腊味的窝棚里看了看。吃过中饭后就走了，说是她女儿一个人在家，要坐晚上的火车赶回去。”

“她走时带了什么东西吗？”

“也没带什么东西，就是我送了一块腌制好了的腊猪肉给她，大约有七八斤重吧。”

“你有腌制腊肉的窝棚？能带我们去看看吗？”文斌提出要看看腌制腊肉的窝棚。

在老村长的带领下，文斌和韩珂玉来到了腌制腊味的窝棚。

窝棚位于村主任家屋后20米远的老宅子里。是一栋砖瓦结构的简易平房。

进到窝棚，只见屋檐下挂满了正在腌制的各种腊味，有腊肉、腊兔、腊鱼、腊鸡等。据村主任介绍，每年农闲季节，他都会大量腌制腊味，待腌制好后，就会拿到集镇上去卖，有时候也会直接卖到超市里和饭店里。

看到这个腌制腊味的小作坊，文斌心里不禁暗自高兴："这真是踏破铁鞋无觅处，得来全不费工夫啊！"

"请问你是怎么腌制腊味的？"文斌不露声色地请教。

"噢！一般有两种做法。一种是先用盐腌制，等盐完全溶解渗透后，再悬挂在柴火上进行烟熏。另一种做法是先用盐腌制后，再挂在通风处自然晾干。不过，使用哪种方法腌制，这主要是看季节而定。前一种方法适合于春、夏、秋季，后一种方法主要适合于冬季，特别是冬至以后。"村主任一边比划一边介绍。

"除了盐，还要用什么材料吗？"

"还要用少量的亚硝酸盐来保鲜和发色，这样腌制出来的腊肉才会带暗红色，既不会腐败，又显得好看。"说完，老村长顺手拿起案台上的一个塑料袋子给文斌，文斌接过来一看，是一包尚未开封的亚硝酸盐，大约半斤重。

文斌一边查看包装袋上的使用说明和危险标识，一边问老村长："亚硝酸盐不是有毒吗？怎么允许使用呢？"

"确实有毒。所以要限量使用。"

"那又是怎样一个限量使用法呢？"

"所谓限量使用法，就是指不能直接使用亚硝酸盐原物质，必须用米汤、味精和淀粉按比例稀释后才能使用。"老村长显得很在行。

"请问这亚硝酸盐是从哪里买来的？"

"是经过食品药品监督管理局审批后，凭身份证到化工专卖店购买的。"

"使用亚硝酸盐有什么规定和要求吗？"

"有呀，规定很严格的。比如购买时要实名登记，使用时要用淀粉和水稀释后才能使用。加工好了的腊味要定期抽样送检，看看其中亚硝酸盐的含量是否超过国家规定的标准。等等。”

“请你再回忆一下，谢雨农上次来你家时，是否从你这里拿了亚硝酸盐回去？”

“这个嘛……我还真没有注意，反正我是没有看到她拿。但我想，她应该是没有拿。”

“为什么？”

“因为她又不腌制腊味，拿了回去有啥用？！”

“平时你这腌制腊味的窝棚会锁门么？”

“会的。”

“那钥匙放在哪里呢？”

“钥匙一般都是挂在厨房的墙壁上。因为几乎每天都要到厨房里去搬柴火，拿到窝棚里去续火。有时候是我去，有时候是我老婆去。”

“厨房在哪里？”

“厨房就在我家住房的后面。”

“厨房平时会上锁吗？”

“厨房里除了油盐酱醋以外，没有其他值钱的东西，用不着锁门的。”

临走前，在文斌的要求下，老村长带他们去了墓地，看了看王春碧的坟墓。

坟墓位于村子的后山坡上。这里可能是村民们的祖山，整个山坡上分布着几十座大大小小的墓茔。

王春碧的坟墓位于墓群的边缘。墓堆较小，上面长满了杂草。

“老村长，为什么你女儿的坟墓不在墓群中，而是孤立在旁边？”看到王春碧的墓堆，文斌感到有些奇怪。

“欸，这是我们当地的风俗习惯。春碧属于英年早逝，用我们的土话来说就是‘打短命’，同时，又是命丧他乡。按照我们当地的风俗，像她这样的情况，既不能进祠堂，也不能入祖山。所以只好在祖山的界址边缘旁给她安葬了。”老村长叹了一口气，解释道。

“哦，原来是这样。”

墓碑是一块黑色的花岗岩石板，上面镶嵌了一块用陶瓷烧制的3寸大小的相片，是王春碧的头像。

相片中的王春碧，一头短发，微侧着脸，五官端正，嘴角微微上翘。眼神中充满了阳光般的笑意，脸蛋上洋溢出纯真的表情。

村主任说，墓碑是头年冬至修墓时新砌的，相片也是那个时候镶嵌上去的。

文斌端详了一会相片，然后掏出手机，拍了下来。

二十八　第三次分析会

文斌和韩珂玉一路风尘仆仆地从湘西赶回来，顾不上歇口气，便直奔专案指挥部。

接到他们的电话后，冯江和林云涛及专案组的同志，早早地就在指挥部里等候了。

文斌和韩珂玉刚刚落座，王强便将两杯泡好的茶端到他们面前，笑嘻嘻地说："两位兄弟辛苦了，这次外调回来一定给我们带来了惊喜吧，赶快给我们通报一下，让我们也分享分享你们的惊喜啰！"

林云涛一边帮文斌点烟，一边笑着说："别急嘛！让他们休息一会儿，喘口气再说也不迟呀！"

"没事，我们不累。"文斌看了一眼韩珂玉。韩珂玉点了点头，也表示不累。

"不累就好，那就直奔主题吧？"冯江扬了一下手臂。

"好的！"文斌连吸了几口烟，接着说，"通过这次外调，我觉得谢雨农的嫌疑更大了。"

"此话怎讲？"冯江表现出极大的兴趣。其他同志也都纷纷伸长脖子凝心静气地倾听，生怕会漏了什么。

“首先，我们去了高全市，找到了谢雨农当年的班主任和同寝室的几个女生调查，你们猜怎么着？”

“怎么着？”王强睁大了眼睛问。

“谢雨农竟然卷入了一桩奇怪的学生自杀案中。”

“呀！”冯江听后，惊讶地叫了一声，说，“还有这么巧的事呀？”

林云涛则依然是面无表情，一声不响地等待着文斌把话说完。

“据班主任郑中华老师介绍，在一个暑假，一个叫王春碧的女学生申请留守护校，谢雨农主动要求留下来陪她。结果在开学前一天，王春碧突然服毒自杀了。”

“也是服用亚硝酸盐吗？”王强兴奋之情溢于言表。

“不是，是服用毒鼠强中毒身亡的。”韩珂玉插话说。

林云涛吐出一串烟圈，慢悠悠地说：“自杀？怕不是自杀那么简单吧？天底下没有无缘无故的爱，也没有无缘无故的恨。这个女学生无缘无故的，怎么会自杀呢？”

“对，我也是觉得这里面有问题，所以就围绕着这个方面展开了深入细致的调查。”文斌点着头说。

“难道不是自杀？”陈亮问。

“哦，这倒不是。高全市公安局当时已经做出了自杀的结论，应当不会有错。”文斌说。

“那又是怎么一回事呀？”陈亮有些迫不及待了。

“我们调阅了当时的卷宗，发现了两个疑点。第一，死者的遗嘱是引用徐志摩的《再别康桥》诗中的片断，其内容充分体现出作者对康桥的爱恋与惜别，也就是说王春碧的死，应当与爱恋和别离有关联，所以我们就想到了是不是在她身上发生了难舍难分的爱情。然而，我们问了她的老师和同学，特别是问了同寝室的女生，都没有反映她有过恋爱，甚至都不知道她有过男朋友。那么这爱情从何而来呢？第二，王春碧在自杀前，她家里和她自身并没有发生任何变故，身体状况也非常好，找不到足以驱使她自杀的其他方面的动机。”

“那么当时的调查人员是依据什么来认定她是自杀的呢？”冯江不解地问。

“当时认定王春碧自杀的依据有四点：一是通过尸体检验，证明她是摄入毒鼠强中毒身亡的；二是现场无任何强制性逼迫服毒的行为痕迹；三是王春碧留下了遗嘱，并且遗嘱内容有厌世和诀别的意思；四是有同寝室的谢雨农的证词。”文斌一边翻看着工作笔记，一边介绍情况。

“也就是说，当时并没有彻底查明王春碧自杀的动机，对吗？”冯江问。

“是的。王春碧为什么要自杀？一直以来都还是一个未完全破解的谜。”

“那你们现在已经破解了？”林云涛微眯着眼睛问。

“差不多吧。”文斌说这话时，眼神中掠过一丝自豪的表情。

“到底是怎么一回事呀？你快说吧，别卖关子了。”冯江满怀希望地催促着。

“根据调查，王春碧在学校关系最好的同学就是谢雨农。两个人双进双出，形影不离，就连睡觉都是挤在一张床上。据同样睡在上铺的女生冷雨晴反映，她曾多次在睡梦中，朦朦胧胧地感觉到谢雨农和王春碧躲在被子里拥抱接吻。所以，我们可以大胆地推断：谢雨农和王春碧之间应当是同性恋的关系。后来，不知什么原因王春碧就想要摆脱这种关系。可是，当她极力想要摆脱这种关系却又无法摆脱时，为了逃避现实，彻底解脱痛苦，她不得不选择了自杀——这种最简单、最直接的解脱方式，一了百了。”

“你的意思是说，王春碧心里爱着谢雨农，但又无法面对这种畸形的同性恋关系，因此不得不采用自杀的方式来逃避？”林云涛望着一个个慢慢飘向窗外的烟圈，不紧不慢地问道。

“对，我是这样推理的。”文斌笃定地说。韩珂玉也点头附和。

“这怎么可能呢？莫不是在听故事或者看电视剧吧？”陈亮感叹道。会场里也是一片惊叹与唏嘘声。

冯江提出了一个至关重要的问题：“文斌分析得有道理，我想也应该是这样的。可是，这些与林业局食堂中毒案件又有什么关联呢？何况这些都是发生在十多二十年前的事了。”

“从表面上来看，两者似乎的确没有什么关联，”韩珂玉接过话头，“但实际上还是有着内在的必然联系的。谢雨农深爱着王春碧，而王春碧却采取极端的手段服毒自杀，这对谢雨农来说，是一个沉重的打击和伤害。毫无疑问，王春碧的死，必定会使谢雨农感到悲伤和痛苦。关于这一点，谢雨农的同学和王春碧的家人都予以了证实。随着时间的推移，这种悲伤和痛苦的心理，如果没有及时得到自我调整，或者得到外来的有效的疏导，势必会发生变异。当这种变异的不健康心理遇到外部诱因的驱使时，很有可能会走向偏执和极端，从而产生犯罪意图，实施犯罪行为。”

“你是说谢雨农具有投毒杀人的病态的心理基础？”冯江盯着韩珂玉问。

“是的，可以这么认为。”韩珂玉回答说。

“关于心理基础这方面，我再做些补充。”文斌接过话来说，“谢雨农之所以会形成不良的犯罪心理，当然不仅仅是因为同性恋人王春碧的自杀原因所致，还应当与她生活中所经历过的挫折和坎坷有关。我们调查了谢雨农的生活经历和家庭背景，发现她坎坷无数、命运多舛，算上王春碧的死，归纳起来，大致有5次较大的挫折。一是在谢雨农很小的时，父亲因工伤事故去世，因此，她从小就缺少了父爱；二是在她发育期，一个偶然的机会，窥视到了母亲与别的男人‘偷情’，从而在她心里埋下了怨恨母亲、漠视生命的种子；三是臻情弥坚的爱人王春碧突然自杀身亡，导致心理上的创伤终身难以愈合；四是丈夫廖永恒因车祸而身亡，导致家庭和生活走向困境；五是为了争夺房产，强制母亲在她家里生活，不料母亲又因摔跌而瘫痪，给自己带来了无尽的累赘与烦恼。正是这一系列的挫折和打击，在她心理上造成了多重创伤，为她带来了无尽的懊恼、怨恨、伤心和痛苦。当这些多重复杂的心理特质混合到一起时，它们便相互交融、相互碰撞、相互倾轧，其结果，必定会给她带来常人难以承受的心理压力，从而导致心态向不良的方向下滑，形成病态性心理。”

吴良义倾了倾高大的身躯，习惯性地用右手摸了摸耳垂，然后双臂抱胸，沙哑着声音说："仅凭这一点就确定谢雨农有投毒杀人的重大嫌疑，未免太勉强了。在现实生活中，具备犯罪心理基础的人不乏其人，但绝大多数人终其一生，都没有犯罪，只有少数极个别的人才会走上犯罪的道路。因此，要确定谢雨农为重大嫌疑人，还需要其他方面的证据。"

"吴队副说得对。接下来，我们就要介绍毒物的来源。"文斌朝韩珂玉说道，"珂玉，你把有关亚硝酸盐的情况汇报一下。"

"好的。说到亚硝酸盐，那就更巧了，真的是'踏破铁鞋无觅处，得来全不费工夫'。我和文队长到了王春碧的湘西老家，发现王春碧的父亲就是做腊味的，家里有一个腌制腊肉的小作坊，里面就有亚硝酸盐。"韩珂玉兴奋地说。

"这能与谢雨农关联起来吗？"冯江有些疑虑。

"应该能！恰好去年清明节期间，谢雨农去过王春碧的老家，是去为死去多年的王春碧扫墓，还在那里住了一个晚上。期间，王春碧的父亲带她到过腌制腊味的小作坊。因此，我们有理由怀疑她乘此机会，悄悄地从那里拿到了亚硝酸盐。"文斌说。

"哈哈！这真是无巧不成书啊！"冯江感叹道。大家也都跟着感叹，会场一片唏嘘。

"从证据的关联性来看，这也只能证明谢雨农具有获得亚硝酸盐的条件而已，并不能证明她已经拿到了、并且使用了亚硝酸盐。"林云涛提醒道。

"话是这么说，但总归还是加大了谢雨农的嫌疑吧。"文斌有点不服气地说。

"我还是那句话，我们完全可以把谢雨农作为'7·08'案件的嫌疑人进行调查。但是，在没有直接的客观证据前提下，如果要确定她为重大嫌疑人，还必须解决几个问题。一是要解决作案动机问题。要查明谢雨农是否具有作案动机；二是要解决投毒工具问题。包括毒物的来源和投毒器具的去向；三是要解决谢雨农中毒的问题。毕竟她自己也中了毒，对此，我们应当做出合理的解释。只有这三个问题都解决了，再结合前面所说到的病态心理基础和亚硝酸盐来源的可能性，才可以确定她是不是'7·08'案件的重大嫌疑人。"林云涛脸色略带凝重地说。

“如果真是谢雨农作案，关于她中毒的问题，我认为只有一种可能性，那就是她在演‘苦肉计’，其目的是要混淆侦查人员的视线，以达到逃避侦查的目的。”冯江说得很笃定。文斌也点头表示赞成。

“咦！这种‘苦肉计’风险也太大了吧？弄不好是要死人的哟！”钟天摇摇头说。

“分析毕竟不能代替事实。是不是‘苦肉计’，先查一查再说吧。”林云涛略一思索后说。

二十九　殉情

暑假中的交通技工学校，已没有了往日的喧嚣。一到晚上，校园里便万籁俱寂、不见人影了。虽然有几个留守值班的学生在校，但因暑气蒸腾，空气燥热，早早就躲到寝室里吹电风扇去了。

班上其他同学都回家休假去了，只剩下谢雨农和王春碧。王春碧是学校安排留校值班的，谢雨农则是自愿留下来陪伴她的。

夜色深沉，校园里一片寂静。

在学生宿舍大楼里，零星的有几点灯火，正发出幽冥暗淡的光，远远看去，就像是墓地里的鬼火一般，虚无而又诡异，显得毫无生气。

女生寝室403室里，谢雨农坐在王春碧对面的床铺上，双手抱着膝盖，低着头，沉默不语。王春碧则斜靠在墙壁上，手里拿着一本法国作家雨果的《悲惨世界》，似看非看，也是一言不发。

虽然天花板上的吊扇挣扎着吹过来一丝凉风，但由于主人的心情作梗，仍然感到屋里的空气是那么的燥热憋闷。

“为什么？为什么你要抛弃我？难道你不爱我吗？你真的不爱我了吗？”沉默了好一会儿，谢雨农终于抬起头来，满眼含泪地对王春碧说。

“不是我要抛弃你，也不是我不爱你，是我们不能再这样下去了。”王春碧听到谢雨农的话，放下书本，坐直了身子回答道。

“我们现在这样不是很好吗，你爱我，我爱你。我们在一起心情愉快，幸福满满，这有多好啊！”

“可是你想过没有，我们毕竟是同性恋啦！在世人的眼里，同性恋是龌龊的行为，是有悖于伦理道德标准的，是现实社会所不能容忍的。你懂吗？”王春碧一字一句地说。

“我不管什么伦理道德，也不管什么世俗社会，我自己的事情自己做主，关乎别人什么事呀？”谢雨农带着哭腔说。

“你傻呀，我们又不是生活在真空中，能与世隔绝？我们毕竟还是社会中的一员，我们的一言一行，都会受到社会道德的评价和监督。”王春碧开导道。

“我们为什么要被道德绑架？为什么要做道德的奴隶？难道我们就无权用特别的方式去追求自己的幸福吗？”

“这就是世俗，这就是社会，这就是残酷的现实。我敢断言，我们两人的恋情一旦被外人知道了，人们鄙夷的目光足以把我们融化，厌恶的口水足以把我们淹灭。”

“我顾不了那么多，反正你不能抛弃我，我也决不会离开你！”

“你别闹了，我们的恋情到此为止吧。我们必须要悬崖勒马，否则的话，后果将不堪设想。”

“呜……呜……我太爱你了，我真的不能离开你啊！”谢雨农看到王春碧的态度如此坚决，不禁又伤心地哭泣起来了，抽抽噎噎地哭个不停。

看到谢雨农如此伤心，一副失魂落魄的样子，王春碧的心立即又软了下来，她走过去坐在她的身边，一边抚摸着她的肩背，一边帮她擦眼泪，柔声说：“雨农，我的好妹妹，别再伤心了，我们都要静下心来好好地想一想，事情总得要有个了结的，你说对吧。”

王春碧的抚慰，更加激起了谢雨农的柔情爱意。她不再说话，身子一软便瘫倒在王春碧的怀里，紧紧地抱住她的脖子，再也不肯松手。

眼看着暑假即将结束，再过两天，同学们就要陆陆续续地返校了，可和谢雨农的事情还是没有了断，王春碧的心里既焦虑又烦闷。“时间不等人啦！怎么办？不行，今天是最后一天了，事情必须要有个了断。实在不行的话，那就只有自己种下的苦果自己吃吧。”

吃过晚饭后，王春碧考虑到寝室里的空气憋闷，特意把谢雨农拉到学校后山的一个休闲亭子里，准备最后一次和她摊牌。

“雨农，我们要面对现实，我们真的不能再保持这种惊世骇俗的恋情了，我们都应当过正常人的生活……”

“什么正常人的生活？难道我们就不是正常人吗？”不等王春碧把话说完，谢雨农抢过话来进行反驳。

“欸，在世人的眼里，同性恋就是畸形的恋情，搞同性恋的人就是另类人，就是不正常的人。你懂吗？”

“我不想听你这些大道理，反正我是铁了心了，要一辈子和你在一起。”

“这怎么可能呢？我们都是女人，将来你要嫁人，我也要嫁人，不可能一辈子生活在一起呀！”

“这辈子我谁也不嫁了，就要和你在一起，你到哪里，我就跟到那里！”

“求求你了，别再固执了。我们从此以后不再做恋人，做一对好姐妹，好吗？”

“不好，我就是要死死地缠着你！”

看到谢雨农固执的态度和表情，王春碧心里说不出有多么酸楚和痛苦。一方面她真诚地爱着谢雨农，想和她终身厮守；另一方面，她根本就没有勇气去面对现实，去面对社会和家庭的唾弃，去挑战世俗的观念和道德的底线。

“我终究不能为了这见不得阳光的爱情，去背负那世俗和道德的沉重的枷锁。看来到了该彻底解脱的时候了。”王春碧在心里暗暗地下了决心。

第二天，也就是开学前的一天，王春碧偷偷地跑到集市上购买了老鼠药。然后，开始准备遗嘱。

王春碧找出了一本软皮日记本，里面记录了她和谢雨农从相识到相知，从相知到相爱的详细经过。她翻到最后空白的一页，认真琢磨着遗嘱的内容。

“关于自杀的原因和动机，不能写得太直白了，如果太直白了的话，就等于是将自己与谢雨农的不正常的恋情公之于众了。这不仅会给谢雨农将来的人生带来无尽的坎坷和挫折，还会给双方的家庭带来无尽的羞辱和嘲讽。但是，如果写得太含糊了，又无法表达自己对现实世界的无奈与绝望，和对美好生活的憧憬与眷恋之情。”王春碧琢磨来琢磨去，思虑再三，最后觉得徐志摩的《再别康桥》诗中的片段，最能反映出她此时的心情和境况。于是，她在日记本的末页上写下了“悄悄的我走了，正如我悄悄的来。我挥一挥衣袖，不带走一片云彩。——永别了，我的康桥。爱你的，王春碧。”写完后，王春碧将它撕下来，藏匿于自己床上的枕头下。然后把日记本拿到公共厕所里，一把火烧成灰烬，再将灰烬倒进了下水道里，用水将其全部冲走，不留下任何痕迹。她之所以这样做，是为了防止他人日后从日记中读到这段见不得阳光的畸形爱情。

一切准备就绪，只等死神的到来。

夜幕刚刚降临，两人就迫不及待地钻到床上去了。一个有心要用柔情蜜意来打动对方，重续恋情；一个有心要用温情余香来回馈对方，打造绝恋。就这样，两个可怜的女孩又是亲吻又是抚慰，直折腾得筋疲力尽才罢休。

看到谢雨农娇柔甜蜜的睡容和脸上幸福的微笑，王春碧的心犹如刀绞一般，她禁不住流下了两行凄惨心酸的眼泪。她吻了吻谢雨农的脸颊，附在她耳边轻声说道：“小傻瓜，为了你的幸福，为了我们的名誉，我该走了……去我该去的地方。也许那里是天堂，也许那里是地狱。但不管怎么样，我都会在那里等着你，等你一百年，一千年，一万年……”

谢雨农侧了一下身子，依然睡得很香甜。

王春碧摸黑到集体浴室洗了个冷水澡，换上了一套洗得干干净净的衣服，然后将毒药倒入喝水用的玻璃杯里，加入水后进行摇晃，待毒药完全溶解后，一口气喝下去。紧接着，又从枕头底下拿出那份遗嘱，把它压在玻璃杯下。做完这一切后，她忍不住又回过头去，深情地看了一眼熟睡中的谢雨农，看了一眼熟识的寝室，看了一眼窗外黑漆漆的世界，然后，带着遗憾和绝望，带着眷恋和悲伤，直挺挺地躺在自己的床上，平静地等待着死神的降临。

三十　私欲

一大早，王海峰就急匆匆地跨着大步来到县公安局，找冯江局长诉苦来了。

“县长大人啦，你可要给我做主哇！”王海峰一只脚刚刚跨进冯江办公室的门槛，嘴里就开始嚷嚷。

“我说海峰老兄，你是在恭维我呢还是在挖苦我呀？”冯江一边沏茶一边说。他心里当然清楚王海峰的来意，明摆着是在含沙射影地责怪公安局这么久了还没有破案，只是碍于面子不好明说罢了。

“真是活见鬼了，我现在是吃不香、睡不着。再这样下去，我怕是真的要患精神病了。”王海峰一张口，“活见鬼了”的口头禅便不自然地溜出来了。

“什么事让你这么操心呀？”冯江明知故问。

“还能有什么事，不就是食堂中毒案件吗。中毒案件的调查结果一天不出来，我就一天不能向县委、县政府和局全体干部职工交代呀。不瞒你说，我现在是压力山大啊！”王海峰演戏般地故意哭丧着脸说。

“我完全能够理解你的心情。不过请你放心，现在市公安局已经派了人介入调查，相信很快就会有结果的。”冯江嘴上说着安慰的话，心里面还是感到有些内疚和不安。

“不过，眼下最伤脑筋的还不是破案的问题呢。”

“那是什么？”

“是死者家属‘停尸闹事’的问题呗。真是活见鬼了。”

“噢，还在‘停尸闹事’？”

“在啊！由于案子还没有侦破，死者家属就以这个为理由，拒绝处理尸体。而尸体不处理掉，他们就有了‘停尸闹事’的条件和筹码。这不，他们不断地向我局提出无理要求，不断地给我们施加压力。真是活见鬼了。”

“死者家属都提了一些什么样的要求呢？”冯江敏锐地捕捉到了一些信息。

“张福顺的妻子李小红，你知道吧，她提出要我局赔偿给她 50 万。这不是活见鬼了吗？”王海峰举起一只手掌、伸开五个指头说。

“我说老兄，你怎么这么不开窍呀。你们在处理各种问题时不是经常说：凡是能用钱摆平的事就好办吗？你干脆给她 50 万得啦，就当是花钱买平安嘛！”冯江半开玩笑半取笑地说。

“话是这么说，可毕竟有些事不是用钱能够摆平的呀。”

“有什么事是用钱摆不平的呢？”

“谢雨农你知道吧？”

“知道呀，不就是另外一个死者李湘妹的女儿吗。呃！她好像是你单位上的临时工吧。你难道连自己的部下都不能摆平吗？”

“欸！摆平？怎么摆平？你是不知道她提的什么要求哩。”

“什么要求？”

“她要求我局把她由临时工转为在编的正式职工，还要清偿单位上以前欠她丈夫的装修款。这不是活见鬼了吗。”

“什么？临时工转为在编的正式工？咦！这个事可不好办。国家政策可能不允许吧。但是，你单位上欠人家的装修款，这就不应该了吧。自古以来杀人偿命、欠债还钱，这是天经地义的事呀。我看人家提出的清偿债务的要求并不过分，你赶紧把欠款还给人家不就得啦！”

"冯副县长，你有所不知，她那死鬼丈夫可是个人精呀。为人做事十分的奸诈，想着法子揩人油水。几年前，我局办公大楼重新装修，请她丈夫做铝合金门窗工程。等到工程完工后一验收，发现他用的铝合金材料未达到合同约定的标准，以次充好，偷工减料。所以在结算时，我就要财务上扣了他几万块钱的工程款。"王海峰解释道。

"哦，原来是这样。那么对死者家属提出来的要求，你打算怎么处理呢？"

"还能怎么处理？在调查结果没有出来之前，我什么事都做不了，什么问题都解决不了。这不是活见鬼了吗？"

"你这个老狐狸，搞了半天，又把皮球给我踢回来了。"冯江用手指着王海峰，开玩笑地说。

"嘿嘿……嘿嘿！我可是实话实说嘛。在县长面前，我哪敢胡说八道？"王海峰脸上露出了狡黠的微笑。

"我可没空和你闲扯淡。这样吧，你先回去，等案件调查一有进展，我第一时间通知你。"冯江把王海峰打发走了。

王海峰刚走，信访办主任老邓又匆匆忙忙跑来了，一进门就说："局长，林业局食堂中毒事件的两名死者家属来上访了，现在在信访接待室。她们点名要见你，怎么劝都劝不走。你看怎么办好？"

"什么怎么办？接访呗！"冯江严肃认真地说。

冯江和邓主任来到信访接待室，看到张福顺的妻子李小红和李湘妹的女儿谢雨农坐在一张小会议桌边。邓主任一一作了介绍。冯江分别打过招呼后，说："请问你们今天到公安局来是有什么事要反映吗？"

"是的。我们今天来主要有两个目的，一是想来了解案件调查进展情况；二是要向政府反映我们家属的一些诉求。"谢雨农轻声细语，怯怯地说。

"是这样呀。关于林业局食堂中毒事件的调查，我们已经成立了一个专案组，设在永乐街道派出所。你们如果要了解有关情况，或者要反映有关线索，可以直接到那里去。至于诉求方面，你们可以向我反映。不过，我要先向你们申明，对于不合理的诉求，我是不会支持的，但我会向你们做出解释；对于合情合理的诉求，我一定会转交有关部门，并督促尽快处理……”

冯江的话还没有说完，谢雨农和李小红便号啕大哭起来。一个啜泣着说：“我苦命的娘呀，你怎么就这样走了啊……”一个抽噎着说：“我好命苦呀，你个死鬼怎么就忍心丢下我不管啊……”

邓主任和信访办的其他同志急忙上前做劝说工作：“你们的心情可以理解，但人死不能复生，哭也哭不回来。如果哭坏了身子，我想，你们逝去的亲人在天有灵的话，他们也不会愿意看到……”

待死者家属的情绪稍有稳定，冯江便提醒她们谈诉求。

“我一个农村妇女，也不知道怎么说话。”李小红擤了一把鼻涕，顿了顿说，“我男人走了，我女儿又不在身边，现在留下我一个孤寡老太婆，这叫我怎么活喽……我是一个讲道理的人，那种漫天要价、乱提要求的事我也做不出，我只希望政府能给予我一定的补偿，让我这个可怜的人能够衣食无忧地度过晚年。”

“你觉得要补偿多少钱给你才合适呢？”冯江问。

“多了我也说不出口，50 万总说得过去吧？！”李小红一边说，一边把一份打印好了的书面材料递给冯江。冯江接过材料，转向谢雨农，说：“你呢？你的诉求又是什么呢？”

“我体谅政府部门的困难，要一口气拿出这么多钱来也确实不容易。我的要求很低。我在林业局做临时工辛苦了那么多年，没有功劳也有苦劳吧！我只求政府能站在人道主义的立场上，把我转为正式职工，让我有一个安定的工作，有一份稳定的收入。”说完，谢雨农从包里拿出一份打印好了的材料交给冯江，“另外，林业局还欠我老公 5 万块钱的铝合金门窗工程款，已经拖了好几年了，早就应该清偿了。”

“在这之前你们找过有关部门吗？”冯江问。

“找过。我们先去了县信访局，信访局的人说案件发生在林业局，应该找林业局解决。于是我们又去了林业局。林业局的王海峰局长说，案件已经由公安机关在调查，有什么事可找公安局反映。因此，我们就来找你了。”谢雨农依然是轻声细语地回答。

“你们的诉求我会转交有关部门的，相信他们会依照国家法律和政策，做出一个合情、合理又合法的处理的。”冯江说完，把两份材料交给邓主任，叮嘱他尽快落实到位。

正当死者家属站起来准备离开时，冯江突然问：“你们今天怎么这么巧，碰到一块来了？”

“是这样，今天早上谢家妹子打电话给我，邀我一起来找你。我一个乡下妇女，两眼一抹黑，字也不认识几个，哪里知道找谁啊？”李小红抢着回答。

“我是这么想的，我觉得林业局、信访局不靠谱，他们都是在和我们玩‘太极’，在推卸责任。你是公安局局长，又是副县长，我们早就听说过，你是一位专为老百姓办实事的好领导。所以我们今天就相邀一起来找你了。”谢雨农有些怯怯地说。

“哦，原来如此！”冯江意味深长地笑了笑。

三十一　浮出水面

在这个酷热漫长的夏季里，终于又见到了一个阴天。

太阳在东方天边打了个照面，便匆匆忙忙躲到云纱里去了。天空中，拂过一丝凉爽的风，沁人心脾。

一大早，林云涛和文斌就在大街上赶路。

文斌驻足望了望天边的云，说："咦！看样子今天要下雨啰。"

林云涛也停下来看了看天，然后摇摇头："嗯！唔！还难说呢。有句谚语说得好，'太阳现一现，三天不见面'。今天应该不会下雨，是个阴天吧。"

"阴天也好啊，总比烈日炎炎要舒服些。"文斌从公文包里掏出一包香烟："前面不远就到医院了，我们抽支烟才走吧。"

林云涛一边点烟，一边问："听说前一阵子家里闹翻了天，现在怎么样啦？处理好了吗？"

"叹！小苏她不理解，一气之下跑到广东去了。"

"说实话，我既理解你，也理解小苏。理解你，是因为你要当好这个刑警队长确实不容易；理解小苏，是因为她要做好一个刑警队长的妻子更不容易。我也是长期带兵的人，深知做刑警家属的苦衷。她们不仅要付出数倍于别人的艰辛，还要无时无刻为亲人的安全担惊受怕。所以，我们要多体谅她们、多关心她们，工作之余要多陪陪她们、多哄哄她们。特别要注意的是，我们要学会调节情绪，绝对不能把在工作上形成的不良情绪带到家里去。”

“你批评得对。我以前确实有些方面没有做好，今后一定改正！”文斌有点不好意思地说。

“处理家庭问题，单靠组织上是不行的，最主要的还是要靠自己。我相信，你有能力当好刑警队长，也就一定有能力处理好家庭矛盾！”林云涛拍了拍文斌的肩膀。

“你放心，我向你保证，等这个案子办完后，我就请假去广州把小苏接回来，好好哄哄她。”文斌笑着说。

“这还差不多，像个刑警队长。”林云涛又在文斌肩膀上拍了拍，举着烟头说，“另外，这烟啦，我们都要少抽点。抽多了，不但伤身体，而且把一身的烟草味带回家，招惹家里人讨厌。”

“说实话，我这抽烟啦，还就是跟着师父你学的呢。”

“是吗？！可我是假吸烟呢。”

“有什么区别吗？”

“有区别。假抽烟属于习惯性抽烟，真抽烟属于生理依赖性抽烟。假抽烟看上去，好像是在不停地吸烟，但吸进去的烟雾只是在口腔里打了个转，便喷吐出去了，并没有侵入肺部。真抽烟则不同，大量的烟雾吸入口腔后，经过气管侵入到肺部，在肺里面充分渗透后，才慢慢地喷吐出来。前者顶多熏黄牙齿、给口腔带来一些炎症；后者则直接伤害到心和肺。”

“所以说嘛，我是跟着你学的，我也是假抽烟。平时我在家里从来不抽烟，只是到了单位上，特别是上了大要案件，就会习惯性地抽烟，以释放工作上的压力。”

“好！好！这就好！看来我们师徒二人还真是‘物以类聚，人以群分’喽！”

“必须的！”

医院里的监控探头像素实在太低了，能看清人的动作，却看不清人的表情。没办法，林云涛和文斌只好亲自到医院来实地察看。

据当时负责抢救的医生介绍，除了开始送来的几个病人安排在病房里外，大部分病人都是安排在大厅里和走廊上临时搭的床位上。干警们的调查询问工作，基本上都是在大厅里和走廊上完成的。

于是，林云涛建议把当时参与调查询问的干警所使用的执法记录仪全部集中起来，将当时的执法视频记录拷贝到电脑上，组织人员进行分析研判。

文斌当然知道林云涛的意图，他是想通过视频分析，拿谢雨农的中毒症状及中毒后的行为动作、表情形态，与其他人做个比较，看看能否从中发现什么端倪。

文斌打电话给韩珂玉，要他通知当时在医院调查取证的干警，把执法记录仪的电子数据刻录成光碟，火速送到专案组去。

回到专案组，文斌亲自动手，带领陈亮把涉及谢雨农的视频全部复制到一块，认真地观看，反复地比较，仔细地分析。

林云涛也没有闲着，他调阅了医生对谢雨农的诊断书和病历，又要韩珂玉整理出了医院院长刘国贤、林业局局长王海峰和食堂管理员张美娟等人在医院的询问笔录。

经过反复分析、综合研判，林云涛认为谢雨农的中毒昏迷，并不是演的“苦肉计”，而纯粹是演的一出假戏。

对林云涛的这一看法，大家都表示不能接受。

“师父，我反复看了有关谢雨农的视频，发现她还在救护车上时，病情发作得就比较严重了。到了医院后不久，就不省人事。在整个抢救过程中，她都处在昏迷状态，看不出有什么破绽。你又是如何判断她演的是一出假戏的呢？”文斌问道。

“我反复研究过谢雨农在医院抢救时的病历和其他有关的调查材料，发现了一些很容易被人忽视的细节。”林云涛一边翻阅工作资料，一边说，“谢雨农的病历上是这样记载的：‘病人自称头晕胸闷、恶心想吐。后进入昏迷状态’。从病历记载的情况来看，这些症状都是谢雨农自己描述的，医生在当时的紧急情况下，面对二十多个患同一种疾病的病人，根本就无法对这些症状进行准确甄别。那么到底是真还是假，只有谢雨农自己知道了。”

“可是，仅凭这一点，也不能断定谢雨农就是伪装中毒吧？”文斌还是有些不理解。

“你别急，我还没有说完呢。”林云涛从卷宗中抽出一张对折的A4打印纸，“卷宗材料中记载了这么一段话，是当时医院院长刘国贤向王海峰介绍中毒人员的病情时说的。我念给你们听听。‘除张福顺死亡外，其他病人的病情都基本上得到了控制，唯有这个病人（指谢雨农）还一直处于昏迷状态，不过血压、体温和脉搏都还正常，应该很快就会苏醒过来’。从这段话里，你们感觉到了有什么玄机吗？”

“这段话也许就是一个医生的专业术语罢了，能有什么玄机呢？再说了，在医院抢救时，并非谢雨农一个人昏迷，还有其他的人也昏迷了，只不过别人苏醒得更早一些罢了，这不是很正常吗？”文斌提出了疑问。

“是吗？我看未必！你不觉得这段话里面隐藏着不易被人发觉的逻辑性错误吗？”林云涛问。

“逻辑性错误？……哦，我明白了，你是说病人的症状和真实的病情之间，缺少了必然的联系？”文斌恍然大悟。

“对。”林云涛点头说。

“此话怎讲？”吴良义和韩珂玉异口同声地问。

“你们知道亚硝酸盐中毒的症状吗？”林云涛问。

“知道呀！轻者口唇、指尖出现青紫，头晕头痛、胸闷，或烦躁不安、呼吸急促，恶心、呕吐、腹痛、腹泻。重者眼结膜、面部及全身皮肤青紫。严重者昏迷、惊厥、大小便失禁，甚至因呼吸衰竭导致死亡。”钟天像说快板一样，非常流利地把亚硝酸盐中毒的症状一口气说完。

“钟法医说得对。现在我们就根据亚硝酸盐这些常规性的中毒症状，来仔细推敲医生说的这段话的内容，就不难发现，谢雨农的情况既不符合重度中毒者的症状，也不符合轻度中毒者的症状。如果谢雨农是轻度中毒者的话，那么就不可能在其他人的病情都得到控制的情况下，她还处于昏迷的状态：反过来，如果谢雨农是重度中毒者的话，那么她在昏迷状态下，就不可能保持血压、体温和脉搏正常，也不可能面部及全身皮肤颜色不出现变化。”

“对呀！仔细想想，还真是这么一回事哟。”吴良义和韩珂玉都恍然大悟地点头。

正在这时，冯江局长来了。他把王海峰找他诉苦和死者家属找他反映诉求的事，一五一十地给大家做了介绍。

听完冯江的介绍，文斌略一思忖，便说：“听冯局长这么一介绍，我倒觉得谢雨农身上还有一个疑点。”

“什么疑点？”冯江问。

“文斌是想说谢雨农所提出的诉求很特别，有点不合常理，对吧？”林云涛别有含意地笑了笑说。

“对。你们看，中毒事件发生后，死者张福顺的家属提出的诉求是补偿钱，而死者李湘妹的家属提出的诉求则是由临时工转为正式工。不同的诉求，反映出诉求人不同的心态和目的。前者的诉求似乎更合乎情理，后者的诉求似乎是早就在她心中已经固化好了的。当中毒事件发生后，这些在心中早已谋划好了的诉求，便不自然地就优先流露出来了。特别不能让人理解的是，谢雨农不是独生子女，她还有一个哥哥和一个妹妹。在中毒事件发生后，她所提出的诉求，竟然不是对三兄妹都有利的金钱赔偿，而是仅对自己有利的转编和清偿债务。这更让人觉得是先有诉求欲望，后才有中毒事件。”文斌分析道。

“我看未必。也许死者家属所提出的这些要求，纯粹是在中毒事件发生之后，才打定主意向林业局提出来的。由于个人的想法不一样，所以提出来的诉求也就不一样了。”吴良义提出了异议。

“任何事情都有其两面性。一个死亡事故的发生，如果是突发而至，死者家属必定会痛苦万分。在痛苦与悲伤之中，首先想到的就是要找到有责任的单位或者个人，向其索赔。反过来，如果该事故是有人预谋实施的，那么预谋者的初衷不一定会是为了索赔。因为他既是受害者，又是责任者。在寻找责任人索赔的问题上他是心虚的，是不确定的。所以，他的诉求往往是索赔以外的其他的目的，或者说在索赔的同时，附带提出其他的诉求。”文斌解释道。

“你是说中毒事件对于张福顺及其家属来说，是突发事件；而对于李湘妹及其家属来说，又不是突发事件，是人为的预谋案件？”吴良义若有所思地说。

“我想大概就是这样吧！”文斌应道。

“你的分析虽然有一定的道理，但是在未确证之前，顶多只能作为寻找谢雨农作案动机的线索而已，还不能作为法庭的呈堂证据。”冯江提醒道。

“虽然我们现在还没有查明谢雨农的作案动机，但她没病装病，用假中毒来掩人耳目，说明她心里有鬼。我看林业局食堂投毒案十有八九是她干的。”韩珂玉有些按捺不住心中的激动说。

“现在下结论还为时过早。谢雨农没病装病可能是事实，但她心里面是否有鬼、有什么样的鬼就很难说了。因为没病装病的原因并不是单一的，既可以是因为她投毒后，为了逃避侦查而假装中毒，也可以是她没有作案，也没有中毒，但看到别人都中了毒，为了不被无端怀疑，不得不假装中毒。”林云涛提醒道。

“如果不是她作案，又如何解释李湘妹通过其他途径食入过量亚硝酸盐呢？毕竟李湘妹吃的饭菜是她送去的呀。”韩珂玉说。

“这并不奇怪。她完全可以这样来辩解，说饭菜虽然是我送的，但亚硝酸盐是在食堂里被人投放到饭盒中去的，只不过当时我没有发现而已。”吴良义说。

“良义说得对。虽然装病的问题和送饭菜的问题都与案件有关联，但由于不能排除其他的可能性，所以在没有确证之前，是很难作为定案证据的。”林云涛点点头说。

“关于作案动机方面，你觉得我们还要做哪些工作呢？”冯江朝着林云涛问道。

“作案动机，是驱使行为人实施作案行为的内心起因或思想活动。在案件没有侦破之前，或者说在作案人没有敞开心扉之前，我们是很难精准锁定作案人的内心起因的。只能是在调查的基础上，围绕调查对象与案件的关联性，来分析推断促使其作案的内心起因。”林云涛说。

“事实上，我个人对谢雨农的作案动机早就有考量了。”这时，文斌一脸自信地说。

“说来听听？”林云涛微笑着说。

“我认为谢雨农不仅有作案动机，而且有着综合性、多元化的作案动机。一是为了解脱母亲的病痛和家人的劳累，故意投毒杀死生活不能自理的母亲；二是为了转移侦查视线、嫁祸于人，故意投毒杀死厨师张福顺；三是为了掩盖杀人真相、追讨装修款、解决正式编制，故意选择在林业局食堂投毒。”文斌一边思索，一边说，眼神里闪耀着犀利的光芒。

“我完全赞同文斌同志的观点。”林云涛重重地点了点头。

“既然找到了谢雨农的作案动机，那么她的嫌疑就是板上钉钉的事了。我觉得可以对她进行传讯了。”王强提议说。

“谢雨农的作案嫌疑确实有，如果按照过去的传统侦查理念‘以突审找证据’，当然可以传讯她了。可是，你们想过没有，我们在犯罪现场并没有找到任何直接证据，所有的调查结论，都是建立在分析推理之上，对她的怀疑点并无直接证据来支撑。如果我们现在就贸然传讯她，一旦她来一个‘死猪不怕开水烫’，死不开口，拒不供认，那将会是一个什么样的结果？其结果必定是既不能对谢雨农采取任何强制措施，又会打草惊蛇，使她有意识、有机会再次毁灭证据，从而导致案件侦查工作陷入彻底的僵局。”林云涛一脸忧虑地说。

“如果我们现在还不动手，恐怕会贻误战机，会犯右倾保守主义错误的。”王强睁大眼睛固执地说。文斌和韩珂玉等人也纷纷点头表示赞成。

"你们真的那么有信心？"林云涛脸色越来越凝重。

文斌看了一眼冯江，见他没有表态，便有点迟疑地回答："我们……我们有信心。"

三十二　攻心

谢雨农又一次被“请”到了办案中心。

与前面几次不同的是，这一次她不再是死者家属或受害者的身份了，而是犯罪嫌疑人。

审讯工作由文斌、王强和韩珂玉三人负责。

面对侦查人员的讯问，谢雨农一会儿表现出无动于衷，一副事不关己的表情；一会儿又表现出极度悲伤，一副颇受委屈的凄惨形态。

望着眼前这个体形柔弱、眼神怯弱的小女人，听着她那从咽喉深处发出来的充满哀怨悲伤的喃喃细语，王强怎么都无法把她与投毒杀人犯联系起来。

“就这么一个弱不禁风的女人，怎么可能杀害自己的亲娘呢？怎么可能对那么多无辜的人下毒手呢？”王强把眼镜往下拉了拉，眼睛从镜框上缘一直盯着谢雨农看，心里面犯着嘀咕。额头上的皱纹形成了几道清晰的沟壑。

文斌却不这么认为，他相信师父和自己的判断。

既然案发当天，谢雨农的所谓中毒和昏迷都是假的，是她在演戏，那么同样可以大胆地推测，她现在所表现出来的这种委屈、无辜和悲伤的状态，也应当是伪装出来的。文斌料定谢雨农现在心里一定是在翻江倒海般地动荡。

毕竟犯下的是两条人命的案件呀。因此，审讯工作只要抓住了关键、戳中了要害，不怕她会演戏和伪装，也不怕她态度顽固。

“谢雨农，你知道我们为什么要等到今天才对你实施拘传吗？”文斌采用迂回包抄的审讯方法提问。

谢雨农抬头看了看审讯人员，怯弱地说：“我哪知道呀？可能是……是我命苦吧！或者是看我一个弱女子，好欺侮吧！”

“俗话说得好：雁过留影、蛇过留道。何况一个活生生的人去干坏事，会不留下痕迹？”

谢雨农挪了挪身子，用纤细的手指把滑下来的眼镜往上扶了扶，眼神中闪过一丝不安的光。

“谢雨农，你母亲究竟是怎么死的？”

“怎么死的？这要问你们啦，你们是调查人员。我一个普通老百姓怎么会知道？！”谢雨农低声喃喃道。

“7月8日，你母亲吃的中饭是你送回去的吧？”

“是呀。这些情况我早就向你们说过。”

“我们怀疑你母亲的死与你有关系？”

“与我有什么关系？饭菜是食堂里烧的，我只是送一下而已。再说了，那可是我亲娘，我为什么要害她？”谢雨农的声音虽然很低，但却说得毫不含糊。

“因为你恨她，因为你嫌她累赘，因为你想达到自己邪恶的目的，所以不顾亲情，背弃人伦，做出这等伤天害理的事来！”文斌的语气里充满了威严和压力。

“我不管有多恨她、多嫌弃她，但她总归还是我的亲娘。天底下哪有亲生女儿伤害母亲的？”谢雨农又摆出一副无辜的表情。

“你别以为在医院装模作样就能蒙混过关，要知道，科学技术是一面照妖镜，在它面前，一切牛鬼蛇神都会原形毕露！”

“我不懂你在说什么，我也没有什么可说的！你们如果有证据的话，就把我关进大牢，我无话可说！”

看来谢雨农早就做好了顽抗到底的思想准备。文斌决定抛出一柄利刃，杀一杀她的傲气。

“我们知道，你之所以会走上犯罪的道路，除了有客观方面的因素外，更主要的还是你自身的原因。因为你一直生活在失去王春碧的痛苦中而不能自拔，因此，也就无法摆脱她的阴影，导致心理长期失衡。有句名言说得好——‘罪由心起’，正是因为你有了这种不良的心态，促使你为了达到自己邪恶的目的，不惜铤而走险，滑向了犯罪的深渊。”

谢雨农突然听到“王春碧”的名字，先是抬头一愣，接着便是掩面痛哭，哭声幽咽，情感悲恸。随着哭泣，瘦弱的双肩不住地颤动，好一会儿才缓过气来。

“不错，王春碧是我一生中最要好的姐妹，我为失去她感到伤心，感到痛苦。但人死不能复生，伤心、痛苦又有啥用？何况事情都已经过去了十多二十年了，你们还拿它来说事，这有意思吗？”谢雨农满含怨恨地说。虽然轻声细语，但语气冷得令人战栗。

夜很深了，专案指挥部里依然灯火通明。

文斌汇报完审讯情况，大家都陷入了沉默。有的勾着头抽闷烟，有的低着头喝苦茶，会场里一片寂静。

见大家都不说话，冯江干咳了两声：“离审讯法定期限还有几个小时，还没有到山穷水尽的地步。大家不要气馁，都谈一谈，看看下一步怎么走。”

“这种审讯结果，是我们早就预见到了的。你们想，如果真是谢雨农作的案，那么她用的亚硝酸盐必定是从王春碧的老家拿来的。可见，早在去年清明节，谢雨农就已经有了作案计划，并且已经开始着手准备。经过了一年多的策划和准备，她应当对每一个犯罪细节都经过了反复的琢磨，在心里面进行过反复的演练。可以这样认为，她之所以选择在 7 月 8 日着手实施犯罪，一定是认为自己的计划已经做得天衣无缝、无懈可击了。对付这样的审讯对象，如果我们没有过硬的证据，是很难突破的。”林云涛一脸严肃的表情说。

“那下一步怎么办？拘传的法定期限不多了，我们必须尽快拿出一个切实可行的方案。否则的话，等法定期限一到，我们就要眼睁睁地看着谢雨农大摇大摆地走出审讯室。”冯江不无担忧地说。

“我在想，不管是谁作案，都不可能回避两个关键环节：一是对亚硝酸盐的包装物的处理，当然，包装物里也许还剩下了没有用完的亚硝酸盐；二是对厨师张福顺投毒用的不锈钢茶杯的处理。对前者的处理可能容易一些，但对后者的处理还是有点难度的。因为张福顺的服毒行为和其他人的服毒行为不一定是同步的，罪犯投毒后，必须等到他服毒后，并且在门卫张老三将食堂大门锁上前，就要完成对不锈钢茶杯的处理。我们现在假设谢雨农就是罪犯，在投毒后，她必须要在附近不停地关注张福顺的毒性发作情况，以便寻找机会溜进食堂将茶杯处理掉。食堂管理员张美娟证实，张福顺一直没有离开过现场，直到毒性发作后被送去医院抢救。而张福顺被送走后不久，门卫张老三就把食堂门锁上了。因此，谢雨农必须在张福顺被送走后，张老三把食堂门锁上前完成处理茶杯的动作。试想一下，要在这么短的时间里处理掉这个不锈钢茶杯，所涉及的区域范围一定是很有限的。你们说是不是？”林云涛说完后，望着大家。

“你的意思是说，张福顺服毒用的不锈钢茶杯虽然被罪犯处理了，但可能还在现场或现场附近？”文斌试探着问。

“我看未必。我觉得我们对现场勘查还是蛮细致的，应该没有遗漏什么死角呀盲区的……如果硬要说茶杯还在现场，我看是二月二拜年——瞎搭！”郭弘有些不服气地说。

“你不要神经过敏嘛，林支队长说的不一定是指中心现场，也可能包括了附近的任何地方。”王强习惯性把老花眼镜往下拉，眼睛从镜框上缘处看着郭弘，此时额头上的皱纹更加突出，一条条沟壑就像是犁过一般。

“可是，前几天我亲自组织过大兵团作战，对现场附近方圆400米范围内，开展了拉网式的搜索，既未找到张福顺的不锈钢保温杯，也未发现疑似投毒的器具呀。”冯江一脸无奈的表情。

文斌闷头抽着烟，一言不发。待一支烟抽完后，喷吐出一股浓浓的烟雾，一边用手扇散烟雾，一边说：“我想起了两句话，不知道会不会对我们的物证搜索工作有所启发？”

“哪两句话？”大家瞪着一双茫然的眼睛看着他。

“一句是：灯下黑。另一句是：越是最危险的地方越安全。”

“你是说谢雨农把投毒用的器具就藏在犯罪现场？”王强试探着问。

“那不可能！我们反复勘查了现场，既没有发现不锈钢保温杯，也没有发现黏附亚硝酸盐的其他可疑器具。想在现场查找投毒用的器具，我看是墙上挂门帘——没门。”郭弘笃定地说。

“大家还记得谢雨农的上班地址在哪里吗？”文斌问道。

经文斌这么一提醒，大家恍然大悟。

“你的意思是说，谢雨农把投毒用的不锈钢保温杯，就藏在离现场只有一墙之隔的竹木产品销售店里？”韩珂玉问。

“你说呢？”文斌反问道。

“是哟！完全有这种可能。我怎么就没有想到呢？好一个灯下黑啊！果然是最危险的地方最安全。”韩珂玉感叹道，大家也都点头表示赞同。

“对呀！毁踪灭迹、藏匿证据，正是有预谋性犯罪手段的重要环节。看来这个女人比想象中要狡猾得多啰！”冯江一脸惊讶的表情。

“冯局长，你下达搜查命令吧？”文斌说。

冯江和林云涛对视了一眼，见他点了点头，便站起来扫视了一圈会场，然后郑重地下达命令。

“现在是凌晨1点。时间十分紧迫，我命令：立即组织搜查！”

“是！”文斌带领专案组的同志站起来，异口同声地回答。

三十三　证据

谢雨农望着再次走进审讯室的文斌和韩珂玉，目光里不禁闪过一丝紧张和不安。

韩珂玉一边从公文包里拿出一只透明塑料物证袋放在审讯桌上，一边用犀利的眼光盯着谢雨农："谢雨农，你的'灯下黑把戏'现在可以收场了吧！"

听到韩珂玉的话，谢雨农先是一惊，然后慌忙用瘦弱的左手扶正眼镜仔细观望。当看清楚塑料袋里装的是一只不锈钢保温杯时，她的心理防线彻底崩溃了，一下子瘫倒在审讯椅上，整个人虚脱得就像是被抽空了的皮囊。

面对审讯人员庄重的表情和威严的目光，谢雨农抹了一把貌似悲催的眼泪，轻声细语地讲述了自己心生邪念、杀人弑母的故事——

7 月 8 日，我舅妈因事外出，不能给我母亲做饭，正好我女儿也不在家，我觉得这是一个千载难逢的绝好机会。于是，我把亚硝酸盐倒出了一些，装在一个塑料饭盒里，然后带到单位上，等待时机作案。大约上午 11 点 20 分左右，我站在销售店门口，看到张美娟骑电动车从后院出来，走侧门绕到大街上走了。我就估摸着，这时候，食堂里应当只有张福顺一个人了。按照时间来推算，这个点张福顺应该已经把汤烧好了。于是，我便悄悄地溜进食堂。

我记得汤是紫菜鸡蛋汤。我往汤里面撒了一些亚硝酸盐，又往放在旁边的张福顺的不锈钢保温杯里放了一些，饭盒里还留了一些。

我回到店里后，过了一会儿，就有人陆陆续续地到食堂吃饭。我和同事黄书琴也去了食堂，我是用食堂里的餐盘吃的饭。饭后，我用装有亚硝酸盐的饭盒打了一些饭菜，又往里面放了二勺紫菜鸡蛋汤，骑电动车送回家。给母亲喂完饭后，我把饭盒洗干净，然后回到店里继续上班。大约中午 1 点钟左右，黄书琴突然说她头痛、想吐，身体不舒服，于是我也就说感到头痛、想吐，假装不舒服。后来听到张美娟在食堂里高声大叫，说是张福顺病倒了，我就跑过去帮忙。这时，驾驶员张龙来了，他和张美娟一起把张福顺扶上车，送往医院去了。我见食堂里此时无人，便趁机把张福顺的不锈钢保温杯连同里面剩余的有毒绿豆水一起拿走了。

"谢雨农，我们还有一些问题要问你，希望你能如实回答？"听完谢雨农的叙述，文斌说。

"欸！事到如今，我也没有什么可隐瞒的啰。"谢雨农叹息了一声，怯弱地说。

"你投毒用的亚硝酸盐是怎么来的？"

"是从王春碧老家拿的。"谢雨农依然是轻声细语地回答，声音就像是从咽喉深处发出来的呢喃。

"是王春碧的父亲给你的吗？"

"不是的，是我自己趁着他们不注意，偷偷地拿的。王春碧的家里人并不知道这件事。"

"你是怎么拿的？"

"去年清明节，我去王春碧的老家湘西，去给她扫墓，顺便看望一下她父母。临走的时候，她父亲说要送块腊肉给我，就带我去了他家腌制腊味的小作坊。他挑选了一块七八斤重的腊肉后，一看忘了拿包装袋，于是，就又匆匆忙忙到住房那边去找包装袋。我就是趁着这个机会，用地上捡到的一个装食盐的空塑料袋子，从案台上的一包亚硝酸盐里，分了约三分之一的亚硝酸盐出来，揣在衣服兜里带回家的。"谢雨农轻声交代。

“你当时拿亚硝酸盐是出于什么目的？”

“目的是……是……”说到目的，谢雨农有些支支吾吾，不肯爽快地回答。

“怎么啦，你做都做过了，还不好意思说吗？”韩珂玉用略带嘲讽的语气说。

“目的是……是……送我老娘上天堂。”谢雨农的声音低得几乎让人听不见。

“为什么？”文斌双臂抱胸，眼望天花板，一边吐着烟圈，一边淡然地问，样子似乎不是在问话，更像是在自言自语。

“因为她患病卧床生活不能自理，活得很辛苦。我们做子女的也跟着受累。也许只有死亡，才是她最好的解脱吧。”说到这里，谢雨农抬头凝望着灰色的墙壁，脸上露出冷漠的表情。

“仅此原因吗？”文斌瞬间从天花板处收回视线，透过烟雾紧盯着谢雨农的眼睛问。

“还有……还有……还有就是我恨她。”谢雨农原本怯弱的语气，开始变得冰冷。

“你恨你母亲？为什么？”

“她作风不检点，跟别的男人勾勾搭搭，使我从小就生活在孤寂和自卑的阴影里，让我总有一种在别人面前抬不起头来的感觉。所以我恨她。”

“你是什么时候开始计划杀害你母亲的？”

“应该是在去年清明节前吧，那个时候我就有了要送她去天堂的想法。从拿到亚硝酸盐后，我就一直在等待最佳的作案时机。”

“你怎么会想到去王春碧老家拿亚硝酸盐，而不直接从网上购买呢？”

“去王春碧老家拿亚硝酸盐，是因为我知道她父亲是做腊味的，家里肯定有亚硝酸盐。不从网上购买，是因为怕在网上留下痕迹，被警察发现。”

“看来你为了弑母，还真是处心积虑、费尽心机呀！可是，你要对你母亲下毒手，有的是机会呀，为什么偏偏要选择在食堂里投毒呢？难道你与林业局的其他员工也有什么过节吗？”

“我与他们之间没有任何过节。我之所以选择在食堂里下毒，是因为我想制造出一个食物中毒的假象。这样一来，既可以掩盖我投毒索命的真实意图，又可以据此向林业局提诉求，要求林业局把我转为正式员工。同时，还可以讨回林业局所欠我丈夫的铝合金窗户的工程材料款。这可能就是人们常说的‘一箭三雕’吧。”说这话时，谢雨农的眼神中竟然掠过一丝傲睨。

“这么说你在作案前就有了转为正式职工的欲望喽？”

“当然。那是我一辈子的梦想。”

“你为什么不在自己家里投毒呢？”

“假如我在自己家里下毒的话，不要说警察会怀疑我，就连我哥哥、我妹妹还有我女儿都可能会怀疑到我头上。”

“张福顺和你有仇恨吗？”

“没有。”

“那你为什么非要置他于死地呢？”

“这很简单，张福顺是林业局食堂的炊事员，是我在食堂里制造食物中毒事故的榫头。他如果不死，警察通过他，会很容易找到榫眼，判定食物中毒事故的假象，从而破解谜局。如果他死了，警察就失去了这个榫头，即使找到了榫眼，也难以揭露真相了。欸！说他干什么呢，这一切都已经毫无意义了。我原以为计划天衣无缝，完全可以做到神不知、鬼不觉，没想到到头来还是百密一疏，露出了破绽。我无话可说，我认命。”

“命由己造，相由心生。你自己做的事，只有自己来承担，怨不得别人。”

“我知道，我不怨别人。”说这话时，谢雨农的眼神里充满了忧郁和哀怨。

“你为什么不把毒物全部投放到紫菜鸡蛋汤里，而要将一部分投放到李湘妹的饭盒里和张福顺的不锈钢保温杯里？”

“我到新华书店查阅过有关亚硝酸盐的资料，知道人体摄入亚硝酸盐的量达到了 0.2 ~ 0.5 克就会引起中毒，如果超过了 3 克，便会有生命危险。我在我母亲的饭盒里和张福顺的不锈钢保温杯里各投放了约 5 克左右的亚硝酸盐，目的就是要置他们于死地；而在紫菜鸡蛋汤里只投放了少量的亚硝酸盐，目的只是让在食堂用膳的人中毒，但又不至于死亡。我之所以这样做，目的就是要制造出一起食物中毒事件，以掩盖我毒死母亲的真正目的。”说完，谢雨农的嘴角撇了撇，脸上露出了一丝别人不易察觉的微笑。这笑容里，既有狡诈、冷漠和诡异的魔性，又有孤傲、淡定和得意的本性。

“你从溜进食堂投毒，到离开，一共花了多长时间？”

“时间很短，大概就一两分钟吧。”

“你在食堂投毒时，张福顺在干什么？”

“他在厨房里做事，可能是在炒菜吧。”

“食堂里还有别人吗？”

“没看到。但小包厢里好像有放电视的声音传出，可能是有人在里面看电视吧。”

“是谁在里面看电视？”

“不清楚。小包厢的门是关上的，看不到里面的情况。再说当时我心里还是有些紧张的，只想着下了毒后赶快离开，没有过多地去关注小包厢里的情况。”

“你怎么会想到用亚硝酸盐作案呢？”

“记得小时候，我有一个邻居，是个孤寡老人，她为了贪便宜，买来亚硝酸盐当作食盐用，结果中毒身亡了。这件事，在我心里面留下了极其深刻的印象。”

“你那么多年没去王春碧的老家，去年清明节突然去，可见你的真实目的并不完全是为了去扫墓和看望她父母，应该与亚硝酸盐也有关联吧？”

“是的。说实话，我去的真正目的，实际上就是去搞亚硝酸盐。所谓帮王春碧扫墓和看望她父母，那都是幌子，是障眼法，是做给别人看的。”谢雨农的脸上闪过一丝狡黠得意的表情。

“还有最后一个问题，你现在感到后悔吗？”

“后悔？有什么后悔的！我从不后悔！为了这件事，我整整准备了一年多。我每天都在期待着时机能早一天来临，结果能早一天发生。如果一定要说有什么后悔的话，那就是我一直没有想出如何处理这个不锈钢保温杯的最佳方法，以至于被你们抓住了把柄。”说这话时，谢雨农的眼神和脸色是那么的冷漠、阴郁和无情。

“为什么这么说？”

“关于这个保温杯的处理，我曾经设计过四套方案，但最后都没有落实。”

“哪四套方案？”

“第一套方案，是将保温杯拿回家中藏匿。但考虑到我母亲饭后会死在家里，警察一定会把那里当成命案现场进行反复检查，很容易就会发现。所以就没有采用。第二套方案是用火烧。但由于我不知道不锈钢在什么样的高温条件下才会熔化，也不知道用什么燃料才能达到不锈钢的熔点，所以无法采用。第三套方案是丢弃到垃圾箱里。但考虑到一个这么好的不锈钢保温杯，一定会被垃圾站的工人发现并分流出来。这样警察同样会找到。第四套方案是把它丢弃到野外的某一个可以藏匿的地方。但考虑到案件发生后，警察肯定已经对我的行动采取了跟踪和监控措施。如果我这样做的话，那就等于是告诉他人‘此地无银三百两’了。经过再三考虑，最后还是决定把它就藏在离现场只有一墙之隔的店里，以达到‘灯下黑’的效果。”谢雨农轻声细语地叙述着，脸上还带着一丝诡异的笑容，完全没有愧疚和恐惧的表情，就像是在讲述别人的故事一般。

听完谢雨农的交代，文斌禁不住“哈哈”大笑起来。

“谢雨农，你自以为自己很聪明。可你知不知道，你一直是在自作聪明。过去是！现在也是！”

说完，文斌犀利的眼神中流露出一丝轻蔑与鄙夷的光芒。

三十四　解救

辛丹青醒来时已是半夜时分。她回想起昨晚的情景，仍然感到心有余悸。

辛丹青与非法传销组织的头目“创业星外客”见面后，两人谈得十分“投机”，这更坚定了该犯罪团伙要挽留她的决心。在万般无奈之下，她不得不假装答应和他们加盟合作。为了庆祝合作成功，传销组织的几个高管，在“创业星外客”的鼓动下，轮流向她敬酒。好在喝的是啤酒，是她的强项，还勉强对付得了，要不然的话，后果不堪设想。

此时，辛丹青就躺在女员工的通铺上。旁边就是苏梦雅。

尽管苏梦雅一会儿叹气，一会儿又哭泣，可辛丹青却不敢表露出任何言行举止，既不敢表达安慰之情，也不敢向其透露半点风声。辛丹青心里非常清楚，睡在通铺上的除了那些受害人以外，还有几个是由受害人转变而成的犯罪组织的高级管理人员。一旦苏梦雅知道了她的身份和来救她的目的，必定会在情绪上发生一些变化。如果她一不小心，在罪犯面前露出了破绽，那她们两人都将受到伤害，甚至会有生命危险。

“微信地址和微信照片早就发出去了，可这徐所长却迟迟没有行动，这算怎么一回事呀……这个混蛋所长……可恶的所长，等我出去后决饶不了他！”

辛丹青又气又急，在心里不停地发着牢骚，不停地咒骂着徐文龙所长。

现在看来要做好最坏的打算了。万一徐所长他们来不了，那就只能靠自己自救了。

辛丹青再也睡不着了。她躺在床铺上辗转反侧，开始思考如何救人和如何脱身。

辛丹青反反复复地回忆着废弃工厂里的结构和布局：门是电控铁门，还安装了门禁；所有的窗户都用大拇指粗的钢筋进行了加固；墙壁是加厚的混凝土砖墙。整个传销窝点就像一个巨大的铁囚笼，牢固得怕是连一只鸟都飞不出去。如果没有外面的支援，仅靠自己的能力想逃出去，那几乎是不可能的。

就在她感到束手无策、懊恼沮丧之时，突然，她想起了阿刚和总管住房里的壁柜。“犯罪分子在卧室后墙做了一个大壁柜，却又不把叠得整整齐齐的衣物存放进去，而是堆放在枕头边，这是为什么呢？难道把衣物叠放在床铺上，会比隐藏在壁柜里更美观吗？难道壁柜是假的，只是一件装饰品？如果是假的，那他们又为什么要花钱去做一件毫无意义的事情呢？不对！这里面肯定有什么玄机。”

从以前打掉的非法传销组织来看，罪犯的惯用手法，就是在传销窝点的某处设置好一扇潜逃的暗门，以逃避公安机关的清查和打击。那么这个传销窝点的紧急潜逃门在哪里呢？昨天下午参观的时候，只看到有大门，没有看到别的地方有后门或侧门！这个暗门是不是就隐藏在壁柜里？也就是说壁柜里可能有一个隐形的暗门，并且这个暗门能与院墙后面的居民房子相通。如果真是这样的话，只要控制住了这个壁柜，就能够控制局面，就能够掌握主动权。一方面可以找机会顺利逃出去；另一方面，如果徐所长带人来清剿的话，可以最大限度地阻止犯罪分子潜逃。

辛丹青拿定了主意，决定设法靠近那个房间，解开那个神秘的壁柜之谜。

天刚亮，辛丹青就跑到阿刚和总管住的房间里。此时，阿刚正在叠被子。

旁边的那一张床铺上是空着的。

见辛丹青进来，阿刚冷冷地问："有事吗？"

辛丹青一边故意用手捶着腰，假装腰疼得厉害，一边说："哎哟，昨晚睡在水泥地板上把腰给弄伤了，需要找个地方躺一躺。"

阿刚面无表情地指了指旁边空着的床铺："这是老总的床铺，你先在这里躺会儿，等下我安排人去帮你准备好专用床。"

"老总的床铺？他去哪里了？"辛丹青问。

"不知道。"答话时，阿刚望都没望她一眼。表情极其冷酷。

"老总的床我睡合适吗？"

"叫你睡你就睡吧，哪有那么多废话！"阿刚的话犹如他的脸一般，冷冰冰的。

"那好吧，谢谢！"辛丹青不敢再多说了。

辛丹青刚刚躺下，就听到门铃响了。阿刚快速地从枕头底下摸出电动铁门遥控器，急匆匆地往办公室去了。

辛丹青判断，可能是阿黄主任买菜回来了。

等阿刚一出门，辛丹青便一咕噜从床上爬起来，开始仔细地观察研究壁柜，寻找其中的机关和秘密。

从外表上看，壁柜没有什么特别之处，与普通家庭用的差不多，高约一米八，三扇推拉门。壁柜三分之二的部分镶嵌在后墙壁里。辛丹青推开柜门，里面空空如也。

辛丹青分析，如果有什么玄机的话，就一定会在壁柜的后挡板上。于是，她动作敏捷地检查了后挡板。后挡板是由 3 块实木板拼接而成，在其中一块的边缘处安装了一把暗锁，不仔细看是很难发现的。她轻轻地敲了敲这块装有暗锁的挡板，发出"咚咚咚"的声音，根据声音判断，这块挡板后面应该是空的。

很显然，传销组织成员为了逃避清查和打击，所设置的潜逃门，就暗藏在这个大壁柜里。

派出所徐文龙所长在接到辛丹青发来的微信地址和照片后，一刻也不敢耽搁，他立即安排人化装成送快递的伙计，前往传销窝点的外围开展侦查。

然而，外围侦查的结果令人沮丧。传销窝点位于一个废弃的工厂里，前面只有一个大门可以进出，而大门又是一扇厚重的铁门，从外面根本就无法进去。后墙与一片居民平房紧紧相连，里面街巷纵横，错综复杂，很可能有暗道隐门。该团伙的反侦查意识也非常强，他们在工厂周围的每一个路口都设置了暗哨。公安干警不要说进入工厂清剿，就连靠近这个地方都很困难。

徐文龙本是一个遇事沉着冷静、处理问题粗中有细的资深老警察，但当他得知这种情况后，心里还是不免有些着急。他非常担心辛丹青的安全，“如果这小丫头有个三长两短，我怎么向赣西的同行交代啊……不行，我得亲自去侦查一下，我就不信这帮兔崽子们会不留下什么漏洞？”

徐文龙是一名有着30年警龄的老警察。他身材高大，体形微胖，肩胸宽厚，结实强健。由于他一心为民、无私奉献，深得老百姓的拥护和爱戴，连续多年被评为全国优秀基层人民警察。

借着夜色，徐文龙潜入了现场附近的居民家里。

据周围的居民反映，废弃工厂里的人都不是本地人，他们平时都是深居简出，从不与附近的居民来往。偶尔会有送外卖的人骑摩托车去送外卖。

有一个菜农反映，曾有几次看到工厂里的人去农贸市场买土豆和大白菜，而且每次都是固定在10号摊位的一个姓孙的菜贩子那里买。

徐文龙如获至宝，立即找到市场管理员，在市场管理员的带领下，他轻而易举地找到了10号摊位的菜贩子孙老板。

孙老板是个外地人，长期在这里经营蔬菜、水果买卖。

“孙老板，我是派出所的徐所长，有个很紧急的情况要向你了解，希望你能积极配合。”徐文龙开门见山地说。

“好的，你说，我一定积极配合。”听说是派出所的人来找他，孙老板自然不敢怠慢。

“你知道城北的城中村吗？”

“知道。”

“那里有一家废弃的工厂，里面的人经常来你这里买蔬菜，有这回事吧？”

“对。每次都是一个叫阿黄的人来买的。他是那里的主任兼后勤部部长，我叫他黄部长。”

“为什么每次都是到你这里买？难道你与他们有关系？”

“哦，你误会了。其实我和他们没有任何关系，只是因为我不是本地人，所以他们才选择在我这里买菜。我猜想，可能是觉得在我这个外地人这里买菜更安全、更放心吧。”

“一般都是买的什么菜？”

“基本上买的都是土豆和大白菜，而且要的量比较大，每次土豆要五六十斤，大白菜要上百斤。”

“这么重的东西，他是怎么弄回去的呢？”

“噢！每次都是我用三轮摩托车帮他送回去。”

“这么说你可以进到工厂里面去喽？”

“可以呀。我每次都是直接把三轮车开进去，开到食堂门口，卸完货后才离开。”

“那请你给我介绍一下里面的情况，越详细越好！”

“好的。我每次去时都是天刚亮，里面的人基本上还没有起床，只有两个手持铁棍、佩戴红袖章的人在里面巡逻。红袖章上印了‘值勤’两个字。”

“里面的房子结构呢？”

“里面的房子结构并不复杂。进了大门，穿过一个五六十平方米的空间，便是一条走廊。走廊两边各有 3 间大小不同的房子，左边是一栋两层的楼房，右边是一栋一层的平房。左边楼上是会议室，楼下 3 间全是宿舍；右边平房 3 间分别是食堂、教育训练室和办公室。”

“你怎么这么清楚？”

“噢，门框上都钉了标示牌，我站在食堂门口便能全部看到。”

“你还记得这个叫阿黄的人每次来买菜的具体日期吗？”

“我这里有记录。”孙老板拿出了卖菜登记本，一边查看，一边回忆。“我记得他每个星期都会来一次，准确地说是每隔 7 天来一次……哦，对了，如果我没有记错的话，他明天早上应该会来。”

徐文龙看了一下手机上的时间，已经凌晨两点了，离天亮还不到 4 个小时，所以说传销窝点的人来买菜，应该就是今天早上了。

徐文龙既心急，又兴奋，一双布满血丝的眼睛放射出捕猎瞬间的异彩光芒。现在容不得他多考虑了，必须果断地行动了。他掏出手机给正在所里待命的干警下达命令，指示他们以夜色作掩护，化整为零，分散出击，秘密潜入现场周围的居民家中待命。并约定天亮后，以枪声为号令，实施突击行动，以快制快，确保将非法传销组织成员一网打尽，安全解救出人质。

徐文龙又根据孙老板的描述，给传销窝点画了一张简易的地形示意图和房屋结构布局图，拍照后，通过微信，点对点地发给各个行动队员，要求各个行动队员按照图纸上的标识，对号入座，直扑目标，完成各自的抓捕与解救任务。

安排妥当后，徐文龙交代孙老板，由他来冒充孙老板的父亲，并由他驾驶三轮摩托车去给阿黄送菜。

凌晨 4 点钟，徐文龙帮孙老板一起，把头一天贩卖来的各种蔬菜水果装运到农贸市场 10 号摊位，然后坐下来耐着性子等候阿黄的到来。

天快亮时，一个白领高管模样打扮、尖嘴猴腮的瘦高个男青年，东张西望地向 10 号摊位走来。孙老板远远看见，便悄声在徐文龙耳边说：“来了，来了，就是他。”

徐文龙示意孙老板照平常一样的态度和方法去迎接。

孙老板迎上去，满脸堆笑地说：“黄部长早啊！”

“孙老板早！”

阿黄说完，瞟了一眼徐文龙，脸上霎时露出了一丝紧张的表情，有些口吃地说：“怎么还……还请了个帮工？”

“呃！黄部长真会开玩笑，我就做点小买卖，哪里请得起帮工？这是我爹，早几天才从老家来。他一个人待在家里闲不住，就过来帮我搭把手，帮助送送菜。”孙老板不露声色地说。

“哦，老人家辛苦了。”阿黄给徐文龙打招呼。徐文龙只顾低着头抽烟，一副爱答不理的样子。

看到徐文龙这副模样，阿黄紧张的心放下了：“哼，一看就是一个没有见过世面的乡下老头嘛。”

“黄部长，今天买点什么菜呀？”孙老板问。

“老规矩，60斤土豆，100斤大白菜。”

“好嘞！”

孙老板将土豆和大白菜过好秤，搬放到停在旁边的三轮摩托车上，然后叫了一声：“爸，你帮黄部长送回去呗？”

徐文龙“嗯”了一声，便骑上摩托车发动引擎。

阿黄付了钱，挤坐在徐文龙身旁，说了声：“往城北走。”

一路上，徐文龙装作完全不认识路的样子，一切由阿黄指挥着把车开往传销窝点。

到了废弃工厂的大门口，阿黄下车去按门铃，一会儿，铁门缓缓地打开了。阿黄站在院内，招手要徐文龙把三轮摩托车开进去。徐文龙开着车慢慢地往里走，当半个车身已经进入大门口时，他突然将车熄火，堵住铁门，使铁门无法关闭。然后，动作敏捷地从腰间拔出手枪，朝天空“啪、啪”开了两枪。

听到枪声，潜伏在周围居民家中的干警迅速冲出来，一个个都像猛虎下山一般，扑向各自的目标。

一场以快制快的闪电清剿战终于打响。干警们在辛丹青的配合下，以迅雷不及掩耳之势，出其不意，攻其不备，将犯罪分子一网打尽，安全地解救出了全部的受害人，取得了完全的胜利。

根据阿刚的交代，徐文龙带人赶到紫云宾馆，将正在那里寻欢作乐的李大总管“创业星外客”抓捕归案。

三十五　团圆

办理完谢雨农的收押手续，已经是周末的早晨了。

文斌感到极度的疲惫，恨不得马上躺下来睡上个三天三夜。但突然想到已经有几个星期没有看到女儿萧萧了，于是，还是强打起精神，决定去接女儿回家。

文斌摸了摸胡子拉碴的脸，闻了闻身上沾满烟草味的衣服，苦涩地笑了笑，心想："我总不能就这个邋里邋遢的样子去见女儿吧，可不能在女儿面前树立不好的形象喽！"

文斌从汽车后备厢里翻出了一件干净的短袖衬衫换上，然后就着汽车反光镜，把脸收拾得干干净净，再用隔夜茶水连漱了几遍口，又把汽车空调的吹风功能开到最大，使劲地往身上吹，把身上的烟草味和汗味来了个大扫除。然后清清爽爽地去接女儿。

汽车在晨雾中穿行。窗外，空气格外清新。

一轮红日，正从东方天边冉冉升起，朝霞透过薄雾，给大地涂上了一层金黄色——秋收的季节就要到了。

"妞妞，今天爸爸休息，你想去哪里玩？"文斌一边开车，一边对萧萧说。

"玩什么玩呀！马上就要开学了，我的文具都还没有添置呢？"萧萧撅着嘴嘟囔着，一脸不高兴的表情。

听到萧萧的话，文斌心里感到十分愧疚和心酸。

“都是爸爸不好，这么久才来看你。爸爸这就带你去文具店。”

“爸爸，妈妈去哪里了？怎么还不回来？”

“哦，妈妈出远差去了，要很久很久才会回来。”

“妈妈是不是不要我了？我想妈妈了，我要妈妈……”想到妈妈，萧萧嘤嘤呀呀地哭起来了。

“妞妞……妞妞别哭……别哭，过两天爸爸请假去把妈妈接回来，好吗？”

“真的吗？”萧萧止住哭。

“真的！爸爸向你保证！”文斌一边帮女儿擦眼泪，一边说。

“谢谢爸爸！”萧萧似乎还没有完全释怀。

文斌刚刚帮女儿选购好文具，衣袋里的手机就响了。他掏出来一看，是冯江局长打来的。“糟糕，局长在周末亲自打电话来，十有八九又是那里发生了大要案件。”文斌想着。

文斌看了看女儿，心里在犹豫着要不要接这个电话。女儿听到电话铃声，扭过头来也看着他。两人就这样对望着，你看着我，我看着你，都不说话。

当第二遍铃声响起时，女儿指了指手机，轻声说：“爸爸，你为什么不接电话？我早都已经习惯了啊！”

听到女儿的话，文斌苦涩地笑了笑。他伸手摸了摸了女儿的后脑勺：“妞妞真懂事！”说完，便按下了手机接听键。

“喂！局长你好！我是文斌。”

“文大队长，你出息了是吧？连我的电话都敢不接？”冯江一开口就嚷嚷。

“哪敢啦！不是马上就要开学了吗，我带女儿在文具店里正在购买文具呢。你知道文具店也算是个公共场所吧，里面的噪音还是蛮大的，刚才没有听到电话铃声。是不是哪里又发生了大案？我马上赶过去。”文斌解释道。

“你是属狗的吧？一听到电话铃声就想到发案，一想到发案就狂躁不安。我跟你说，不是发了什么大要案件，是有一个特殊的外调工作组回来了，我准备去高全市高铁站接站，请你陪我一起去。”

“啊！接人呀？就这事？我可以不去吗？”

“不行，你必须得去，这是政治任务。”

“那好吧。不过我得先把女儿送回家去。”

“不用了，带上萧萧一起去吧，我也有好一阵子没有看到我这个侄女了。”

“几点钟的车？”

“一个小时后，我们车站见。”

“好！明白！”

文斌带着萧萧，开车匆匆忙忙地赶到火车站。冯江已经先到了。

“冯伯伯好！”萧萧看到冯江，甜甜地叫了一句。

“哎哟！我的好侄女啊！真懂事！来，让伯伯抱一抱。”冯江说完，抱起萧萧转了两圈，在她脸上亲了一下。

这时，一列高速列车缓缓地停在月台边。旅客们开始井然有序地上下车。

突然，萧萧使劲地挣脱冯江的怀抱，朝着前方一边奔跑，一边高喊：“妈妈！妈妈！”

顺着萧萧跑的方向看过去，人流中，两个熟识的身影映入了冯江和文斌的眼帘——是辛丹青和苏梦雅。

看到女儿叫着妈妈跑过来，苏梦雅丢下行李迎上去，一把将她抱在怀里，把脸紧紧地贴在女儿的小脸蛋上，早已哭成了一个泪人。

文斌走到苏梦雅身边，“嘿嘿！嘿嘿！”傻笑了几声，然后摸了摸了后脑勺说：“你……你回来了？刚才我还在向女儿保证，要请假去把你接回来呢。”

听到文斌的话，苏梦雅又呜呜咽咽地哭泣起来，边哭边哽咽着说：“你……你……你为什么不能早点来接我？害得我差点就把命丢在那里了。我……我差一点就再也见不到你们父女俩了！”

“回来就好，回来就好。不哭了，不哭了，我们回家……我们回家。”

文斌拿起地上的行李，拉着苏梦雅的胳膊往停车场方向走去。走了几步，又转过身来对冯江说：“局长，谢谢你！”又对辛丹青说：“‘铁血丹青’，好样的！改天请你到家里做客。谢谢啦！”

辛丹青说：“不用谢。为局长分忧是我的责任，为队长解愁是我的光荣。”

冯江朝文斌挥了挥手，严肃地说：“回去好好表现表现，别再让我操心了！”

“是！保证完成任务！”说完，文斌接过女儿，一手抱着女儿，一手拉着苏梦雅走了。

文斌一家人走后，辛丹青快步走到冯江面前，“刷”敬了个军礼，满脸倦容地说：“报告局长，辛丹青圆满完成了你交办的特殊任务。现在请求归队？”

冯江举手回了个军礼，然后握着她的手亲切地说：“丹青同志，辛苦你啦！”

“辛苦是肯定的。但更多的是惊心动魄啊！”

“是吗？那你得好好地给我说说，让我也分享一下‘铁血丹青’的惊心动魄吧。”

“可是……可是局长，我实在太累了，眼睛都快困得睁不开了。我现在唯一的奢望，就是赶快倒在床上，美美地睡上一觉，睡他个天昏地暗。”

“那好吧。你圆满地完成了任务，我要代表局党委感谢你呀！这样吧，我特批你今天一天假，好好地休息，好好地放松，把身体和精神调养好，准备迎接更大的挑战！”说完，冯江匆匆忙忙地往停车场方向走去。

“是！谢谢局长！”

辛丹青口里虽然这么说着，但心里面却在嘀咕。

“哼！瞧这领导当的，也忒有水平了吧？还特批一天假呢，今天不是星期六吗？欸！谁叫我是一名刑警呢！”辛丹青转念又一想，“不对呀，局长的话里好像有话呢？今天是星期六，本来就是休息日，他为什么要说批假给我休息呢？而且还特别强调说是‘特批’，这不是在暗示我哪里又发生了大要案件吗？”

想到这里，辛丹青快步追上冯江，缠住他说：“局长，你就别瞒我了，我猜一定是那里发生了大要案件了。我现在请求参战！”

冯江回头看了看辛丹青，微笑着说：“你这个‘鬼精灵’，脑瓜子转得就是快，什么事都瞒不住你。你刚才不是说很累了吗，需要美美地睡上一觉吗？”

“不累，不累。你快下命令吧？”

“真的不累？”

“真的！”

“那好吧。一大早我就接到苍山镇派出所的报告，说是他们那发生了一起灭门惨案，一家三口在家里睡觉时被人杀害了，还有一个 8 个月大的婴儿也失踪了。我已安排吴良义带人先赶过去了，技术人员也差不多要出发了吧。我现在赶过去，你要是不想休息的话，就跟我一起去吧？”

“坚决服从命令！”

辛丹青应了一声，将行李往汽车后备厢里一塞，就往副驾驶室里钻。可是，她屁股还没有坐稳，突然又想起了什么似的，满脸惊讶的表情问道：“呃！好奇怪哟！”

“有啥奇怪的？”冯江问。

“发了这么大的案件，刚才文队长怎么跟没事一般？这可不是他的做事风格呀。”

“他还不知道呢。”

“什么？他还不知道？通常不是发了重大案件后，指挥中心会直接通知他的吗？”

“是我叮嘱了指挥中心不要告诉他的。我是想让他回去把家里的事好好地处理处理，毕竟家里的事也是大事啊！”

辛丹青一边关车门，一边朝车窗外张望，眼神里充满了期待。

这一细微的动作和表情，没有逃过冯江的眼睛：“别张望了，你师兄来不了喽！他已经赶到灭门惨案现场去了。现在赶过去，你们很快就能见上面了。”

“不是……不是，我没有。局长，你别笑话我嘛。”辛丹青有些不好意思地支吾着说，脸颊绯红，美得像一朵醉了的芙蓉花。

“这没有什么不好意思的。你们两人都是好样的，堪称刑侦战线上的一对金童玉女，颇受大家的喜欢和称赞。珂玉同志之所以没来接你，也没有和你联系，是因为我在专案会上强调过，你是去执行一项重大秘密任务去了，任何人都不得掺和。”冯江解释道。

“嗯！这个我懂。”辛丹青点点头说。

汽车驶离车站，向苍山镇直奔而去。辛丹青扭过头问坐在后排的冯江：“局长，你说这得有多大的仇恨呀，非要满门抄斩，把一家子给灭了？”

“动机！我想，应该是作案动机在作祟吧。当一个人对他人怀着巨大的仇恨而不能自拔时，就势必会产生报复伤害他人的心理和意愿。当这种报复的心理和意愿受到某种诱因的驱动时，便可能会实施报复伤害的犯罪行为。”冯江凝望着车窗外不停地闪过的田野、村庄和山林的掠影，若有所思地说。

辛丹青点了点头。“有一点我不太明白，同样都是命案，同样都是杀人动机，为什么杀人行为所表现出来的行为特征会形形色色、各不相同呢？”

“杀人行为，是行为人内在心理动机的外在表现形式。由于个体心理动机的不同，导致个体行为在具体实施上会出现差异，因此，其表现出来的形式也就会形形色色、各式各样了。比如报复杀人吧，怨恨一个人与怨恨一群人是有区别的。如果心里面只怨恨一个人，那么他的杀人计划和行为的实施有可能只是针对这一个人；如果他是怨恨一群人，那么他的杀人计划和行为的实施，便有可能是针对不特定的多数人。当然，如果情况特殊的话那就另当别论了。”

“你所说的情况特殊是指……”

“就拿谢雨农投毒案来打个比方吧，谢雨农为了满足自己贪婪自私的目的，欲投毒杀害自己的生身母亲。在计划实施中，为了遮掩真实的作案动机，伪造案件性质，故意选择在机关食堂作案。在作案过程中，出于嫁祸于人、转移公安人员侦查视线的动机，又将与自己毫无瓜葛的炊事员张福顺也一并毒死。这就是所谓的殃及无辜吧。”

“看来在侦查破案中，作案动机还真是侦查人员不可忽视的一个关键性问题呀。”辛丹青感叹道。

“那是当然。可以这么说吧，动机引导侦查，证据主导诉讼。从某种意义上来说，所谓案件侦查，实际上就是寻找动机、搜集证据、排除异义……”

正在这时，一辆黑色捷达车从后面疾速而来，旋风般地从他们的汽车旁边超过。“滴！滴！”鸣了两声喇叭后，便又风驰电掣般地继续向前狂奔。

辛丹青扫了一眼这辆车，突然惊叫起来：“局长，快看，标配捷达车。”

“标配捷达车？标配捷达车怎么啦？”冯江坐直了身子朝前看。

“是刑警队的车。”

“刑警队的车又怎么啦？有什么奇怪的吗？”

“可是……是文斌队长一个人在开车呀。”辛丹青眼尖，一眼就看出了是文斌独自一人在车上。

“什么？文斌？你看错了吧？”

“没错。就是他。”

“这怎么可能呢？我明明要他陪老婆孩子回家去了嘛。他这又是演的哪一出呀？”

“局长，这条路是通往苍山镇的。我猜文队长一定是奔赴灭门惨案犯罪现场去的。”

“哦……”

望着前方渐渐消失的车影，冯江心里一酸，感到有股暖液要夺眶而出……